Justus Lipsius

Justi Lipsi Monita et exempla politica. Libri duo, qui virtutes et vitia principum spectant

Justus Lipsius

Justi Lipsi Monita et exempla politica. Libri duo, qui virtutes et vitia principum spectant

ISBN/EAN: 9783741163425

Manufactured in Europe, USA, Canada, Australia, Japa

Cover: Foto ©Andreas Hilbeck / pixelio.de

Manufactured and distributed by brebook publishing software (www.brebook.com)

Justus Lipsius

Justi Lipsi Monita et exempla politica. Libri duo, qui virtutes et vitia principum spectant

SER^{mo} ET POTENTIS^{smo}
PRINCIPI
ALBERTO,
ARCHIDVCI AVSTRIÆ,
DVCI BVRGVNDIÆ,
PRINCIPI BELGARVM.

Ertivm hoc ingenii &
ftili mei monumentum
eft, SER^{me} Princeps,
quod inclyto nomini tuo
LIBENTES MERITO imus
confecratum. Et,fi ullum;quomodo non
iftud,quod ipfo titulo ad Te vocat,& auguftum hoc nomen vult infcribi? Sunt
enim Monita Politica: ad quem
juftius, quam ad Politiæ & ftatus noftri
rectorem ibunt? Sunt Exempla:&
cui convenientius dabuntur, quam qui
ftirpem & gentem fuam in iis agnofcet?
*Rudolfi, Philippi, Maximiliani, Caroli,
Ferdinandi, Alphonfi,* paffim hic memo-
rabuntur, è majoribus tuis: qui fcriptio-
nem hanc illuftrant & infigniunt, ut cælum ftellæ. Quid,quod argumentum &
materies eodem ducit? Virtvtes
et Vitia Principum;illas formamus
aut fuggerimus, & hæc amolimur: at tu

marum grand examplar es, qui eximias
habuisti & habe ; & horum (quantum
homini licet) ne expers, in omni ætate aut nescivisti aut sprevisti. Ergo ad
Te imus : & quo fine ? ut splendorem
huic scriptioni mutuemur, & tutelam.
Sicut insignia vestra ædibus, Prætoriis,
villis appendimus, contra vim aut proterviam : sic nomina hæc sacra, contra
calumniam, aut livorem. Neque enim
vobis hic aliquid quæritur: non aliter,
quam cum Deo sacra facimus, & donum
ponimus, nostra id fit, non ipsius caussa.
A nobis officium omne est, & debetur; à
vobis beneficium. & hoc ipso accipimus,
quod frontes operum sola præscriptione
vestra honestatis Ego eo fine feci: patere
SER^me PRINCEPS. & sicut aurum
aut ebur magis æstimare soletis, à solerti
manu & arte politum : sic has EXEM-
PLORVM gemmas, ingenii & eloquii
aliqua luce (cum Deo dicam) perfusas.
Ille idem Deus,

SER^me ET POTENTISS^me PRIN-
CEPS, longævum Te nobis servet, & do-
net aliquando sub OPTIMO PRIN-
CIPE optimum statum, id est, desidera-
tam diu tranquillitatem & PACEM.
Lovanii xv Kal. Febr. anni ↄↄ Iↄ CV.

Ecce duos istos libros, Lector, trientem operis destinati, & addam, affecti. Nam
duo alii sequuntur, qui Civilem Prudentiam
habent: itemque duo, qui Militarem. Est scilicet eadem divisio, & ordo, qui in Politicis
nostris fuit : quorum luci aut assertioni hæc
scribuntur. Sed cur non confeci igitur aut certe cur non distuli? Vtrumque ab eadem caussa. fatebor enim ingenue postremus ille gra-
vior morbus me dejecit, & à stilo arcuit : atque idem impulit vel inchoata hæc sic edere,
quia, post me nihil edi, adamantinum est
meum decretum. Ego quidem, ut res erat,
ostium tunc spectabam : neque nunc ad in-
riora valde me recepi Cæterum Exempla
quæ hic sunt, aut in aliis erunt, scito ab opti-
mis, nec obviis semper auctoribus esse : & cur
non eos edidi? quia novitii aut Grammatici
commatis illa citra videtur, & aut à vano
aut pusillo animo esse. A vano, si lectione
variam jactas: à pusillo, si diffidis credi. Nobis ætas, & priora scripta, fidem vindicant :
qui abrogat, inquirat, spondeo inventuru
auctores. Satis est. tu istis fruere, & reliqua
exspecta (utiliora haud dubie & rariora, ...
res & materia est) exspecta, inquam, si Deus,
vita, & otium, dabunt. Si non ; à te suppo-
ne, & dedi exemplum.

A 3   A

APPROBATIO.

HAs I. LIPSI lucubrationes
ut egregie frugiferas fore con-
fido, ita prælo digniſſimas cenſeo :
quod ea quæ Principibus ac Politicis
viris apprime conveniunt, non modo legenda, verum etiam velut in
tabula, non ſine voluptate, ſpectan-
da, exhibeant.

GVILIELMVS FABRICIVS
*Noviomagus, Apoſtolicus ac
Archiducalis librorum cenſor.*

IVSTI

IVSTI LIPSI
MONITA ET EXEMPLA
POLITICA.

LIBER PRIMVS.
CAPVT PRIMVM.

In fermonem & rem ingreßio, atque obiter
utilitas Exemplorum.

VDITOR. Accedo. añ-
nuis? LIPSIVS. Imo ac-
cede, & fede. vacuum repe-
ris, & fermonibus haud alienum. Otium eft, & lapfus
cum equo (non enim ab e-
quo, ne rideas) ferias mihi
fecit, & domum fervare, focum affidere,
juffit. O rem ingenio meo alienam!nec aliud
magis vitam aut vigorem mihi fuftinet,quam
exercitatio & motus. At ferendum eft,quod
non mutes. AVD. Ferendum. & nobis diu-
tinum defiderium : quod haud femel prome-
re memini, & ad te velut communi legatione deferre. LIPS. Quid ais? AVD. Illud
de EXEMPLIS. quæ viri & juvenes fla-
gitant (ita loquendum eft: nec enim petunt
tantum.) fubjungi POLITICORVM
tuis libris. Sunt ibi Sententiæ & velut decreta, utilia ac falutaria: quis abnuat? fed ut
valida atque efficacia fint,nonne vides ufum,
id eft Exempla deefle?Hæc adde,& pulcher-
rime cœptum opus abfolve : nec muros tantum & rectum, fed inftrumenta atque ornamenta adjunge. Sicut herbas qui fevit, op-

port

portune eas irrigat atque alit, ut adolescant:
sic tu Sententiarum istos velut frutices sove
& attolle, vel sole vel pluvia, ut sic dicam,
Exemplorum. Vtrumvis enim præstant. illu-
strant, dum in rem velut præsentem ducunt,
& facta ostendunt, quæ facienda suadentur;
sovent etiam, dum animum erigunt, & re docent non nova, non ardua proponi. Sed &
viam præcunt, in qua vestigia tuto ponamus.
sicut qui gubernandi parum peritus est, ubi
plures naves, cursum temperat, & sequitur
priores. ita vada & scopulos vitat, & sine
magna sua arte, portum cum prioribus petit,
& tenet. Vidistine etiam, qui ad speculum
se comunt, faciem & cultum recte dispone-
re? prorsus hic idem: aliena vita & facta speculum sunt, & imago, in qua te videas & ad
eam decore componas. Quod magis fit, ubi
varia & multiplex lectio Exempla varia &
multa suppeditat; ut eligere fit, & ad rem
talem aut talem appositum aliquid semper
adplicare. Ita sicut Zeuxis ille pictor olim,
Iunonem effigiaturus, virgines Agrigentino-
rum pulcherrimas conduxit, & è singulis
aptavit quod præstantissimum in quaque esset : ita, inquam, Princeps, & politici viri, ab
exemplis factisque illustribus potentiam (ea
Iuno est) & prudentiam suam forment. Quid
ais, mi Doctor? nihil moveo, aut impetro?
LIPS. Illud, rondum istud. Mores, fateor:
& ex facili, quippe jam ante motum. Rationes quas dicis, jamdiu in mente agito : &
rem per se utilem atque opportunam agno-
sco : sed ut suscipiam & præstem, nondum
hercle impellis. Nam libere dicamus, cui
bono? Spargimus hæc monita; & velut phar-
maca ægris, aut lumen cæcutientibus, offe-

fimus: quem ufum tamen fructumque videmus? Et vis plura etiam addam , id eft perdam? A▽D. Bona verba,vir optime. Quod
medicis, hoc tibi faciendum cenfe: cum veteri imperitiæ morbo acriter pugnandum:
& à perfeverantia fructum expecta. Spar-
ge,fparge falutaria hæc velut femina: & cur
non vel ab agricolæ exemplo? Ille fi hoc al-
teroque anno fpes deftituit , tamen arat , oc-
cat, ferit: & Bonus Eventus ferius, fed ube-
rius, fæpe refpondet. Audi tuum doctorem.
Quare verbis parcam? gratuita funt. Non pof-
fum fcire , an et profuturus fim , quem adm----
illud fcio, alicui me profururum , fi maxat admo-
nuere. Spargenda eft manus, non poteft fieri, ut non
aliquando fuccedat multa tentanti. LIPS. Hæc
quidem auctoritas valde me quatiat: fed
& tua honefta fic voluntas. Etiam ratio alia.
quod ficut gemmæ , etfi in lutum aut fordes
abjectæ , fplendorem non amittunt: & dies
poftea revelat , & attollit: fic in iftis , quæ
bene & honefte dicuntur. fi diem tamen fe-
rent. Ergo huc imus? eamus. tanto alacrius, quo brevius iter laboribus fcriptifque
noftris reftat. Sicut athletæ cum metam vident & accedunt, etfi feffi, approperant: fic
nos in fenectutis hoc limite , alacrius prom-
ptiufque laboremus , quia laborum mox expertes. Confcientia utique fuftentabit, & vires porriget: quod hæc atque alia, in tuum ô
magne Deus honorem , in veftrum Principes
ac fubditi bonum moliti fumus,atque utinam
emoliti. Afpira tu idem ille Deus,ut poffim;
favete vos ifti , & delectantia fimul atque
utilia (talia erunt) pronis animis admittite.
Ordinem fervabo, quem POLITICIS
præftruxi : nec EXEMPLA folum, fed &
A 5   M

CAP. II.
DE RELIGIONE.

Ejus utilitas, sive necessitas ostensa : vel in tota Societate, vel seorsum in Rege, & Subditis.

VT autem qui domum moliuntur, à fundamentis : sic nos, qui Rempublicam, à fulcro & velut basi ejus, Religione ordiri debemus. Sine ea, non Princeps officium suum, non subditi facient : sine ea, societas non erit. quia non Fides ; non Justitia ; non Virtus; sed fraus, licentia, protervitas, &, uno verbo, confusio nominum ac rerum. Quod fraenum erit peccaturis ? quis metus satis validus ? nam externum illum, qui à poenis aut morte est, multi contemnunt : & desperatio, impetus, aut iracundia, eo ducunt. Esto igitur vinculum & firmamentum reipublicae, Religio : ac Princeps, ut dixi, ipse habeat. quo Ratio eum & Gratitudo vocant. Rex es? a Deo habes : & quo major altiorque, plura benefico illi Numini debes : & per cultum igitur venerationemque ejus agnosce. Rex es? ut diu & feliciter esse possis, datori supplica : & scito tollere posse qui tribuit, & evertere qui sublimavit. Aristoteles, ad suum Regem : Ἀρχαῖον μὲν οὖν τις λόγ@ καὶ πάτριός ἐςι πᾶσιν ἀνθρώποις, ὡς ἐκ Θιοῦ τὰ πάντ@, καὶ διὰ Θιοῦ, ἡμῖν ζυνίςηκεν : *Vetus & a majoribus acceptus hominibus est sermo, quod* OMNIA A DEO ET PER DEVM, *nobis sint constituta.* Qui hoc imbibit, Religionem quomodo non habebit ?

Pri-

Prima mihi debes animi bona. SANCTVS *habere.*
Ex quo fequetur , ut virtutes etiam habeas ,
& maxime Modeftiam ac Clementiam : quæ
Religioni proximi adhærent. Addo , quod
tutior ita eris. amor enim ex ifto, & venera-
tio erga ipfos Principes innafcitur : nec facile exteri aut fubditi lædent, cui Numen amicum & propitium arbitrantur. Quid , quod
ipf. Subditi ita meliores tranquilliorefque ?
Nulla res magis animos & mores componit,
quam Religio : & illa ubi in pectus demif-
fa , Virtutum agmen fequitur. in primis
manfuetudo quædam animi & tranquillitas ,
bona imperantibus , & quæ faciles obnoxi-
ofque præceptis reddit. Denique externa
Felicitas eo vocat. quod ab omni ævo ob-
fervatum , Deum qui fe colunt attollere ; &
piis religiofifque Principibus profpera plurimum eveniffe ; alia aliis. Exemplis hæc
fremus : videamufque in veteri & vana
Religione etiam ejus cultores fuiffe , &
præmium à Deo externum tuliffe. Qui fi
imaginem & fpeciem ejus honeftat ac mu-
nerat ; quid in vera faciet ? Primum igitur
Monitum :

MONITVM I. *Deus ubique colendus,*
etiam inter & apud hoftes.

I. AGESILAVS Spartæ rex fecit.
qui, ut Xenophon ait , venerabatur delubra
etiam in hoftico fita , ab iifque vim militum
& injuriam abftinebat : *quod exiftimaret divi-*
na auxilia , non minus in hoftili, quam amico folo ,
imploranda effe.
II. ALEXANDER MAGNVS quam
illuftri exemplo docuit ? Tyrum obfederat ,
Iudææ finitimam, ceperatque. In ardua ea &

longa obsidione, auxilia ab Iudæis petierat:
repulsus,quia cum Dario vetustius iis fœdus
erat. Iræ igitur plenus & (animos victoria
fecerat) movit in Iudæos, ulcisci certus, &
prædæ ac cædi omnia destinabat. Venitque
ita affectus. sed *Iaddus*, tunc Pontifex, divi-
nitus somnio monitus, cum omni populo
candidato, cum cœtu sacerdotum byssino,
ipse in hyacinthina stola, tiaram capite &
in ea D E I nomen gerens, obvium se dedit, pacis specie atque habitu. Atque ita fe-
rocem Regem religio objecta movit ut statim mitis submissusque ad Pontificem ultro
accederet,& ipsum salutaret, & MIRABILE
illud nomen adoraret. Mirati comites, , quidam & indignati: è quibus Parmenio Regem
adiit, *Quid ita hominem adoraret,qui ipse passim
jam pro Deo esset ?* Respondit, *non illum se,sed in
ipso Deum adorasse : quem ea specie jam ante , in
urbe Dio Macedonia , per somnium vidisset , hor-
tantem ut prompte in Asiam pergeret , sua ope &
numine eam subjecturus.* Hæc Alexander. & urbi ac genti veniam : quid veniam?præmia atque honores tribuit, & immunes suisque legibus vivere jussit ; & quosdam in militiam
suam allegit.

   III. A N T I O C H I Syriæ regis in eadem gente factum simile, imò à ▓▓▓▓▓▓ ab
auctore, illustrius. Obsidebat ▓▓▓▓▓▓▓
ma, in una urbe bellum patraturi ▓▓▓▓▓
festum magnum Iudæi Scenopegia ▓▓▓▓▓
bernaculorum, celebraturi erant. Gens nec
in afflictis rebus cultum Dei deseruit : &
Legatos ad Antiochum misit, sine alio colore petitum septem dierum inducias,ut ope-
rari sacris magni Dei possent. Magnus ille
Deus pectus movit. nec petita modo rex in-
                                    dulsit :

dolfit : fed ipfe ad ejus cultum verfus , boves auratis cornibus, magnam thuris & odo-
rum vim , deduci ad portas juffit , ac facer-
dotibus tradita immolari. Quid magis mi-
ter ? an victoriæ interpellatæ patientiam ? an
facra non folum permifla , fed inftructa ? facra , quæ contra fe conatufque fuos fufcipi
fciebat , fortaffe & caput fuum iis peti. Sed
fructus,ut folet, pietati adfuit. & 'Judæi moti
inopinata benignitate , finem certaminis; initium amicitiæ fecere , ac fe fuaque Antiocho
permifere.

MON. II. *Sacra nec in periculis deferenda*
aut negligenda.

I. Romani in arce Capitolina obfideban-
tur à Gallis, claufis undique viis , nec aditu
nec exitu. Quem tamen Religio invenit.quæ
nihil deterrita, Q. FABII pectus impulit ,
facra folennia & familiaria in colle Quirina-
li, ftato die, obire. Is cum adeffet, ipfe cultu habituque facro degreffus, per medias hoftium ftationes , itum tutum & reditum ha-
buit:five attonitis illis inopinata audacia; five
religione etiam motis , ne pietati intercede-
rent, quam nec præfens periculum,nec mors
in oculis, impediffent.

II. Quid PAVSANIAS Spartano-
rum rex , & Græciæ tunc totius dux? Is in
pugna nobili ad Platæas cum Perfis , in qua
de Græciæ falute agebatur : ingruente jam
hofte & laceffente , fuos continuit , donec
per facra & victimas Dii confulti pugnæ an-
nuiffent. Fiebat longius , & hoftes interea
cunctationem pro metu interpretati , magis
inftare, premere ;multi è Græcis cadere. nec
vel fic tamen telum remitti permifit : fed

vi limis multiplicatis , fupinas denique manu ad cælum , & preces. tulit : *Vt fi in fatis*
non foret Græcos vincere ; at faltem ne inultis , fed
honore aliquo memorabili edito, mori indulgerent.
Auditus eft, & ftatim felicia exta : inde pro-
curfus , & victoria. Sed quis ille animus ?
tam fixus obnixufque in ceremoniis pa-
triis ? qui vel internecione cædi eligebat ,
quam Diis invitis ferrum ftringere.

I I I. At vero L V D O V I C V S , cui D I-
V I prænomen virtus & merita pepererunt,
Galliæ rex : per ipfa pericula , imo infortu-
nia , religionem affertum & defenfum ivit.
Vita ille Princeps & moribus optimus ; ju-
ftitia tutor unicus , hiftrionum ofor , impio-
rum expulfor , ab anno duodecimo rex , in
annum quinquagefimum fextum quo obiit ,
omnia (ut verbo dicam) cælo , & titulo fuo
digna , edidit. Sed quod meæ nunc rei facit , arma pro religione bis cepit. Primo in
Ægyptum trajiciens , infeliciter rem geffit ,
copiis, commeatu , machinis amiffis. nec tamen animo. Iterumque magno exercitu in
Africam ivit, uxore, liberis , regno relicto :
fed nec ibi felix, una re fe putavit , quod vitam fi non in acie , in expeditione tamen pofuit : id eft, religioni donavit. Mortuus enim
in ipfa Africa : fed in ftirpe diu vixit, & vivit è qua H E N R I C V S Q V A R T V S
Galliarum nunc rex imperat : quem proavi
illos animos, fed felicius fumere, bellis victoriis clarum, tacitum multorum eft votum.

I V. Quid ante Ludovicum GODEFRE-
DVS Lotharingiæ & Bullionii Dux ? quam
hæres illi in pectore ftimuli , qui adegerunt
rem tentare atque aggredi , vix Europæ viribus perferendam ? Iudæa & Terra Sancta à

pro-

profanis & impiis tenebatur : qui loca illa
Chrifto-Deo calcata , aut cruentata , illude-
bant ac profanabant. Perdolitum eft piiffimo
Heroi (fic nominandus eft , & homine in eo
aliquid majus :) militem collegit , opes fuas
& avitum patrimonium expendit , fratres i-
pfos duos impendit.   Deus autem cœptis
quam palam adfuit? ad *fexcenta millia peditum,
equitum centena millia* armavit : exercitum ,
quem raro Europa noftra vidiffet. Scio effe ,
qui numerum minuant: fed fuiffe certum eft,
etfi non omnes perveniffe. *Venit* igitur in Syriam, & (ut Iulianis olim verbis dicam) *vidit,
vicit.* Rex Terræ Sanctæ factus , victoriis
& vita illuftris obiit : quem mirari aliquando fubiit , non & ipfum relatum in Divorum numerum , tam claris reftatifque meritis.

V. CAROLVS QVINTVS Impe-
rator , multa vitæ fanctimonia , præfertim
jam fenior, fuit. Preces ipfe componere, noctu furgere & ad Deum fundere : fed ardo-
rem præfertim & ftudium in tuenda religione profiteri. Voluiffet & propaganda : ac
querentis ejus vox fæpe audita. Quod per
bella interna , & cum Chriftianis Principibus , laurea eriperetur , quam de veris pro-
fanifque hoftibus poffet referre. Sed quod
ad tuendam, notum quid in Germanico bello
fecerit, quam periculofe fufceperit, animofe gefferit, feliciter confummarit. In eo ,
dum Saxonem perfequitur, ad Albim fluvium
fub ipfum prælii tempus obfervavit imaginem Chrifti , in cruce adfixi, plumbea glan-
de ab impio milite recenter trajectam Stetit , & ingemuit : atque alta voce ad Deum
clamavit , *Domine , fi vi a iniuriam hanc ulcifci ,*
mei s

potes : ecce autem me vindicem tuum paratu-
juva. Certe audivit , & juvit. fuga & di
patio hoftium ad ejus adfpectum facta , Deus
ipfe faucius in manus venit , & bellum uno
prælio confectum.

MON. III. *Tuitio facrorum famam &*
potentiam donat.

I. Cujus clariffimum exemplum eft PHI-
LIPPVS MACEDO : qui tenuis adhuc viribus, neque inclytus nomine , gradum ad illa
utraque fecit à facrorum tutela.   Phocenfes
in Græcia, cum Delphico templo præeffent ,
bello impliciti,thefauros ejus Dei veteres &
fama celebres tangere aufi, & mutui titulo ,
quid nifi fpoliare? Ea res in odio & exfecra-
tione omnium cum effet,folus ipfe non iram,
fed vindictam etiam & arma fumpfit. Contra
furjunt Phocenfes , Onomarcho quodam duce: & juncti exercitus,& prælio inftruuntur.
Ibi Philippus, pulcherrimo aftu, fuos omnes
lauru coronari juffit (facræ Apollini ea fron-
des:) atque ita velut Deo duce, & Deo dica-
tum exercitum,manus conferere. Factum &
alacriter , & feliciter. cum Phocenfes ipfis
infignibus violati numinis confpectis , in fugam confternati , armis abjectis abeunt , &
temeratæ religionis pœnas multo fanguine
fuo pendunt. In gratia & gloria ab hac re
Philippus. auxit opes & regnum , quod ob-
fcurum & modicum , validiffimum Europæ
effecit : & filio materiem ad illud Afiæ quæ-
rendum reliquit.

II. CONSTANTINVM MAGNVM
licet addere : eo juftius . quod veræ pietatis
præbuit fe affertorem Quam ea ad fd ævi
jacebat? oppieffa cædibus, ignibus, aquis :
                                         & ca.

& capnt aut vocem attollere in ejus pro-
feſſionem non erat. Ille ante Principatum af-
feſtum aliquem , & jam Princeps amorem
oſtendit : templa Diis clauſit, Chriſto aperuit,
& omni vi atque arte hoc nomen & numen
ivit propagatum. An non ſe una ? imperium
turbidis illis temporibus, & ſeditioni faſtis ,
firmiter ad ſeneſtutem tenuit , & ſuis adeo
reliquit. Proſpera multa bello geſſit, veterem
Romam tenuit,& novam ſtruxit. Hæc omnia
cui accepto, niſi Religioni atque ejus tutelæ,
reſerat ?

III. CAROLVS deinde MAGNVS
iterum novi auſtor imperii , qui id à Romanis vel potius Barbaris (nam ii dominaban-
tur in Italia) ad Francos Germanoſque tranſ-
tulit : is, inquam, palam hunc titulum debet
inſcripſitque tuitioni ſacrorum. Ter in Italiam copias duxit , & viſtrices reduxit : ut
laborantem à ſeditioſis aut ab hoſtibus Pontificem maximum , in libertatem aſſereret ,
atque etiam dignitatem. Eumdem potentia
& finibus auxit , Ravennate Exarchatu , atque aliis in Italia , perpetuo dominii jure
conceſſis. Alione etiam ſuo fruſtu? alio. nam
jam Imperator viſtorias inclytas peperit :
& ô laudabiles ! contra hoſtes fidei bellis ſere ſuſceptis. Mauros in Hiſpania fregit &
comminuit; Saxones,Danos,Avares in triumphum, nec ſuum, ſed Chriſti duxit. Pleriſque
enim errores detraxit, & lumen veritatis noſtræ infudit. Magnum Principem ! & unde ,
dixi.

IV. At Hiſpaniæ mentio ALFON-
SVM , ſive ADELFONSVM ut priſci
fere ſcribunt , ejus regem mihi ſuggerit , ab
iſta hac radice florentem. Hiſpania ſciſſa

B

tunc varie , & Mauricis armis regnifque in-
ceffa erat : multa recepit, junxit : & femper
in iftis prima ei cura, templa inftaurare; vafis
veftibufque , ad facrorum cultum exornare.
Adeoque hæc agenti favor numinis adfuit ,
ut fæpe , cum animofa audacia an temeritate
dicam, caftra hoftium explorabundus , atque
id folus adierit : folus redierit ac fefe ex-
plicarit , idque cum agnitus interdum ab iis
fuiffet. Miraculum hic quis non agnofcat ?
Ifto fervore (fic appellare debeo) CATHO-
LICI regis agnomen meruit : quod idem
antea *Recaredo* datum in concilio Toletano ,
cum Gothorum gentem abjectis Arii deli-
riis , in Ecclefiæ caftra reduxiffet. Ac tertium , idem in *Ferdinando* rege , patrum memoria , à Iulio II Pontifice renovatum. qui
Mauros tota Hifpania ejecit : & ab eo pofte-
ris fucceffioribufque ad hunc diem , glorio-
fum id & folenne manfit.

V. Tene ergo hic R V D O L F E A V-
S T R I A C E præteream ? te, qui fluctuans
per diffidia Imperium ftabiliifti , & gentem
fatalem fceptris regnifque propagafti. Quo
merito ? inquirere in Deum & divina con-
fulta nefas, nec facio : fed non eft inquifitio,
quæ in aperto funt memorare. Tu in modica adhuc fortuna, nec nifi Comes Habefpur-
genfis, Pietatis multiplex ftudium prætulifti :
& illi fequentem magnitudinem tuam vaticinia & divinæ voces adfcripferunt. Vnum
videamus. Venatum forte , ut nobilitas illa
& noftra folet, cum paucis in equo exiverat.
Pluvius dies erat , & viæ fractæ & forden-
tes : ecce occurrit facerdos , venerabilem &
myfticam hoftiam, extremum folatium, ægro
laturus : & occurrit pedes. Is adfpectus

pium

pium pectus perculit. nec fine indignatiun-
cula aliqua equo defilit : & , *Me vehi , te qui*
fervatorem meum portas , pedibus incedere ? inde-
corum, vel impium fit : confcende. & equum hunc
cape- Iuffio, non preces erant : paret ille , &
ifte capite revelato humilis fequitur, ad ipfas
ædes ægri deducit, ab iis eodem habitu redu-
cit. Iam domi & apud fe Sacerdos erat , qui
officio attonitus, & mente à Deo mota, bene
abeunti dixit , & fimul Imperium ipfi pofte-
rifque prædixit. Alii tamen ad Suevicam vatem hoc referunt : quidam & fomnio fe-
quentis noctis edoctum ipfum volunt. Vnde unde prædictio ; & res illa certa, & rata
ifta fuit , ac fidem etiam nunc ab eventis habet. Sed hæc narratio Monitum aliud mihi
fuggerit.

MON. IV. *Sacrorum antiftites aut admi-*
niftros honorandos, audiendos effe.

I. ALEXANDER SEVERVS Imperator
tanti eos fecit , ut judicatas à fe cauffas , à
Pontificibus atque Auguribus retractari , atque aliter quam ipfe cenfuiffet terminari,
æquo animo pateretur. Bona fubmiffio non
minuit , fed auxit Principale culmen , infra
Religionem id pofuiffe.

II. CONSTANTINVS MAGNVS , cum
initio, ut fit, libertatis, fervor & fluctus , &
contentio aliqua, inter Ecclefiæ proceres effet : indicto concilio Nicæno , ipfe interfuit, & auctoritatem accommodavit. Ecce autem libelli plures , qui mutuas criminatio-
nes continerent , ad eum delati fuerunt
quos omnes quafi lecturus cogniturufqu
cepit, fed in unum fafcem collectos, in
ftatim , nec infpectos quidem , cor/

nibus jecit. Duo videlicet eo facto significans, & indignum illis esse, certare æmulatione aut odiis : nec se dignum, qui de iis judicaret, quos Deus judicare vicem suam in terris jussisset.

III. Jam ROBERTVS Galliæ rex quam eosdem honoravit, & misceri iis honorem suum putavit ? Scholas & templa adibat, locum inter eos sumebat : nec orabat solum cum iis, sed in publico psallebat. Quin & cantica ejus sacra, quæ composuit ediditque, Ecclesia etiam nunc usurpat. Vir demissæ & raræ sanctimoniæ. cui Deus etiam miraculo attestatus est : cum, Avallonem urbem eo obsidente, muri sponte corruerunt. ipso interea laudes hymnosque cum sacerdotibus in tabernaculo concinente.

IV. Sed hoc mirari quam imitari plures volunt. sicut & illud quod de OSMANE, VRCHANE, MVRATE, à quibus Turcicum hoc grande imperium fundatum cœptumque est, Annales ejus gentis his ipsis verbis (digna enim ea prodi) tradunt. *Quoties convivas vocabant, vescebantur adhibitis Talismanis* (ita Sacerdotes dicunt :) *quorum præceptis & admonitionibus inter convivandum aures præbebant; & Alcoranum legi iubebant.* De Principibus, an de Monachis hæc narrantur ?

V. At submissionis exemplum etiam unum, quod horridæ & , ut quorundam deliciæ sunt, sordidæ Pietatis videbitur, in HENRICO II. Anglorum rege. Ille suspectus cæde beati Thomæ Cantuariensis Antistitinon facto aut manibus ejus, sed jussu suve patrata : & sæpe admonitus, ac semper aut abnuens, ad extremum nscientia salutariter adducente, ad

ipſum locum ſepulchrumque beati viri, Can-
tuariam venit. atque ibi ſtatim in terram, ſimul & lacrymas , effuſus veniam pacemque
petiit. Sanćto deinde à pœnitentia impetu,
ad cœtum monachorum pergit , & multis
precibus impetravit , ut à ſingulis eorum ordine virgis vapularet. Quid dicam ? ſtupeo,
rex fecit, ſponte fecit ; ſui oblitus, dum
Deum cogitat ; judicii hominum, dum cœli
præmia. O ſi hic vilem , ibi beatum ! imo
& hic , dum Deus ipſo illo tempore eum.
attollit & magnificat, Rege Scotorum à ducibus ſuis victo , capto , & per triumphum
adducto. Plura in Religione liceat : ſed ſeor-
ſim jam feci in libello, quem *De una religione*
vulgavi.

C A P. III.
DE SVPERSTITIONE.

Aſſitam Religioni eſſe. & in vanitatem, vilitatem,
timorem inclinare.

REligio igitur laudabilis : ſed ſita velut
inter duos ſcopulos , Superſtitionem &
Impietatem. quem utrumque ſuademus, &
opus eſt , vitare. Subit miſerari humanam
conditionem , ſive ut Plutarchi verbis effe-
ram , ἀνθρωπίνην ἀσθένειαν , ὅρον ἐκ ἐχουσαν , ἀλλ' ἐκφε-
ρομένην , ὅτε μὲν εἰς δεισιδαιμονίαν καὶ τύφον , ὅτε
ᾗ εἰς ὀλιγωρίαν τῶν θείων καὶ περιφρόνησιν : *humanam*
imbecillitatem , quæ finem aut modum non ha-
bet , ſed alias abripitur in Superſtitionem & va-
nitatem , alias in Neglectum rerum divinarum
aut Contemptum. O utraque magna peſtis ! ſed
Illa crebrior, hæc deterior: atque illa Pietatis
ipſa imagine ſe commendat. Sed imagine. neque aliud eſt, quam *humanarum mentium ludi-*

brium, Superstitio. Quæ rudes, barbaros, & ma-
lefactos animos maxime tangit : καὶ ἐυέλωτον
(ait idem Plutarchus) εἰς δεισιδαιμονίαν ἐϋσὶ τὸ
βαρβαρικόν : *Pronum natura ad Superstitionem genus barbaricum.* Ea autem non aliud eſt, quam
cultus Dei, quem, aut cui, non debet; aut aliter, ac debet. Errat in eligendo : vel modum
excedit in colendo, & ſerviliter, muliebriter,
pueriliter ſe gerit. Proprius autem ei timor, &
inquietudo : quæ animos deprimunt , & ad
nullam rem ſeriam aut altam patiuntur apta-
ri. Itaque Principi fugienda maxime : etſi

MON. I. *In triſtibus aut adverſis ſæpe ſe infinuat.*

I. Quod in ALEXANDRO MAGNO
notatum. qui omni quidem vita religioſus, in
extrema ea ad hanc declinavit. Nam ita animi & corporis æger jam ſe geſſit, ait Plutarchus, *ut nihil eſſet tam parvum aut abſurdum , ſi
modo inſolitum , quod in prodigium aut omen non
verteret. Itaque ſacrificantium, luſtrantium, divi-
nantium regia erat plena :* & plenus ipſe malis
curiſque, mortem dum fugit, accerſit.

II. An non in LVDOVICO XI rege
Galliæ ſimile ? qui ætate & valetudine jam
inclinante, medicis blanditur , & auri montes promittit aut donat : deinde & ſanctos
viros evocat , & è ſilvis educit , quibus vitam ſuam non emendandam , ſed propagan-
dam commendat. Tanto interea metu, ut
in arce munita , & feneſtris ipſis atque omni aditu clathris ferreis obſtructo, ſeſe inclu-
deret; id eſt , quid niſi in ſpontaneum carcerem daret ? O miſer, hoc aſſidue times ,
quod ſemel faciendum eſt ? hoc times quod
non es in tua manu eſt, ne timeas ? Pietatem aſſu-

me , Superſtitionem omitte : mors tua vita
erit, & quidem beata atque æterna.

MON. II. *In frivolis aut parvis ſe
oſtendit.*

Cujus rei cottidiana , pænedicam , exempla ſunt. Illuſtre in magno AVGVSTO. qui
Auſpicia & omina , ait Suetonius , *pro certiſſi-
mü obſervabat : ſed nec Somnia ſua , aut aliena
de ſe , negligebat. ne peregrinarum quidem reli-
gionum contemptor , cum Cereris Attica myſteriis
initiari voluerit.* Quid ei quietum , in talibus
occupato ?

QVÆSTIVNCVLA.

*An in populo non utilis Superſtitio, & Prin-
cipi permittenda?*

A Principe igitur ipſo removemus : imo
auſim dicere, nimiam Pietatem. Munus enim
ejus intueor. quod à Divinis ad Humana
etiam vocat : in quo ipſo eſt Dei quidam
cultus & honos. Nicephorus Gregoras ſci-
te hoc mihi dixiſſe videtur : Τῷ μὲν ηᾳ προσίχοντι
τὲν νοῦν τῇ κατὰ Θεὸν Θεωρίᾳ , θρεσι καὶ σπηλαίοις ἐνδια-
τᾶν προσήκɛ. ὅτις δ μƲ τῆς ἀρɛτῆς καὶ πολιτικὲν ἥσκησεν
ἔθος , καὶ πᾶσαν ἔχε πραγμάτων παυδαίων , ἱτᵉ , λαὸν
ἰθηγɛῖν ἐς τὰ βλτίϛα καὶ σωτήρια κράτιϛᵉ : *Qui in
una Dei contemplatione mentem defixum habet , ei
montes & ſpeluncas habitare convenit. At qui,
cum virtute , etiam mores civiles exercuit &
junxit , quique notitiam paravit rerum variarum : ille vero populum regere , & ducere ad optima optimus eſt.* Sed hoc cum ita ſit : quid
igitur? inquiunt an non populum ſaltem in
Superſtitione habere , Principi utile , & o-
prandum eſt? Sunt qui aſſerant , & præſer-

tim è priscis. Nam mitigari ita animos, &
faciliores reddi ad parendum. Livius Nu-
mam, qui Romam superstitionibus replevit,
spectasse hóc vult: *& omnium primum, rem ad
multitudinem imperitam, & illis temporibus rudem, efficacissimam, Deorum metum injecisse.* Et
vero facit ad ingenium multitudinis. quæ
alioquin *impotens, sæva, mutabilis, ubi vana religione capta est, melius vatibus suis (sive & sacerdotibus) quam ducibus regibusque paret.* Quin
& Polybius Romanos laudat, & prudenter
fecisse autumat, *quod partem eam, quæ Religionem & Deos spectat, in republica sua sic conforma-
rint & pæne tragice extulerint, ut nihil sit addere. Quod mihi quidem videntur*, inquit, PLEBIS
CAVSSA *fecisse. nam si è Sapientibus viris Rempublicam fas constituere: nihil opus sit tali ista in-
ductione uti: at eum multitudo vana sit, & varia præter leges appetat, iracunda ac violenta, utile
fuit interno hoc terrore, & Superstitionis velut tra-
gœdia cohiberi.* Hæc isti: at nobis non persua-
deant, in bona republica vitiorum caput &
fontem approbare. Mites animi fiunt, inquiunt. Imo viles, & istæ persuasiunculæ, ut
cum poëta dicam,

— *faciunt animos humiles formidine divum,*
Depressosque premunt ad terram.

Nemo magnanimus, & alta meditans Princeps, tales subditos suos velit. Obedientiores
etiam sunt? Abnuo, imo ad motus aut rebel-
lionem proniores. Quoties olim, & nuper ti-
sum, pravæ aut novæ Religionis titulo, populum concitatum? unus aliquis concionator,
sanctimoniæ fama, ut telo, armatus, & eloquentia aliqua ornatus, quid non patrat? O-
mitto vetera, aut extera: ante annos circiter
centum HIERONYMVS SAVANAROLA
Flo-

Florentinus, religiofi habitu (in Divi Domi-
nici coetu erat) tum vitae vera an ficta fanctimonia, adhaec facundia populum in fe conver-
terat. Pulfi Medicaei urbe erant, & popularis
ftatus introductus : quem ille, ut ambitioni
fuae opportunum, omni ope tuebatur. Plebs ab
eo pendula, & verba confultaque ejus, oracula habere: ipfi optimates virum colere, & per
eum fe fuofque ad remp. (nam haec in ejus
manu) promovere. Regnabat enim non in
concionibus tantum & facris aedibus, fed in
curia, fed in comitiis : & raro publice, imo
privatim majus aliquid, fine ejus arbitrio geftum. Dicam ? non animis modo, fed & arcis,
fed & armis civium, imperabat. Hoc regnum
totos annos quattuor exercuit. fed cum invidia interfectorum aliquot civium labora-
ret ; alia etiam objicerentur, quorum pur-
gandorum, & divinitatis famae augendae, cum
pyram ardentem ingreffurum fe ultro fpo-
pondiffet ; mox retractans ; vanitatis manife-
ftus, & ex eo contemptior, apparuit. Denique
in Pontificem fummum linguae fuae tela vi-
brans, primo bonorum, mox & mediorum
favore deftitutus, poenas ad ultimum ambi-
tiofae pietatis publico igne luit. Scio variare
fuper eo judicia, & benignius quofdam loqui: efto. fed exemplum tamen potentiae in
populo, per titulum Religionis, infigne &
Principibus metuendum praebuit. Talia aliqua in libello *De una religione* dicta. Iam ratio
firmiffima & intima, Chriftiano Principi nefas fuperftitionem fovere. Et illi exterorum,
qui fecerunt, quam turpiter & foede inftituerunt ? Exempla libet dare, & ridere : ac
primum

I. ÆGYPTIORVM. quos omnes rgn-

tes credo equidem vana & ſtulta Superſtitione anteiviſſe. Neque enim ad homines ,
aut ad mortuos modo Deorum cultum, *Iſim,*
Serapim, Anubim ; ſed ad beſtias, eaſque vi-
liſſimas tranſtulerunt , *Canes, Ichneumones, Fe-*
les , Accipitres , Ibides , Lupos, Crocodilos, tales
plures. O amentiam ! his cibos dare per ob-
ſequium pietatis ſoliti; his agros & vectiga-
lia è publico aſſignare ; horum inſignis ima-
gines præferre ; his denique defunctis cùm
planctu funus , & ſumptu monumenta facere. Ex his ſi quis ſciens aliquod interfeciſ-
ſet, interficiebatur; ſi quis vel inſciens, *Felem,*
aut *Ibidem* , idem. Nugari videar. ſed vera
ſuo malo ſenſit Romanus civis, ævo Diodori
Siculi , id eſt Tullii Ciceronis. nam ipſe id
ſcribit , & teſtem ac ſpectatorem rei ſe ad-
ſcribit. Ptolomæus , inquit , quem Romani
in regnum poſtea reſtituerunt , cum primo
ſocius & amicus à Senatu P.Q. Romano dictus eſſet, magna lætitia publica, & concurſus fuit. Erant & Romani in turba: atque inter eos miles caſu (non enim ſponte) felem
occidit. Clamor , ira, tumultus. non inſcitia
miſeri, non Romani nominis reverentia , non
imperium Regis , qui purpuratorum præcipuos miſerat ad ſedandum & deprecandum:
nihil , inquam, horum juvit, quin ille ſtatim
millenis manibus diſcerperetur , ſic ut nec
funeri aut rogo aliquid ſupereſſet. Viles
quam mitis Superſtitio ? rabies & furor ,
cum pectora invaſit.

 II. Sed & aliter etiam ſævitia, an veſania
eſt, in exemplo, quod eidem ſcriptori debemus. ÆGYPTVM aliquando fames inva-
ſit, ſic ut alimenta deeſſent. Quid factum? verſi
imus ad humanas carnes , & pepercerunt di-

&is beſtiis : pepercerunt ? imo & aluerunt ,
neque ambiguum quin & humana carne,
ô Cæcitatem!ergo homo Deo proximus,infra
ſœda animalia ponitur , & ille horum gratia
interit, id eſt quid niſi iis immolatur ?

III. Tolerabilius AFRI, qui non beſtiis,
ſed Saturno tamen homines vivos ſacrifica-
bant, & præſertim pueros , ætatem florentem,innoxiam;& ideo crudo illi Deo gratiorem. Res ita ſuit. Stabat Carthagine ſtatua
Saturni ænea, manibus leviter ſublatis , iterumque pandis in terram demiſſis. In eas ſo-
lenniter vir aut puer impoſitus , ſtatim præceps devolvebatur in ſubjeĉtum barathrum ,
igne & ejus alimentis plenum. Id vivicom-
burium Deo dabatur, ſtato quidem die quotannis : ſed aliquando & extra ordinem , &
multiplicatis viĉtimis , ſi clades aut triſtius
aliquid civitati eveniſſet. Vt in ea, quam ab
Agathocle acceperant , placuit decreto ducentos (horreſco reſerens) optimatum filios
Saturno ſic immolari, &, quis credat ? totidem alii ſponte ſe obtulerunt. ipſa clades an
florem hunc civium abſtulerat, quem Superſtitio impendit?Indignor,an miſeror?& lacrimas conditioni humanæ impendo,cui *uni Superſtitionem datam* Plinius conqueritur : an
non jure, cum in hos uſus ?

IV. Sed ad ridenda magis,quam deflenda,
eamus; & ſtultitiam, quam ſævitiam accuſe-
mus. MAHVMETES ille,heu nimis noſtris cladibus notus , cum cupidine agita-
retur novarum opum & imperii, novam Religionem, id eſt Superſtitionem commentus
eſt ita me Deus,indecoram, futilem, nec colore ullo veri tinĉtam : etſi ex Iudæorum
Chriſtianorumque libris , voluunter Satyram
. . . miſcu-

mifcuit & confecit. O nugas , ô deliria ! &
lubet quædam recenfere. Primum eft, Deum
unum folidumque (ἐλάσφυρον Græci exprimunt) eumdemque incorporeum effe : Chri-
ftum non Deum , fed magnum vatem & pro-
phetam ; fe, tamen majorem & proxime à
Deo miffum. Præmia qui ipfum audient, Pa-
radifum, qui poft aliquot annorum millia re-
ferabitur : ibi quattuor flumina, lacte, vino,
melle , aqua fluere : ibi palatia & ædificia
gemmata atque aurata effe : carnes avium
fuaviffimarum , fructus omne genus , quos
fparfi jacentefque fub umbra arborum edent:
fed caput felicitatis . viros fæminafque majores folito , magnis genitalibus , affidua libidine & ejus ufu , fine tædio aut fatigatio-
ne. Credet hæc aliquis dicta , & accepta ?
amplius. Ille vero Veneris his illecebris totam legem fuam implevit : & viro permittit
uxores juftas quattuor habere , pellices tot
quot lubet. Etiam , fcribit his ipfis verbis :
Mulieres habitaculum viri effe,ideo afidue debere
eas colere,fed & ingredi qua vollent. O turpitudi-
nem ! non provocat folum ad crebram,fed ad
promifcuam libidinem;& fupera, infera , adverfa, averfa,eodem jure habet. Atque adeo
ipfe belle & in exemplum gloriatur, *Vndecim*
fe mulieres habuiffe in contubernio , & omnes una
*hora fingillatim iniviffe,& p.traffe.*Hæc & plura
in ejus *Corano:*fed & Phyfica quoque miranda.
Nam facit Solem & Lunam in equis vehi.il-
lum autem in aquam calidam vefpere mergi,
& bene lotum afcendere atque oriri.Stellas in
aëre è catenis aureis pendere:terram in bovini
cornu cufpide ftabilitā,agitāte fe bove ac fuc-
cutiente fieri terræmotum. Hominem autem
ex hirundine aut fanguifuga nafci. & quid
addam ?

addam?pudet,piget, miferet generis humani,
cujus magna aut maxima pars his non vanitatibus,fed ftuporibus eft oppreffa.Nam Afia vere tota, plurimum Africæ, multum Europæ,
jura fceptri & facri Turcici accepit. Quin &
multi extra Turcarum jura , ut magnus Tar-
tarorum Chamus, ut Perfa , ut alii in India
& extremo Oriente, deliria hæc delirant.

V. Quid etiam omitto? iidem TVRCÆ, ad
Ægyptiorum morem, feles, canes, pifces, aves,
fi non adorant, colunt tamen & pafcunt:& his
fe velut largitionibus demereri divinum Numen cenfent. Itaque videre Byzantii ftatis ho-
ris eft, cibos apponi dictis animalibus:nec viles quofdam, aut menfarum analecta, fed ori-
zam coctam, carnes affas recens, & hoc fine
ex opfopolio emptas. quas & perticis longis
imponere folent, & fic fugacibus aut vitabun-
dis eorum dare. Quid, quod aves etiam captas
redimunt, & aëri ac libertati deinde, per pietatem reftituunt ? Iam in re inanima , id eft
Charta, quas nugas edunt? Nefas eam abjici,
aut calcari : ficubi vel fragmen vident , tollunt religiofe, & parieti adfigunt , aut impo-
nunt. Refert Augerius Busbequius, in legatione fua ad Soleimannum , cum ductores tuto-
refque viæ Genitzaros haberet , graviter aliquando apud fe queftos, quod famulitio ejus
charta ad obfcænos ufus effet. Cauffa autem
quam jufta ? quia *Coranus* ille in ea fcriptus.

VI. Sed lubet levi oculo alia terrarum
etiam, & in iis Superftitionem, Inftrare : quæ
difcolor , fed ubique decolor , & candori ac
veritati aliena comparet. Sunt in Orientis
magno tractu, qui MALABARES appel-
lantur. & à Calecutio, mare verfus, & introrfum etiam colunt. Iis varii Dii , & fimulacra
eorum

eorum fœdo habitu, colore etiam fere in ni-
grum. Templa *Pagodes* vocant : facerdotes,
Brahmenes. Iis tanta reverentia , ut & belli
tempore mediis armis interveniant , fola religione & nomine fuo tuti   Infigne eorum ,
tria fila , quæ ab humero dextro in fini-
ftrum latus ligant. Nomen vetus eft Indo-
rum fapientum : & quædam ex iis habent.
Sunt enim Aftrologiæ periti, fed & Magiæ ,
ac prædictionibus plebi varie fpem aut metum præbent. Finis earum,quæfticulus;ut in
hoc genere folet , quem & ex facrificiis au-
cupantur : cum Diis fuis cibos, fed & num-
mos,offerri jubent: atque ipfi iis refcuntur,
aut utuntur. Sacra eorum & conventus fere cruenti. tela enim inter fe fpargunt , &
qui iis occumbunt, migrare ad beatorum fedes recta cenfentur.Animas immortales præ-
dicant , fed Pythagoræ fomnio , in corpora
alia tranfire.

VII. Sunt & SINITÆ, five SI-
NENSES , ulteriore tractuii quoque in
Deorum cultu,quos domefticatim plures habent. quofdam & tricipiti figura : an audi-
tiuncula aliqua & adumbratione noftræ Tri-
nitatis , quando & D. Thomam, & Chriftia-.
na olim facra , in iis locis fuiffe , conftans
traditio eft? Sed deunculos iftos adeo magni
haud faciunt , ut fi aliquid præter fpem aut
vota evenit , ab ipfis pœnas exigant , atque
adeo ftagris cæfos in publicum fæpe abji-
ciant & exponant. Mox tamen pœnitentia
recipiunt, iterumque (ô bellum ludum! adorant,placant,fupplicant,verbis,thure,mero.
Solem tamen inter omnes præcipuo cultu &
æftimatione habent : atque huic extra ædes
progreffi fub dio,de patera vinum, Græco &

Roma-

Romano more, libant. Sacerdotes, pro deorum numero , ipsi quoque frequentes. Sunt
Bonzii, sunt & *Bonzia* sæminæ; & super utros-
que *Tundi:* denique unus supremus omnium,
Zassò. Hi Bonzii conventus suos & contu-
bernia habent : ut Religiosi apud nos cœno-
bia : in regno quidem Iaponiæ ira crebra, ut
una aliqua provincia supra D C C C recen-
seat : in quorum singulis haud minus sit triginta Bonziorum. Nomino Iaponiam. nam &.
ii ritus eosdem cum Sinitis & sacra habent ,
hauseruntque utrique à communi doctore
Xaca. Eorum dogma,animas interire,eadem-
que omnia à morte, quæ ante natalem : exi-
tiabile Virtuti.

    VIII. Iam in novo orbe & illa A M E-
R I C A quid dicam ? spissæ & Cimmeriæ tenebræ : nisi quod Hispani leviter (sed adhuc
leviter) dispulerunt , & lucem nostram in-
tulerunt. In P E R V V I I regni finibus receptum,Solem colere: quod Ingæ reges pro
firmamento aut insigni dominationis insti-
tuerunt , cum essent dii antea diversi. Illorum solenne , templa ubique Soli erigere ,
ampla, magnifica, auro laqueata, aut & stra-
ta. In iis castæ aliquot Virgines , quarum
pudicitia devota:nec fas polluere,nisi ut lue-
rent morte. Excusatur, si qua juravit à Sole
compressam se,& ex eo uterum ferre. Pæne
is ritus fuit , qui Vestalium Romæ : sed nu-
merus prægrandior, & in uno aliquo templo
ducentæ , aut plures. Alii etiam ministri &
ædituli,alibi ad millia triginta: idque tantum
in templi unius cultum & usum. Sed earum
munus, lanam & filum carpere , vestes texe-
re,diis ornandis : sive & ad sacrorum ritum,
quo solent vestes & hæc texta una cum
                ossibus

ofïibus pecudum cremare , & mixtum cine-
rem. in altum fpectantes , Soli jactare. Has
virgines , *Mamaconas* vocabant : ipfa templa,
aut & idola , *Guacas.* Sunt & alii facerdotes,
veftitu niveo infignes : qui Deos adeunt , falutant,fermocinantur. fed id cum hac cautio-
ne , ut terram defpectent , & oculos verfus
eos non attollant. Imo quidam aut obligant
fibi lumina , aut eruunt femel & evellunt :
quod fanctius reverentiufque habetur. Sacrificia funt pecudes ejus loci,fed homines crebro etiam,& infantes. Horum fanguine fimulacra oblimunt : deinde exta infpiciunt , & è
notis augurantur.

IX. In VICINIS ei regno LOCIS
deorum alia portenta. Quidam tigres, leones, fera ejufmodi animalia colunt : alii feles , aut aves. Quidam (in provincia , quæ
Manta dicitur) Smaragdum infignem gemmam adorant , & pro vero numine habent.
Mos omnibus,herbas certas pro thure adole-
re & incendere ; itemque captivos facrifica-
re ,aut fi defunt,è fuis Oracula petunt, & capiunt : tam certa plerumque fide, ut Hifpani
tradant, nihil vel in eorum bellis , aut in fuis
civilibus eveniffe , quod non prædictionibus
fuerit vulgatum. Immortalitatem animi credunt, fed, ut videtur , cum ipfo corpore , &
quafi migrent : certe fepulchra laxiora , &
magis apparata faciunt , quam ullas viven-
tium domos. Sed & cum moriuntur,comites
accipiunt, quafi ad minifterium aut folatium:
atque inprimis cariffimas uxorum. Eæ certant inter fe & æmulantur , quæ cum mortuo viva (ita fit) defodiatur. Quod fi infi-
gnior aliquis fatrapa aut regulus objit, turba
eft eorum , earumque , quæ commoriuntur.
Ar-

bini & bini juncti in seriem, duobus præsul-
toribus, qui dant modos. Tenent autem sic
saltantes manu vas potorium (assidue enim
bibunt) & altera interim penem, ut infusa
emittant.

X. Vltimi sunto, MEXICANI, quos di-
vidit angustior ille isthmus. Vastum regnum, & olim innumerus populus, & dii pro
modo. Nam omnium ferme rerum affectuum-
que eos habebant, ut Aquæ, Piscium, Frumenti,
Fructuum, Amorum, Bellorum, & quidquid
dici fingique tale potest. Ajunt ad duo millia Deorum culta solenniter in urbe *Themisti-*
tan, quæ regni metropolis, fuisse. Templa iis magnifica, laxa, quadrata fere forma. Sacrificia cruenta, ex animato, & ex
homine : atque adeo hominum ad quinqua-
ginta, aut supra, millia uno anno immolabant.
Dignum relatu est, quod Ferdinando Cortesio (immortalis gloriæ, ob quæsitum sub-
actumque hunc tractum) Cortesio, inquam,
erenit. Populi quidam ibi, novitate facinorum ejus attoniti, legatos mittunt, qui sic
affantur. *Tria genera munerum ad te ferimus.*

verum novumque Deum cum novo imperio
oftende.

XI. Pleraſque Superſtitiones, quæ in partibus orbis ſunt, dixi : unam quæ in toto eſt,
omiſi, IVDÆORVM. Ii enim ſparſi
per Europam, Africam, Aſiam, quaqua ver-
ſus colunt : pertinax natio, & qui umbram
pro luce, pro veritate imaginem tenuerunt,
& tenent. Quam multa etiam priſcis illis
ſuis, ſacriſque libris, vana, ſuperflua, inepta
addiderunt ? ad Thalmudem appello. Sed
iſti, quod mirum, & ter mirum eſt, toties
attriti vel exciſi potius, vivunt & rigent; &
corpus illud gentis ſervant, atque adeo pro-
pagant. Legat, qui volet, ab Hieroſolymis
captis, quoties à Principibus Romanis Græ-
ciſque pulſi vel cæſi, quoties à Chriſtianis
etiam regibus ſint : mirabitur & vix credet,
vel paucos ſupereſſe in ſemen. At illi, ut dixi, frequentes ſunt & florent. frequentes ?
Bellonium audi, ſidum obſervatorem. *In om-*
ni imperio Turcico, inquit, *vix opidum aut pagus*
eſt, in quo non plurimi Iudæi agant : atque ii ſere
variarum linguarum periti, quod magno uſui eſt
exteris aut peregrinis. Nec in illo tantum imperio, ſed in Oriente, in Septemtrione, apud
Chriſtianos etiam agunt : & quanquam ſic
diſtracti, unionem & puritatem gentis ſervant, à conjugiis alienigenarum decreto
averſi. Quid Deus in iſtis ſtruat aut moli-
tur, neſcio : nulla quidem gens ab orbe condito, aut frequentiam, aut ſinceritatem ſuam
ſervavit, opinor, præter iſtam.

CAP.

CAP. IV.
DE IMPIETATE.

Ejus matrem Superbiam, aut Ferociam, sæpe &
Vitiorum cumulum, esse.

DEfectio altera *Impietas*, sive *Irreligio*, si ἀσίβειαν Græcorum sic licet vertere. Grande, & ut sic dicam, malorum malum. cum homo à ratione, imo à natura abit, contemptor Numinis aut negator, quod illa asseruit, & hæc insevit. Eo venire solet, sive è superba quadam & rudi Ferocia; sive à Vitiorum magnitudine & cumulo, quæ animum manciparunt. Deo enim tum se subtrahit, & ne illum timeat, spernit: itemque præmia omnia futura, aut pœnas. Infelices hi tales! etiam in externis rebus successibusque: quia desertores sui Deus deserit, nec cadunt solum turpiter sæpe, sed ruunt. Quam fœdi etiam sunt? super omnes Superstitiosos: quia ut illi connivent ad supremum Numen, aut male vident; sic isti cæcutiunt, & nihil vident. Quis autem neget cæcitatem deteriorem lippitudine esse? Eam ego in paucis exemplis proponam: paucis, & idipsum timide.nec aliter quam in templis malos Genios solemus,ad fugiendum & abhorrendum.

I. Omitto veteres, apud quos veniam aliquam habuerit, in caligine errorum : apud Christianos qui potest? Et sunt tamen, qui non vita solum eam præferunt: sed impudenter lingua exprimunt. ut ille FREDERICVS II. Imperator, cui sæpe in ore: *Tres fuisse insignes impostores, qui genus humanum seduxerunt, Moysem, Christum, Mahumetem.* O impure, ô impie! te hoc dicere, quod gen-

illitilium quidam olim, *Chriſtum magum fuiſſe, & ex Ægyptiorum adytis angelorum potentium nomina habuiſſe?*

II. Mitior ALPHONSI X Hiſpaniæ regis, ſed non melior vox aut ſenſus. qui ſolitus Providentiam identidem culpare, & dicere: *Si principio mundi ipſe Deo adfuiſſet, multa melius ordinatiuſque condenda fuiſſe.* Miſelle, ſapientia ſupra Deum es? lingua quo abis, mens quo abiſti? Sed notabile, utrumque illum, & Fredericum & Alfonſum, illum imperio, hunc regno privatos, in publico odio & infamia obiiſſe. Plura non addo, nec vel calamum aut chartam relatione ipſa maculo.

C A P.　V.

D E　F A T O.

Id conſiderandum, credendumque eſſe.

AT tu qui Deum & Religionem colis, etiam Fatum: id eſt Providentiam, decretumque divinum. *Quid enim aliud eſt Fatum* (dicet pro me Minutius Felix) *quam id quod de unoquoque noſtrum fatus eſt Deus?* De unoquoque noſtrum, ſed & de rebus omnibus quæ ſunt, fuerunt, erunt. Is enim, qui omnia fecit, dirigit eadem, movet, ſervat: σωτηρ ηνιοχος αγαθος (verba Triſmegiſti) τι τα κισμα ζεομα εσφαλισαμενος και αναδησας εις εαυτον, μη πως ατακλως εξεσχα:tanquam *Auriga peritus, currum hunc mundi firmans in ſe atque alligans, ne incompoſite feratur.* Prorſus ita eſt, per cauſſas medias, varie nexas, prima illa cauſſa omnia temperat, ſuaviter, prudenter, utiliter: nec aliter eſt cenſendum. Hoc monitum variam utilitatem Principi dabit, à Deo ſe & regnum; à Deo bo-

na malaque externa esse:ideo nec in illis elā-
re, nec in istis abjecte nimis agendum. Cón-
stantia ubique esto, & volens quædam obe-
dientia decretis divinis. *Nam longe præstat* (ait
Gregoras Nicephorus) *quietum ferri à serente
Fato,quam obnitendo velut materiam & alimen-
tum ei præbere. Hoc enim tale est, ac si quis ignem
metuens ædes jam circumdantem, non extinguat
eum, sed sarmentorum fasces aggerat, & oleum
affundat : aut si quis furente Borea & tempesta-
te, exigua fragilique cymba contra fluctus & per
eos eluctari conetur.* Altera etiam utilitas, inquirere leviter & modeste in Fata, & videre quo vis illa supra, nostra hæc trahat : pro-
que ea inclinatione, se & consilia adaptare.
Magnus est fructus ; & prudenti viro vix publica Fata conversioneique obscuræ, ex si-
gnis quæ præeunt vel adhærent. Ruere aut
vertere hunc statum vult ? consilia prava, &
homines tales erunt, qui ad gubernacula ad-
movebuntur. Delatio,adulatio,vanitas locum
habebunt: probitas, veritas, prudentia exsu-
labunt. Sed &, ut in cithara, concentus tur-
babitur : & obscura primum, mox palam dis-
cordia erit. Vult attollere: omnia alia. locus
consiliis,locus honosque virtutibus,etiam ar-
tibus:denique si quid ægri in Republica,sana-
tur;si quid sani,foretur. Vt qui libram tenet,
in hanc aut illam lancem pondus adjici jubet,
& inclinat:sic Deus.& fortunam temperat,sed
manibus aut consiliis fere nostris. Atque hæc
ita palam,ut vel hebes mens videat,si non præ-
videat:& dominum arbitrumque terrestrium
rerum, ex eventis, illum è cœlo agnoscat.
O quam mira, quam inopinata sæpe ab illa
potentia:Nam & hoc gaudet atque amat, præter opinionem (non enim rationem) quæ ponere

facere, & vel sic ostendere vim illam omnia
gubernantem & moventem. Hæc universe:
sed in Exemplis etiam distinctius videamus,
& monita pro iis aptemus. Primum esto,

MON. I. *Regna & Reges à Deo dari.*

I. Quid clarius ? quæ vis, gratia, aut com-
mendatio AGATHOCLI regnum in Sicilia
dederunt ? Pater ei figulus pueritiam in luti
sordibus, adolescentiam in impudicitiæ , ju-
ventam in libidinis egit. Ab omni parte in-
famis, odio civium & inopia, ad latrocinium
compellitur. En gradus, quibus ad sceptrum
veniatur ! Sed mox miles , & dux è milite :
id quoque cum infamia , quod defuncti *Da-*
masconis , cui successerat , uxorem stupro an-
teacognitam , sibi ceperat , & cum ea ingentes opes. His fretus, occupare imperium patriæ bis conatus , bis repellitur ; denique in
exilium agitur. Quid sit ? jungit se Siculis,
Syracusiorum hostibus , palam bello patriam
petit, & obsidet : nihil efficit , cum Pœni in
auxilium evocati strenue propugnarent. Vi
desperata , ad fraudes se vertit , *Hamilcarem*
Pœnorum ducem ad pacem invitat (ea species & honestus titulus fuit :) revera ad pa-
ctionem, ut cederet , & traderet sibi Syracu-
sas. Ita factum regnat, cædes populi & Principum facit : & miro iterum fato , ipsis con-
ciliatoribus scepti Pœnis , bellum infert, &
in Africam transfert. Præter spem varie victor, & præter spem quoque mox victus, de-
serto exercitu , liberis , amicis , pæne solus
in Siciliam effugit. Servat tamen regnum,
etsi in varia sorte : immoritur ei , sed ita ut
pelli uxorem liberosque videret , & ab ne-
·e id eripi, non diu fruituro. In his talibus
ubi

ubi ratio alia , quam ſumma illa Ratio eſt ,
Fatum nobis dicta ?

II. Hæc in uno illo rege. quid in quattuor (ſeptem in univerſum fuere) R O M A-
N O R V M ? Primus *Romulus* , & tertius *Tul-
lius Hoſtilius* , uterque ex paſtore ad ſceptrum
pervenit : quintus *Tarquinius Priſcus* , è pere-
grino & exſule : ſextus *Servius* , quod ipſum
nomen præfert. è vernula & ſervo. Quid hæc
aliud ſunt, quam

 Sidus, & occulti miranda potentia ſati ?

III. Nam de C. MARIO minus mirum
in populari electione , ſi ad ſumma pervenit
ipſe popularis. Sed ex ima tamen plebe ac
municipali , miles mox factus in caliga ,
tum Centurio , tum Tribunus : & in urbe
etiam petere honores auſus, ſæpe repulſus ,
ſpretus , irrupit tandem in Curiam magis ,
quam pervenit. Ex illo tamen Mario tam humili , tam faſtidito , ille Marius emerſit qui
Africam vicit, regem Iugurtham formidatum
Romanis in triumphum duxit : & parum eſt :
ille Marius , qui

 ———*Cimbros, & ſumma pericula rerum*

 Excepit :

& trepidam non Italiam modo , ſed urbem
defendit. Ille , qui poſt ſextum Conſulatum
(rarum decus) carcerem & exſilium ſubiit :
plenus tamen certuſque ſpei , quod olim
juveni in agro apricanti, Aquila ſeptem pul-
los in ſinum jeciſſet , toties iterandi ſcilicet
ſummi imperii ſignum. Nec fefellit eventus,
Rediit , hoſtes vicit , urbem & Conſulatum
ſeptimo iniit, & in eo exſpiravit. Quidlibet
ſperandi & timendi , cum Fata volunt , clarum exemplum.

IV. Nec minus in M A S A N I S S A (*Ma-*

rius enim me in Africam revocat.)qui mortuo
patre Gala , patruo fuccedente . & mox illo quoque mortuo,per fraudem exutus regno
& privatus, arma fumpfit , ac denique victoriæ & illius compos fuit. Sed non diu ea ga-
vifus , & hoc fruitus, à *Syphace* rege bellum
excepit:qui jufto prælio eum fudit. In mon-
rem Balbum confugerat , fed illinc quoque
Bocchar Præfectus regius eum pepulit , ad
tantam paucitatem redactum , ut vix quattuor equitibus comitatus effugerit. Ventum
erat ad flumen,nec vadari poterat: quid facis
Mafaniffa, & tuum Fatum ? metu urgente in
id fe conjicit , & duobus comitum gurgite
abreptis , ipfe cum duobus aliis inter virgul-
ta ulteriora delituit. Fama tamen fparfa fub-
merfi , populares (ut quifque in eum affectus) erexit,aut terruit: cum ille vulnus (nam
& id acceperat) in fpelunca avia curans , la-
trocinio duorum equitum per dies aliquot
vixit. Mox ubi equi patiens fuit, audacia ingenti pergit ire ad regnum recuperandū:qui-
bus præfidiis ? haud plus quadraginta equitibus,qui in via fe addiderant : auctifque paullatim ad VI millia peditum , IIII equitum ,
copiis , paternum totum regnum recepit.
Sed nondum finis fatalis difpofitionis. iterum
pellitur, victus à *Vermina Syphacis* filio, quem
rex in eum miferat. Ibi omnibus opibus, fed
non fpe amiffa , cum LXX equitibus effugit
ad Garamantum terram : hæfitque vagans
aut latitans , donec C. Lælius à Scipione
miffus cum claffe appuliffet. Iunxit fe , &
magnum nomen, etfi exiguas vires attu-
lit ; peritia tamen militiæ & locorum , aliquod ad victoriam momentum. Quæ mox
fecuta victi Carthaginienfes & Syphax. ifte
periit,

periit , & regnum ejus Scipio totum Mafaniffæ donat, finibus etiam auctis. Quid deinde ? nec fic fideliter Fortuna ei ridet. in ipfo
aditu jactatur , fed Veneris infidiis , non vi
Martis. Erat *Sophonisba*, Syphacis antea uxor,
mulier infigni facie , facundia , & aftu.·Hæc
regiam ingredienti occurrit , dejecta , mœ-
fta, fed quod deceret : & ftatim Numidam in
amorem fui rapit. Iubet igitur bono animo
effe , dextram & mox corpus jungit : fed
petenti antea jurat , *Nemini fe traditurum eam
Romano.* In his erat , cum Lælius fupervenit,
& Sophonisbam dedi poftulat : fluctuante
Mafaniffa, in vehementiffimi amoris æftibus,
illam defereret, an amicitiam Romanam. Sed
ratio & utilitas affectum vicit: illa vita abit,
ifte ad Romanos redit , & adhæret , per eos
regnum ftabilit , auget , quod ad pofteros
etiam tranfmifit.

V. Inferit fe his exemplis & fœmina. Erat
Leontii cujufdam Athenienfis philofophi filia , ATHENAIS nomine , multo ingenii corporifque lepore , aut Venere. Pater
occulto aliquo de fortuna ejus præfagio ,
omnes opes moriturus duobus filiis relique-
rat; huic folos centum aureos, cum elogio ,
Suffecturam ei fortunam fuam. Igitur cùm fratribus litigat, ut injuria affecta. fed infirmior
fexus aliam etiam accipit , & pulfa ab iis
Conftantinopolim venit , ut viam futuræ
magnitudini aperiret. Infinuat fe, & commendat cauffam *Pulcheriæ* Imperatoris forori: cui
ftatim ita placuit, ut percontata , ecquid virgo effet ? in aulam acceperit , fed bapti-
fmo, rudem ad id Chriftianæ religionis, prius
ablutam. Nomen ejus in EVDOCIAM
mutat: ac fic denique amat, ut fratri *Theodofio*,

C 5

apud quem omnia poterat, conjugem de-
fponderet. Hem, afcenfus ! fed ecce , & de-
jectio. nam diu felix eo conjugio , amata &
amans, in fufpicionem probri incidit,& contubernio excidit, hac cauffa. Imperator infigne , & prægrande pomum dono acceperat :
quod porro uxori fuæ blandiens tranfmifit.
Accepit illa , & idem mox *Paullino* , facundo
& erudito viro , ideoque erudiræ fœminæ
caro , nihil fequius cogitans dedit. Quod ille, ignarus unde eflet, iterum Imperatori, ut
regium aliquod munus offert. Mirari ille, &
primum ambigere ; mox agnofcere , & fu-
fpicari atque ita propere ad uxorem veniens , callide pomum ab ea repetit , antea
donatum. Hæc totius facti ignara , temere
juveniliter afferit, fefe edifle : iterumque ro-
gata dicit, atque adeo jurat Imperator ferio
tum offenfus, & mendacii arguens , pomum
profert : nec fatis. de amore occulto & improbo fufpicatus, Paullinum occidit , illam
abdicat, & relegat. O uterque amans, veftri
mifereor ! etfi hæc quidem cafum fortiter
tulit : & ivit Hierofolyma , & pie cafteque
vivens ibi moritur , fed præmortuo marito.

V I. Multa hæc in hiftoria veteri : noftri
ævi unum addam. PHILIPPVS II. Hifpaniarum rex , quid nifi fato in illud Lufitaniæ etiam venit ? Quod ita fundatum firmum-
que in copia fucceflorum videbatur. ut locus
non eflet aut rima vel improbæ externæ fpei.
Ecce *Emanuel* XIIII, Lufitaniæ rex tres uxores
duxerat , & ex omnibus liberos tulerat. primam, *Ifabellam* , maximam natu filiarum *Fer-*
dinandi & *Ifabellæ* Hifpaniæ regum. Proles
ex ea nata *Michael* : qui fi vixiflet, certus heres omnium iftorum regnorum erat , quæ
nunc

tunc magnus Hispaniarum rex tenet. Obiit
puer , & ipsa mater ejus à partione. Ergo
alteram tunc filiam *Mariam* , quæ tertia erat
eisdem Ferdinando & Isabellæ , nuptiis jungit : nam *Ioanna* secunda , tradita *Philippo* Au-
striaco fuit, è quo conjugio Hispaniæ isti reges. Emanuel igitur ex *Maria* numerosam
sane prolem gignit, sex masculos, duas filias:
denique è tertiis etiam nuptiis , quas cum
Leonora Philippi Austrii filia coivit, duos liberos, filium filiamque. Observa, te obsecro an
non hæc fundata domus , in tot fulcris, ut sic
dicam, regni? Iam ad liberos istorum veni ,
quanta series ? *viginti duo* erant , qui Philippum regem anteibant . & successione legiti-
me arcebànt: & tamen quo Fata vocabant,
venit & successit. Præmortui omnes illi sunt,
quid ? nisi ut unum facerent Hispaniæ totius
caput. Magnus favor Numinis , nec semel in
hac gente (Austriam dico) se ostendit : quæ
per hæreditates & adventitia incrementa fere crevit.

MON. II. *Regna à Deo & reges tolli.*

I. Vis Illustre exemplum? CYRVS erit
qui per annos triginta , in magna gloria rex
Persarum, finitimis , deinde longinquis, sub-
actis , longius manus etiam ad Scythas por-
rexit. Venit cum magno & victore exercitu.
ô dedecus ! à fœmina vincendus. *Thamyris* ea
erat, quæ genti præerat , & filium ad fines
regni repulsurum vim externam miserat : sed
victus est, & insidiis à Cyro circumventus.
Ergo ipsa molem regni ultimam excivit ,
& dat se animose obviam , atque iisdem
fraudibus circumventum & clausum , ipsum
copiasque cecidit. Ducenta Persarum millia
er

erant : ingens clades : adde ludibrium. caput
mortuo refecat , & in utrem fanguine plenum merfo exprobrat : *Satia te fanguine , quo
expleri nequifti.* Regnum longa mole fundatum, ubi es ? rex tot annos felix & victor ,
ubi es ? quo Fata & ordo rerum miferunt, à
fummis ad ima decidifti

I I. Iam POLYCRATES , rex Samiorum,
non fortunati , fed Fortunæ nomen videbatur. Nihil ei in vita adverfum: ante vota , fupra vota, omnia aderant : id eft , priufquam
vellet,& plufquam vellet. Cœlum,terra,ma-
re favebant, aut ferviebant : & res in exemplo raro dixit : Anulum in mare abjecit.quafi
Nemefi placandæ : quid fit ? in pifce mox in-
ventum recepit. At ultima diffident. & *Oro-*
ctes Darii regis fatrapa victum, captum,mor-
te , nec ea communi (non dicam regia) affecit : fed in cruce alta fufpenfum, mirabile &
miferabile orbi fpectaculum,fubjecit,O vere
Deum, qui inopinate mutat !

I I I. Et in VALERIANO etiam Imperatore Romanorum , id eft orbis pæne terræ , quam fimile ludibrium ! Ille poft quindecim regni annos in ignobilem fervitutem ,
& audientium aures gravaturam, vi Fati
incidit. Bellum , magnis viribus, S*apori* Perfarum regi fecit : fed eo fine,ut victus & vivus in manus hoftium veniret Imperator.
Barbaro faftu victoria ufi funt. fiquidem Sa-
por, ut catenatum mancipium circumduxit ,
& quoties equum confcendere , non manu
ejus ; fed inclinati dorfo, adjutus innixufque
eft.Quis hominum fic fubito dejicere & cal-
care Principem rerum potuit , præter divinum fupremumque decretum ?

I V. Affidet , quod BAIASITES PRI-
MVS,

MVS , quem *Gilderun Chan* à fulmine Turcæ
dicunt , magnus animo , & rebus Imperator fuit. Atque is varie , & per decem amplius annos victor , magno illo prælio cum
Temire Chano , quem *Temir-lancum* à claudica-
tione item vocant,conflixit.Vtrimque ingentes copiæ. robora virorum & militiæ ufus à
Turcis ; Fatum aliunde ftetit. Nam & auxi-
liares copiæ Tatarorum in ipfa pugna defe-
ruerunt Baiafitem,tranfitione ad hoftem facta:
idem milites, è regione Germiani & Mente-
fii. Solus fe non deferuit , cum immoto Præ-
toriano agmine,Baiafites : & murus illic belli. Sed vis ac multitudo perrupit , ipfe captus, filius ejus *Muftaphas* cæfus, & quidem
felicius. Nam pater ad victorem Temirem
perductus , honefte primum exceptus eft :
cum & obviam pedes extra tentorium iviftet
illi , in equo adventanti. Cum defcendiffet:
uterque pro more gentis , humi in tapete
confedit,atque ibi Temir (operæ pretium vifum: fide Annalium Turcicorum verba dare)
O Chan , inquit , *magnas uterque Deo gratias de-*
bemus: ego , quod claudus ille ab ipfis Indiæ fini-
bus ad mœnia Sivafta imperium extenderim ; tu,
quod a Sivafta , ad ipfos Pannoniæ fines. Orbem
terræ inter nos partiti pæne fumus. Debemus igi-
tur gratias, atque ego reddidi, & reddam : tu ve-
ro parum fortaffe memori grataque mente fuifti.&
idco hæc calamitas intervenit. Sed age mi Chan, fi
ego in tua fic fim poteftate , quid ageres ? dic libere
& veraciter. Ibi ajunt Bajafitem,qui feroci &
elato animo erat, fubjeciffe: *Equidem te,fi nu-*
men victoriam adnuiffet, in ferream caveam inclu-
fum circumduxiffem , fpectaculo & oftentui cun-
ctis. Temir eo audito, fententia hac in ipfum
eft ufus, & fic inclufit. Mifer triennium fere

ita vixit : & cum defperata liberatione audiffet in Tartaros fe abducendum , caput validis iteratifque ictibus caveæ ferreæ incuf-
fit, & indignantem animam fic emifit. Multi
& pulchri ludi in hoc Mundi theatro: fed tra-
gœdiam belliorem raro, aut nec legimus.

V. Nifi luber & ad Sacros apices venire ,
& videre quomodo nec iis vis ifta parcat.
CAROLVS CARAFFA à Paulo IV Pontifice
defignatus Cardinalis fuit : ejus frater IO-
ANNES Montorii Comes, & Dux Paliani factus. Omnes ifti apud Pontificem , quæ vellent, poterant : & plus quam æquum deco-
rumque erat, volebant. Manfit aura fecunda,
quamdiu fidus illud luxit : poft ejus occafum, *Pius Quartus* in Pontificatum affumptus,
idque opera & gratia (notabile eft) *Caraffa-*
rum maxime. Sed ifte inter primas fere pu-
blicas actiones habuit, Caraflas evertere: fecitque initium VII Idus Iunii, ipfo die, quo
Carolus pilei honore donatus fuerat , in carcerem eo conjecto. Additus Dux Paliani ,
frater; Comes Allifanus , aliique propinqui
eorum aut clientes. Novem menfes in arce
Sancti Angeli habiti , non nifi crimina &
mortes audierunt : & hanc denique fententia
Pontificia fubierunt. Cardinalis nocte, carnificis manu ftrangulatus : Dux capite trunca-
tus, una cum Allifano Comite ; & cadavera
in publicum fpectaculum expofita. Quis fenfus & occulta vox, tibi Roma tunc fuit? cum
multi Pontificis feveritatem , & ingratitudinem, accufarent : fapientiores,incerta rerum
humanarum, fub illuftribus exemplis, agno-
fcerent; & vilium reorum pœna atque ignominia periiffe , qui dignitate & opibus cul-
mina paullo ante fuerant rei Romanæ.

MON.

MON. III. *Et cauſſas quaſdem medias,
ſed inopinatas, his intervenire.* ————

I. Adſtruit & aſſerit ſe ubique Providentia : ſed apertius, cum cauſſæ quædam me-
diæ ſubitæ, aut inſolitæ interveniunt, & licet dicere, Quis exſpectaſſet ? In DIO-
NIS rebus hoc elucet, cum Syracuſas liberatum iret à tyrannide Dionyſii, gravi &
famoſa. Erat tum forte in Italia Dionyſius,
& res alias agebat : id quod Dioni (fato ſic
diſponente) commode & feliciter evenit.
Nam cum ipſe in Siciliam, exiguis copiis,
animo quam prudentia majore, appuliſſet :
Timocrates, primus amicorum Dionyſii, &
qui vicem ejus regebat, ſtatim hominem certum cum litteris ad Dionyſium ablegat, qui
Dionis adventum, & res in Sicilia motas
nuntiaret. Summa erat, omnia relinqueret,
rediret, niſi à ſuis vellet relinqui. Homo
feliciter fretum trajicit, *Cauloniam* terra tendit, ubi Dionyſius tunc ſecure agebat. In via
forte notus occurrit, qui recens victimam im-
molaverat, & partem ejus amico communicat & donat. Accipit, in vidulum lateralem
imponit, ubi & Timocratis epiſtola erat. Pergit interea ſtrenue, & noctem itineri cum ad-
ſumpſiſſet, jam feſſus, neglectim abjicit ſe in
humum, & componit leviter dormiturus.
Haud procul à ſilva erat : è qua ecce lupus
egreditur, & odore carnis ſtimulatus accedit, & vidulum à latere abripit cum ipſa carne. Paullo poſt homo expergiſcitur. vidulum
deſiderat, & circa quærit: fruſtra. itaque metuens offenſæ aut pœnæ, non ſuſtinet ad
Dionyſium ire, & alio divertit. Hoc caſu, tardius quam opus erat, & aliis literis, Diony-

sius cognoscit quid ageretur. Subvenire vult,
non potest : à sceptro ad ferulam redigitur.
à quo ? Deo , Deo , qui inopinatum illud in-
terjecit.

I I. Quid in M. BRVTO , & campis Philippicis ? manu providentiam tango. Legiones utrimque , & instructæ copiæ : egregii
duces. concurritur : vincit cornu dextero
Brutus, & oppositum *Octavianum* pellit , atque adeo castra ejus capit : & quàm pæne
ipsum ? Plena & certa victoria videbatur :
sed quam Cassius mala sorte pervertit. Nam
ipse ab *Antonio* pulsus in suo cornu, sed suga
& damno leviore : & facilis instauratio , si
se Bruto scivisset, aut sperasset. At campus,
qui pulvere stabat, impediit prospectum : &
triste, sed falsum, ei augurium in animo, victum etiam Brutum esse. Tamen adhuc dubius, substitit in colle quodam , & L. Titinnium, ex fidis amicis , mittit ad exploran-
dum. Ille in Bruti milites statim incidit, vi-
ctores &, ut sit, palantes. De Cassio, *Quam
salve ?* quærunt, audiunt , & læti Titinnium
circumfundunt, & una ad Cassium, animaturi
eum tendunt. Qui cum videt , & recta ad se
venire, hostes arbitratus , & amicum suum
captum : *Quid ultra moramur ?* inquit: *spei, vita,
dedecus abeant :* & simul cervices suas liberto
præbuit incidendas. Vix factum, Titinnius supervenit; & casum miseratus, sibi iratus, quasi mora in caussa fuisset) idem genus fati
sponte sumpsit. Hæc res & Brutum perdidit :
qui in Cassii anima, suum animum amisit.

I I I. Multa possim : unum ex historia vetere , & de inclyto illo ANNIBALE inter
omnis ævi duces. Iure hoc elogium vindicat : nec fuit aut erit, qui militari astu aut peritia

ritia virum æquabit, non dicam superabit. Is
in Italia dominabatur, post Cannas victor: &
quid nisi Roma restabat? Frœnum fati cohi-
buit, ne statim iret: idem consilia ejus alia,
consulta licet & firma, evertit. Fœdus cum
Philippo tunc Macedonum rege percusserat,
& ut is in societatem belli, aut potius victoriæ, veniret: legibus iis, ut Italia quidem
Annibalis & Carthaginensium esset: Græcia Philippi, Punicis mox armis subjugan-
da. In hanc rem firmandam, Xenophanes legatus à Philippo mittitur, navigat, legit
oram Italiæ. juxta Tarentum in classem Romanam incidit, capitur: & *Quis, quo, quare,*
rogatur. Ille Græculus, callido mendacio
se expedit; & ait à Philippo rege ad Senatum Romanum mitti, ut fœdus in Annibalem & Pœnos jungat. Romani, & eorum
Dux Valerius Lævinus, lætari, ovare: & cœ-
litus tam opportunum auxilium, à potenti
rege, in rebus arctis, missum opinari. Itaque
honore honestant, prosequuntur, & in tutum Italiæ litus exponunt. Expositus ille recta ad Annibalem tendit, & mandata dat, accipit: denique de tota re peragit & definit.
Nihil supererat, nisi ut ipse ad Philippum,
Philippus in Italiam veniret: & sunus res
Romanæ essent. Deo aliter visum, vigilat:
& in reditu eadem navis in Romanam classem incidit, sed cui Q. Fulvius præesset. Ille
prioris doli & hominum ignarus, quærit
solita: & Xenophanes semel mentiendi felix, eodem applicat, *A Senatu venire, ad re-*
gem suum ire. Hæc vultu ac voce constans:
jamque persuaserat, cum ecce vident inter
comites, quosdam Punico habitu: & *Qui isti?*
clamat Fulvius: *à Græcia non sunt.* Turban-

D

tur, fatentur, in vincula dantur, Romam mit-
tuntur : omnia confilia & pacta deredta, Roma fervata. Servare enim eam fuit, vel in
tempus coepta impedire, & donec mifera
refpiraffet. I nunc, & quis Epicurus hic Providentiam neget?

- I V. Iterum idem in EODEM. Rebus jam,
fua culpa & mora, dubiis, & Romanis animo ac viribus auctis: ut fuas pariter firma-
ret, fratrem *Afdrubalem* ex Hilpania evoca-
verat, cum novis copiis, & valido exercitu.
Iam Alpes tranfierat, jam adventabat: quis
non actum de re Romana cenfuiffet, quæ
ægre vel uni Annibali refiftebat? Iunge iftum
veteranum ducem, tot fubfidia: ad exfequi-
as tuas Roma imus. Vide rem levem, fed
à Deo, quæ turbat. Nefciebat etiam Annibal
fratrem in Italiam veniffe, & in extrema A-
pulia confidebat : cui obviam ire, ratio alioqui & confilium erat. Miferat autem Afdru-
bal, præmiis inductos, quattuor Gallos equites, duos Numidas, qui omnia Annibali fi-
gnificarent: fed ii cum totam fere Italiam tuto emenfi ad Tarentum veniffent, ibi à vagis
Romanis pabulatoribus excipiuntur, Annibali jam vicini. Deducuntur ad Confulem
Claudium Neronem, caftra oppofita Annibali
illic habentem : fatentur, litteras tradunt,
per interpretem explicantur. Ibi cognitum,
Afdrubalem in Vmbriam venire in animo habere, ac fratri ibi occurfuro jungi. Conful
ftatim, magno animo facinus aufus (ut in
magno periculo) validiffimam partem copiarum clam è caftris fubducit : lectos omnes,
fex millia peditum, mille equites : & dies
noctefque non intermiffo itinere, occultus ad
Livium Salinatorem (is alter Conful oppofitus
Afdru-

Afdrubali erat venit Ita ftatim duplicatis
viribus cum Afdrubale pugnatum : cujus vi-
&i & cæfi caput Nero fecum eadem celeritate in caftra refert : ac poftero die ante ftationes hoftium projecit. duobus etiam captivis dimiffis , qui rem omnem ordine nuntia-
rent. Tum denique perculfus , imo defpera-
tus Annibal , vocem hanc è pectore emifit :
Agnofco fortunam Carthaginis. Bene, bene. Tu
nitere , & omnia fac : vincens non vinces ,
prudentia infra fortunam erit , & Nemefis
Carthaginem tuam premet.

MON. IV. *Regna à Deo & Reges temperari.*

I. Breve monitum , fed magni fenfus &
ufus : videre quomodo Deus difponat & co-
hibeat, hos ne crefcant , hos ne cadant : &
velut in æquilibrio res fufpendat. Hoc Nice-
phori Gregoræ verbis dicendum eft : *Mirari*
mihi fubit, inquit , *imperveftigabilem Dei fapien-*
tiam , qui plane contraria uno fine confufit. Nam
cum duas adverfarias poteftates inter fe committe-
re ftatuit, nec alteram alteri fubjicere: aut ingenio
& virtute praftantes utrique parti, moderatores
praficit, ut alter alterius confilia & conatus ever-
tat, & utrimque fubditorum libertati confulatur ;
aut utrofque hebetes & imbelles deligit , ut neuter
alterum tentare , & fepta (quod ajunt) tranfilire
audeat , vetere fque regnorum limites convellere.
Dici prudentius nihil potuit : & Providentiæ
hanc difpofitionem quot exempla adfirmant ?
non infifto , & vetera omitto : fed nuper *Ca-*
rolus V nobis, *Francifcus* I Gallis , *Soleimannus*
Turcis imperitabant : quivis eorum dignus
orbis terræ imperio , & habuiffent , aut pro-
moviffent : nifi concurfus ille fuiffet , &
alius alium interpellaffet. In parte altera

D 2   exem-

exempla , quæ verecundia prohibitus non
dicam.

MON. V. *Clariſſime Fata in Prædictionibus elucere.*

I. At nulla res fatum clarius certiuſque,
quam Vaticinia , aut Prodigia aſſerant. quæ
diu ante , cauſſis notiſque nullis apparenti-
bus, cum eventa deſignent : quid niſi & hæc
definita , & à Deo eſſe clamant ? Daniel ille
VATES , & SIBYLLÆ , multis ante ſæculis
multa & magna prædixerunt : unde, & quomodo, niſi quia in Providentiæ libro hæc de-
ſcripta ? & Deus revelaverat. Nam ita amat
Numinis illa benignitas, per *Somnia* , per *Signa*, per *Spectra*, & *Vaticinia* res futuras often-
dere:divinitati ſuæadſtruendæ,nobis inſtruen-
dis aut præparandis. Latus lætuſque campus
eſt,placet ingredi,& leviter luſtrare ? fiat.Ac
primo de SOMNIIS , nobile eſt quod A-
STYAGI ultimo Medorum regi factum.Vidit
per quietem , ex natura filiæ , quam unicam
habebat, vitem enaſci,& ſic mox diffundi,ut
totam Aſiam palmite ſuo obumbraret. Con-
ſulti vates ajunt , *Naſciturum ex filia, qui Aſia
regnum occupet, ſuo eum nudet.* Territus hac de-
nunciatione , & ut fatum averteret (miſer,
quid operam ludis ?)jamprimum filiam ſuam
extero, & obſcuro tunc viro, *Cambyſi* deſpon-
det. deinde eamdem partui vicinam ad ſe
traducit , & ut quod natum eſſet ſe teſte ne-
caretur.Ergo infans *Harpago* traditur occiden-
dus.notæ fidei,& cui arcana illius regis jamdiu innixa. At ille veritus,ne ſi mortuo Aſtya-
ge imperium ad filiam veniret (nec enim vi-
rilis ei ſexus liberi) poenam obſequii lueret :
non necat,ſed paſtori regii pecoris tradit ex-
                                    ponen

ponendum. Forte & uxor hujus pepererat.
quæ re audita, summo rogat opere maritum,
puerum ad se deferri,& oculis saltem libari.
Maritus indulget , it in silvam ubi relique-
rat : repperit canem fœminam,quæ mammas
præbebat , & una alites feralque abigebat.
Tactus miraculo, & vel à cane doctus mise-
rari , tollit puerum, uxori defert ; quæ videt, amat, alit. & crescit in virum,in regem:
qui Astyagem vicit , sceptrum ad Persas
transtulit.

I I. Sed & ANTIGONI somnium mirabile, super *Mithridate.* Ille è Persarum magis oriundus , erat in comitatu Antigoni Macedonum regis , Perside scilicet devicta , &
fortuna sua cum publica inclinata. Visus videre noctu Antigonus , sementem auream in
magno campo se facere , eam surgere , ado-
lescere & maturescere : sed mox omnia de-
messa item videre , & culmos spicasque ja-
cere inanes. Vocem adhæc audire, *Mithrida-*
tem in Pontum Euxinum fugere , auream messem
secum asportantem. Non obscurum somnium,
aut significatio. itaque rex , ubi evigilasset,
exterritus tollere statim Mithridatem statuit, & cum filio *Demetrio* communicat , fidem silentii iurejurando stipulatus. Erat familiaris, in pari ætate,Mithridati Demetrius:
& forte iste se obtulit, à recenti indicio. Mi-
seratur adolescens , & adjutum velit,sed religione juramenti cohibetur. Quid facit ? ap-
prehensum seducit ab aliis , & nihil effatus ,
hasta in terræ pulvere scribit : FVGE MI-
THRIDATES. Quod ille arripit , & verbis
istis , & vultu ipso Demetrii monitus , in
Cappadociam clam aufugit, & regnum mox
potens & inclytum Ponti condidit: quod ste-

tit in octavam ab eo ftirpem , alterum illum
Mithridatem Romana potentia vix everfum.

III. Affidet iftis , & primo utique , fomnium quod ERTVCVLES pater *Ofmanis* , à
quo potentes ifti Afiatici *Ofmanidæ,* vidit : fed
vidit de die, cum poft cibum fumptum meri-
diaretur. Experrectus igitur , & imagine ea
confufus , primo corpus aquis abluit , & fe
purgat, uti religio gentis ejus habet. tum ad
Edebalem, virum inter ipfos fapientem & fan-
ctum , venit atque infit : *Somniavi vir vene-
rabilis* (Annalium Turcicorum verba pono)
*fplendorem Lunæ è finu tuo prodire , eumque in
meum deinde finum pervenire. Eo cum delatus effet, ex meo umbilico enafci arborem , qua regiones
varias, montes & valles inumbraret. Ad ipfas autem radices arboris , aquas emanaffe , quibus vineæ
& horti rigarentur : atque ibi fomnium me fom-
nufque deferuit.* Edebales audito , aliquamdiu
fecum reputans , effatur : *Nafcetur tibi filius ,
vir bone, cui nomen erit Ofman. Is multa bella geret, victoriam & famam pariet, ac pofteri tui Principes Regefq; terrarum erunt. Mea autem filia Of-
mani nubet : atque is fplendor eft : qui è finu meo
prodivit, & in tuo coïvit; ex utroque autem arbor.*
Quam mira , & vera prædictio ! fed & de
Lunæ notabile , quam fcimus inter figna prima effe Turcicæ gentis.

IV. Iam ad SIGNA tranfeo : quæ *Magna*
aut *Parva* , fed certa pariter fe oftenderunt.
TIMOLEONTI Corinthio, cum in Siciliam,
ad pellendum tyrannum , exigua manu iret :
fax ei in mari , totam noctem , naviganti
præluxit. Amplius , Delphos paullo ante
profectus , ut Appollini facra & vota faceret : è donis fufpenfis vittam, in caput fuum
deciduam , ita excepit , ut coronæ aut dia-
dema-

dematis ritu cingeretur. atque erat ea vitta
victoriolis & corollis intexta : prorsus ut à
Deo coronari , & victor pronunciari videretur. Quid, quod eidem ante pugnam cum *Ice-
te* contigit? Contentio honesta inter Centu-
riones & manipulos de ordine erat , & præ-
ire omnes volebant : cum ille , liti dirimen-
dæ, sortem definire jubet , & anulos Centu-
rionum in eam poscit. Conjiciuntur in sinum
vestis. commiscentur : qui primus educitur,
is trophæum pro insigni habebat insculptum.
Aucti omnes ab omine animis, in hostem alacriter eunt, cædunt, vincunt.

V. MARCIANO Thraci, plebeio genere ,
& mox Imperatori, plura hæc potentiæ Signa evenerunt. Ad militiam primam eunti ,
& ut nomen daret, cadaver hominis occisi in
via offertur : ad quod substitit , & miseratione tactus in eo est ut sepeliat, & terra tegat.
Dum facit, deprehenditur , accusatur ut ho-
micida , & Philippopolim abducitur. Iam
pœna imminebat insonti : cum verus homi-
cida casu supervenit , & agnoscitur : ipse liber ad vicinos numeros tendit. quibus in-
scribitur , & (pulchrum omen!) in locum
defuncti militis, *Augusti*. Et jam cum legionibus in expeditionem ibat : cum morbus
eum invasit, & in Lycia substitit , hospitio a-
pud duos fratres exceptus, *Iulium* & *Tatianum*.
Cum meliuscule ei esset , recreandi caussa,
tres simul venatum eunt : & fatigati decum-
bunt, & obdormiunt. Æstus solis erat , & i-
pse meridies : ibi aquila, pansis alis, leviter-
que corpus librans , super Marcianum se suspendit , & umbram fecit. Tatianus experrectus id videt, ac fratrem excitat , & ostendit.
Vterque mirabundus haud vane augurantur.

avem

avem regiam regnum ei portendere : & Marciano futuram fortem gratulari , ducentos etiam aureos in viaticum donant , unum hoc apprecati : ut memor gratufque effet , cum ad Imperium veniffet. Idem hoc prodigium iterum ei fic factum. In Africam, fub *Afpare* copiarum duce, profectus eft : atque ibi pugna cum *Ganzerico* rege parum profpera, capitur affervaturque. Cum pluribus fub divo recumbit , calido item fole : ecce aquilam quæ advolat , Marciano fuperfiftit , & incoram omnibus umbraculum ei fedulo præbet. Vidit ipfe Ganzericus, & miratur, & vocat : ac liberum hac lege amittit, ut Imperator pacem cum Vandalis colat.Nec diu poft, mortuo *Theodofio* , *Pulcheria* ejus foror Principem hunc, & fibi maritum , deftinat. fed maritum fermonis caufta : ftipulaturque ut nomine contentus , cætero fructu corporis fui abftineat : quod caftum pia virgo Deo confecraffet. Nunquid veracia , & palam à Deo hæc figna.

VI. Atque eadem : fed triftioris fortunæ nuntia , in Hifpania apparuerunt , R O D E-R I C O ultimo Gothorum rege. Palatium Toleti erat , fed claufum & validis vectibus ferroque munitum. Fama tenebat , referatum id excidio Hifpaniæ futurum : quod Rodericus ridere , & thefauros occuli ratus, feras perfringendas curavit. Thefauri nulli , cæterum arca reperta , & in ea linteum : in quo infolentes hominum facies veftefque depictæ, atque ipfi militari habitu atque impetu graffantes. Verba Latina infcripta , *A tali ea gente exitium Hifpaniam manere.* Quid plura ? fides factis facta : *Iulianus* Comes, cuius filiam rex ftupraverat, ex Africa hoftes indu-

inducit, regem occidit, patriam perdit.

VII. Sunt & *Parva* magnarum fæpe rerum figna. Noftro ævo, cum in locum *Paulli* IV Pontifex creandus effet, & in conclave purpurati patres veniffent : en fuper IOANNIS ANGELI Cardinalis Medicæi, qui poft PIVS IV nomen habuit, columba aliquamdiu circumvolitans, cellam confedit : nec aliter omnes interpretati funt, quam velut à Numine miffam, Pontificem hunc oftendere defignandum.

VIII. In tranflatione Lufitanici fceptri ad PHILIPPVM Hifpaniarum regem, notatum à curiofis eft, *Sebaftianum* regem Lufitaniæ, cum in Africam magna mole moveret, & pecuniæ inopia effet, edicto permififfe & adirum dediffe in Lufitaniam *Regalibus Caftellanis :* quod genus monetæ antea ibi fpretum. Item, in ipfo apparatu & cultu nobilium, fub difceffum omnes fubito variaffe, & ad Hifpanicum tranfiffe. Clariora funt, quam ut interpretatione illuftrentur.

IX. At vero SPECTRA etiam fæpe & Genii, varia fpecie, prædicunt. Vt ille, qui DIONI SYRACVSIO apparuit, poftquam patriam magna fua gloria à tyrannide liberaffet. Domi fedebat, & clara luce habitu Furiæ mulier fe obtulit, grandi ftatura, horrenda fæditate. Ea domum fcopis cœpit verrere, nihil aliter prolocuta : & territo Dione, cum familiares advocaffet, fpectrum abfceffit. Sed non noxa, quam fignabat. nam filius ejus grandior, incertum an per infaniam fubitam, an iram, è fumma domo præcipitem fe jecit, & fæde occidit. Sed & ipfum Dionem mox infidiatores domi interfecerunt, uxore & forore ejus in carcerem abductis.

D 5   Qui

Quid? non egregie domus hæc verfa, fi non everfa fuit, monftro fignificatum?

X. M. BRVTO Dionis æmulo, fimile etiam fpectrum oblatum. Parabat trajicere ex Afia exercitum in Europam, & funeftos illos Philippos, ubi mox certatum. Nox alta erat, Luna lucens, & Brutus aliquid ferium animo volvebat, aut ut alii, lucubrabatur: cum ecce fonus ftrepitufque ad cubiculi januam, & ingreditur vafta forma Æthiops, fævo & terrente afpectu. atque is filentio ante Brutum conftitit. Qui animo & ore conftans, interrogat: *Quis hominum deorumque es? qua res huc egit?* Refponfum rettulit: *Malus tuus Genius fum, in campis Philippicis me videbis.* Iterum animofe Brutus: *Videbo.* Difparuit. fed ut dixerat, in ipfis illis campis comparuit, nocte quæ pugnam ultimam anteceffit: cum à bono Genio Brutus defertus, malo fuccubuit, atque adeo ipfe occubuit, & Romana cum eo Libertas.

XI. Compar iftis, quod patrum ævo LVDOVICO Hungariæ regi accidit: cui bellum *Soleimannus* Turcarum princeps parabat, atque ipfe pariter fe accingebat. Prandebat in arce Budæ, foribus tunc regiæ de more claufis. Aftat ad portam quifpiam humana fpecie, fed claudus, diftortus, & habitu cætero cultuque fædo, qui acri ac ftridula voce clamat, pofcitque colloquium regis. Negligitur, & putabant mendicabulum hominis effe: cum magis magifque inclamat, & opus convento rege, nec alio, effe. Re ad regem delata, mittit è fplendidioribus aulicis, juffum nomen & perfonam fuam præferre, & hoc quidquid effet, elicere. Venit, & appellat claudum de arcano. qui infpecto, abnuit hunc

regem

.regem effe : &, *Quoniam*, inquit, *audire afper-*
natur , abi , nuncia brevi & certo periturum. Et
cum dicto ex oculis adftantium evanuit. Nimis vera comminatio fuit. rex ad *Mohatzium*
urbem, grandi prælio victus,& fugiens in pa-
ludes incidit:& dum enititur,equo fuper eum
corruente obteritur , aut fuffocatur. Annum
agebat vigefimum primum.

XII. Ad *Vaticania* aut prædictiones venio :
è quibus *Thrafyll.* TIBERIO facta, quam
teftata eft ? Erat in comitatu Tiberii, Mathematici titulo , cum Rhodi in exfilio ageret.
In exfilio : & quam procul à Principe ? &
Cajus ac *Lucius Cafares* , etiam vivebant. Non
definebat tamen ifte identidem Tiberio fidem facere certi Principatus. Sed parum
credulo , & jam de dolo etiam fufpectanti :
& ne fubornatus ab æmulis , ad eliciendas
arcanas aliquas voces effet. Atque adeo perdere eum ftatuit , & clam necare. Domum
Rhodi habebat. & in ea turrim, quæ rupibus
impofita , mare ex alto defpectabat. In hanc
turrim ducit Thrafyllum , cum uno fido &
valente liberto comite : certus , ut dixi , tollere , nifi fidem ei faceret fidæ prædictionis.
Cum afcendiffent igitur, cœpit interrogare :
Soli fumus , dic per quidquid carum habes , vera
hactenus mihi dicis ? de imperio etiam adfirmas ?
Ille iterare, & fidera fic velle. *Si de meo igi-*
tur ftatu compertum , inquit , *ex fideribus habes :*
de tuo ecquid ais? infpice. Ille thema ponere,
fitus ac fpatia fiderum confiderare : denique
timere, pallefcere, & exclamare, *Anceps fibi,*
ac prope ultimum , difcrimen inftare. Eo dicto
complexus hominem Tiberius , vere con-
fcium futurorum afferit: & quod de ipfo me-
ditabatur, fi non fatisfeciffet, pandit. Qua arte
hoc

hoc Thrasyllus potuerit, vere siderali, an potius Geniali, alibi videndum sit: nunc aliud
ejus mirandum addo. Ambulabat in litore,
cum eodem Tiberio. navis longe conspici-
tur: iste statim affirmat Roma venire, & litteras nuntiosque ab Augusto de reditu ejus
afferre. An & hoc tale ex sideribus? nugæ:
ex instinctu.

XIII. Neque minus nobiles istæ (plures
enim sunt) in DOMITIANI Principis rebus. Fuit *Largius Proculus* quidam, vir inter
illustres: qui publice in Germania prædixit, ipso tali die Domitianum obiturum.
Cumque res ea ad Præsidem dimanasset, gra-
tificaturus Domitiano, & simul quia hæc
præsagia vetita, vinctum eum Romam misit.
Nec negavit, cum introductus ad Domitianum esset, imo magis magisque asseveravit.
Iussus igitur in carcerem recludi, & asserva-
ri donec dies is transisset, tum puniendus:
imo, ut res docuit, tum liberandus, & præsa-
gii suspiciendus. Aliud. Fuit eodem tempore
Ascletario Mathematicus, qui & diem & genus mortis Domitiani apud quosdam dixit.
Vocatus ab ipso, eadem iteravit: quærenti-
que Domitiano, ut eluderet, *Tu igitur, qua
morte periturus?* ille statim, *Fore, ut à canibus
Laniaretur.* Tum Imperator, ad fidem coar-
guendam, extemplo abduci, & vivum exuri
jussit: sive, ut Suetonius, prius interfectum. Sed utrum horum, tamen extra urbem, via Latina, homo uritur, scilicet ut nihil reliquum è cadavere esset, quod canes laniarent. Sed ecce nimbus subito ortus
rogum extinguit, & ministri semiustum re-
linquentes diffugiunt. Canes superveniunt,
& vorant. Vespere cænanti Domitiano, inter
alias

alias fabellas ejus diei, id refertur : & valde
eum, sed frustra commovit. Munit se, domi
hæret, neminem admittit : sed sui eum reperiunt, & Stephanus, cubiculariorum primus,cædem patrat. Qua ipsa in re, *Apollonei
Thianei* nobile vaticinium non est omittendum. Erat tunc Ephesi in Asia, tanto terrarum & marium abjunctus. Is dissertationem
forte in publico habebat, ac primo hæsitare
& loqui remissius, mox pallescere, & silere:
denique passus aliquot exsiliens, ut mente
mota, *Euge Stephane*, inquit, *recte. Percute tyrannum, percute homicidam. Bene est, percussisti,
vulnerasti, occidisti.* Hæc in publico dicta &
gesta, ipsa hora, qua Stephanus percussit :
ô mira, sed vera. Attexetur autem non in-
decore

QVÆSTIO:

*Liceatne igitur & deceat, in eventus inquirere, &
vates aut divinos consulere ?*

Non arbitramur : etsi supra tetigi, prudentia aliqua scrutari posse & adorari, quo ten-
dant sata.Sed distinguenda tota res est: & sic
habe. Indiciis aut notis, quas vir prudens
ex lectione, ex usu, & observatione simi-
lium collegerit, aliquid suspicari aut præ-
sumere de satis, id licet : sed caute, & timide. At ex artibus magorum, ariolorum, divi-
norum, mathematicorum, & quod aliud tale genus,id vero nefas est,nec divina aut humana lex permittit. Deus palam edicit : *Non
inveniatur in te, qui ariolos sciscitetur, & obser-
vet somnia atque auguria : nec sit maleficus, nec
incantator, nec qui Pythones consulas, nec divinos,
& quærat à mortuis veritatem. Omnia enim hæc*

abominatur Dominw. Et noftra divina lex tantum ? etiam falfa illa Mahumetis. Ioannes Leo fcribit : *Magium & caballifticas artes lege Mahumetica vetitas, & velut hereticas haberi. Hujus enim*, inquit, *Alcoranus* OMNE DIVINATIONVM *genus vanum effe afferit, Deumque folum arcana noffe.* Bene hoc & prudenter Mahumetes : atque omnis bona Refpublica damnat. Illa Romana, quot decretis & legibus ? notæ funt : nec caußæ etiam ignotæ, aut diu quærendæ. Eruo iftas. primam, quod turbant prædictionibus animos, & ad novas aut magnas fpes impellunt. Mecænas apud Dionem, in Oratione ad Auguftum de Republ. conftituenda, digna quam Principes legant : Τὰς δὲ μαγιυίας, inquit, πάνυ ἐκ ἶναι προσήκει. πελλοῖς γὰρ πολλάκις δι τοιῦτοι, τὰ μέν τιω ἀληθῆ, τὰ δὲ πλίω ψιυδῆ λέγοντις, νεοχμῶν ἐπαιρὗσι : *Divinos & vates in republica effe, prorfus non oportet. Multos enim hi tales, dum vera quædam, plura falfa proferunt, ad res novas impellunt.* Rem dicit. & quid tam proprium iftis, quam magna & blanda prædicere, & animos ad fortunæ faftigia attollere ? facili noftra credulitate, *tamquam peritia, & monitu fatorum* (ait Tacitus) *prædicantur ; & cupidine humani ingenii, libentius obfcura credi.* O veriloquia ! inclinamus : & vidi & rifi Principes viros, auribus atque animis in hæc pronos, imo alia omnia artium præ his fpernentes. At, ut Dio ajebat, turbas & res novas dant. Quis nefcit, qui hiftoriam veterem legit ? & *ad fcelus* (ait iterum Tacitus) *ab hujufmodi votis facillime tranfitur.* Hinc confpirationes in principem, aggreffiones, dejectiones : & quæ copia exemplorum deterreor affirmare. Poëta fufficiat, aut veriori nomine hic vates :

————— Nos pravum ac debile vulgus
Scrutamur penitus superos. hinc pallor, & i-,
Hine scelus, insidiaeque, & nulla modestia veli.

Apollo veriora dicta numquam dedit. Sed
caussa altera, Fallacia. Nihil in prædictionibus istis firmum , nihil ex arte certa (quidquid assimulent) haustum : & qui veriora di-
xisse videntur, à Geniis habent. Sed ipsi quam
ament & gaudeant nos fallere , id quoque
scimus. Quid, quod vel inviti etiam sallunt ?
neque enim sunt omniscii , & quamquam,
subtiles , & arcanorum Dei per notas scruta-
tores: tamen aberrant, & abyssum illam Fati
non pervadunt. Itaque bene iterum Tacitus:
Mathematici , genus hominum potentibus infidum,
sperantibus fallax. Certe utrumque. nam &
potentes destituunt aut decipiunt , alio transf-
gressi : & vanitatibus fallunt. *Patere* (ait jo-
cose Seneca) *aliquando Mathematicos vera di-*
cere. Patior. & tot sagittas cum emittant,
unam tangere, aberrantibus centenis. Enimvero ridiculi Principes , qui huc se donant.
Vide Agrippinam, Neronis matrem: quæ mortuo Claudio, domi eum aliquamdiu tenuit, &
famam de morte suppressit. ut progressui scilicet & auspiciis *tempus prosperum , ex monitis*
Chaldæorum, attentaret. O dii deæque, tetigit !
quam salutaris ille rector, quam diutur-
nus, quam illi & sibi lætus etiam suit ! Bellum aliud in Niceta Choniate , prudenti illo
(fatendum est) historiæ scriptore. Tangit vitium sui (utinam non & nostri !) ævi , atque
ait : *Nostris temporibus* IMPERATORES
NIL SINE PRÆSCRIPTO A-
STROLOGORVM *agunt: & rebus gerendis dies*
atque horas eligunt , ut sidera dictarunt. Itaque A-
lexius Imperator, diu cunctatus, quando opportune Blas

Blachernas rediret: tandem dies & hora ex astris
eli··ntur. Redit, & quidem ita feliciter, ut cum pri-
m·· . se moveret , terra ante ipsum profunde dehi-
sceret : atque ipse evaderet, sed Alexius gener ejus,
& multi illustrium in specum delaberentur , latere
re atque: Eunuchus vero unus è gratiosis planissi-
me periret. En , & hic veracem ac felicem artem ! quam Deus de induſtria ridendam ſic
p opinat, ut nos avertat. Recitat magis riden-
dum. de *Manuele.* cujus imperio, cum Siculi
& Latini mare occupaſſent, vicinum Byzantio, & damnum ac dedecus in oculis cottidie
eſſet : ſemel iterumque in eos claſſem miſit , ſed cum clade & ignominia ſemper re-
paiiam. Igitur Mathematici & altra conſuluntur, eligitur dies felicior , nec ambigitur
de ſucceſſu. Parat ſe *Conſtantinus Angelus ,* vir
illuſtris , & prodit jam in hoſtem : ſed ecce citis nuntiis è medio curſu revocatur: *quia*
exploraverat Princeps parum certo & ſagaciter in-
dagationem factam , & erroris aliquid interveniſ-
ſe. Ergo thema iterum ſtatuitur , magna cura : & diu diſputato inter peritos , tandem
convenit de benefico & ſalutari ſiderum
iſpectu. Conſtantinus emittitur: & quid quæ-
is ? victoria in manibus. Adeo quidem cer-
o , ut vix in mare progreſſus Conſtantinus,
ıon dicam vincatur, ſed ipſe cum ſuis capia-
ur : quo nihil deterius potuit evenire. Eant
Principes , & his credant. Atqui peritiores
aliquos ſortientur. Ita, peritiores ad ſallen-
dum, non ad ſciendum : & quidquid dicitur ,
extrema ʃraus & noxa occupabit, rideant licet prima. Valerii verbis claudam : *Mathema-*
tici (& alios intellige) levibus & ineptis inge-
niu , fallaci ſiderum interpretatione , queſtuoſam
mendaciis ſuis caliginem injiciunt. Audis Princeps ?

ceps ? *levibus & ineptis ingeniis* adhærent , pla-
cent : & tu inter eos censeri velis ? Audi &
de *quæstu*, quod addit: finem hunc omnes istæ
præstigiæ (non enim artes) habent : cave ,
sperne. Tantum, si *Somnia*, *Signa*, *Spectra*, *Vaticinia* Deus palam mittit (& viros tunc pios do-
ctosque consule :) insuper ne habe.

C A P. VI.
DE CONSCIENTIA.

Eam curandum esse , atque obsequendum.

A Religione priusquam abeam , de Conscientia etiam admoneo, & adnecto. Quid
ea est ? ex religione & Dei metu animi judicium ortum , bona approbans , mala abhor-
rens. Omnes illuc vocamur ab interno isto
judice , velut ad tribunal : & homini forma-
to indelebilem hunc characterem Deus im-
pressit. Tertullianus pulchre ; *Potest obumbra-
ri, quia non est Deus ; extingui non potest , quia
à Deo est.* Vtrumque recte. nam & nubes aliqua sive aulæum ei obducitur , affectu aut
contemptu jubente : sed prorsus non amove-
tur aut tollitur, imo ipsa aulæum tollit. Mali
doctores in Politicis , qui hanc seponunt
aut calcant : qui externam virtutum speciem
nobis ingerunt , ipsas admitti negant. Bis
terque miseri , etiamne animo huic & Con-
scientiæ imponent ? Vela te , & verte in varias formas : ubicumque vera virtus non
est , vitium subsequetur , & ex eo inquies
in animo aut timor. Vetus ille idem scriptor:
*Omne malum aut timore , aut pudore natura
suffudit.* Quanto melius , securius , firmius,
recta apertaque via incedere, Deo , sibi, ho-
mini-

E

minibus, se probare ? Exclamare cum Philo-
sopho nostro : *Nihil opinionis caussa, omnia Con-*
scientia faciam. Populo spectante fieri credam,
quidquid me conscio faciam? Ades, ades, quisquis populum ducis, hanc habe consiliorum
actionumque tuarum ducem & magistram.
Nihil hac luce clarius, nihil hoc gloriosius testimo-
nio, cum veritas in mente fulget, & mens in veri-
tate se videt. Vis unum, sed illustre, probæ
vitæ, probæ mentis exemplum ? cape.

L I V I V S D R V S V S, cum domum in
Palatio ædificaret, & architectus offerret,
ita se structurum, ut libera ab arbitris & ab
omni despectu esset : *Quin tu potius,* inquit, *si*
quid in te artis est, ita compone domum meam, ut
quidquid agam, ab omnibus inspici possit. Vox
magnifica, vox laudanda ! vita an pro ea fuerit, ambigo, neque inquiro.

C A P.   V I I.

DE PROBITATE ET CONSTANTIA.

Vtramque Principi convenientem, aut
necessariam esse.

HAs virtuti & Religioni addidi: quæ jure
ubique utraque in Principum factis se
ostendat. Quid enim *Probitatem* appello ? nisi
rectum & sine suco Virtutis amantem animum, quique ipsam propter ipsam, non commodum aut famam, amat. Talem in Principe
requiro, & ex descriptione Amphiarai, apud
Æschylum :

Οὐ γὰρ δοκεῖν δίκαι⟨⟩, ἀλλ᾽ εἶναι δίκᾳ,
Βαθεῖαν ἄλοκα διὰ φρενὸς καρπούμεν⟨⟩ .
Ἀφ᾽ ἧς τὰ κεδνὰ βλαστάνει βουλεύματα :
Nam justus esse, non viderier studet,

                                                    Sub-

Sulcum profundum in mentis agro conserens,
Confilia de quo germinant falubria.

Bona defcriptio, & monitio. Iuftus probuf-
que efto : & ex profunda mente pullulabunt
honefta, & utilia, confilia. Ne enim ifta fe-
paremus: non inquam Honeftum ab Vtili. &
errat ab Italia doctor, qui ducit alio; qui ty-
ranniones minutos, non Reges aut Principes legitimos format. Abeat. tolle tu fucum
& fraudem : quæ nec valida, nec diuturna
effe poffunt. Poftea fuper bac re plura. At
vero *Conftantiam* dico, animi erecti magnitudinem, qui utrique Fortunæ par eft, nec at-
tollendus à læta, nec altera deprimendus.
Sicut adamas, nobiliffima inter gemmas,
intractam vim habet: fic Princeps debet animi robur: Et vero quam ei opus eft ? in altam illam fortunam quot nimbi, procellæ
fulmina incidunt, aut incurrunt? Nihil mife-
rius Principe, qui ad fingula moveatur, au
fe inflectat. Debet & ab ufu, & tractatione
rerum, induere Conftantiam. Videt adfidue
incerta rerum humanarum : publice aut privatim cafus & calamitates audit: verfetur in
iis, non inhæreat. & ut rota in curru per
terram volvitur, fed fuper eam extat : fic
ipfe. Tractet humana, & norit : fed iis fe-
etiam eximat, & fecum dicat: *O quam contem-*
pta res eft homo, nifi fuper humana fe erexerit!
Denique poëtæ hoc imbibat :

Lege Deum, minimas rerum difcordia turbat,
PACEM SVMMA tenent.

Sed exempla aliquot veræ *Probitatis*, & tum
Conftantia videamus.

I. ARISTIDE inter Græcos, quid pro-
bius aut fimplicius ? qui cum gloriæ & nominis cauffa periclitaretur in exfilium de-

E 2

cennale mitti , quod à genere ſuffragii
eiſmum Græci dicunt : minuendæ ſcilice
vatæ potentiæ,& muniendæ publicæ lib
ti : ille,inquam, cum in ſuffragia jam ir
ipſe quoque aderat, & ſtabat permixtus
bi.Ibi aliquis de numero,ſcribere imper
nunc propinquum rogavit, ut in teſtulan
men *Ariſtidis* inſcriberet , damnandi ſci
ejiciendique. *Ergo eum noſti ?* inquit : *Aut*
is te faſit,nocuitque ? Neutrum, inquit alter
hoc male habet & damnatum eo, quod paſſin
eari audio luſtum. Teſtam accepit Ariſtide
patuit,ac nomen ſuum prompte inſcripſi
ſumma Probitas , & alio quam populari
theatro digna !

II. In iiſdem Græcis , EPAMINON
tota vita nil niſi probitas & rectitudo I
adeo in factis non obliquus , ut nec in
bis : & *ne joco quidem mentitum unquam,*
ſcriptores tradiderunt. Idem , cum in
premente , bello præfectus non eſſet , r
men & neceſſitate talem Ducem poſtula
imo & alius imperitus ejuſce artis dile
eſſet : ipſe nihilum motus,pro gregario r
te nomen dedit. Ac cum mox, ignavia du
ris , ventum in verum & grande diſcri
eſſet ; cunctis circumſpicientibus & Epa
nondam requirentibus,ille alacris,& de
injuriæ memoria, prodiit , & exercitum
ſidione ereptum , incolumem in patriam
duxit.

III. Simile aut gemellum tuum Q.
B I factum. qui cum per injuriam æqua
imperio , ipſe Dictator , cum *Minutio* M
ſtro tuo militum eſſes ; quin & diviſio
gionum, ut inter Conſules ſolet, facta : h
diu ſuit, cum temeritas & vanitas in laqu
it

incidit, datura Annibali pœnas, nifi tu patriæ
& civium caritate, & probitatis illo ftimulo,
copias tuas ftatim de caftris eduĉas hofti
objeciffes ; & cives non libertati folum, fed
fanitati reddidiffes.Pœnituit enim aĉorum,
atque ipfum adeo auĉtorem Minutium. qui
reverentia & admiratione virtutis, figna,fe,
& fuos in caftra tua reduxit. & ferio fubmi-
fit ac fubjecit.

IV. M. PORCII CATONIS nomen,
in duplici homine meruit, ut Probitatis &
Virtutis habeatur. Sane ille fenior, quanta integritate vixiffe debuit, qui cauffam
quinquagies dixit, & obtinuit? nec id gratia
aut opibus, fed contra gratiam aut opes totius fere civitatis. Nam inimicos plurimos
ei aut invidos, cum Probitas tum & Severi-
tas faciebat : qui nemini parcere aut amicus
effe didicerat,qui reip. non effet.Atque adeo
(miræ fiduciæ faĉtum,) ex hoc numero inimi-
corum *Tib. Sempronium Gracchum*, cum fenex
accufaretur, ultro iudicem popofcit & fumpfit : fed & adverfario judicante abfolutus,
in pofterum & gloriam fibi & fecuritatem
peperit.

V. Quid Iunior CATO VTICENSIS? fed
ille Conftantiæ refervetur, cujus peĉtus
templum & facrarium proprium ei Divæ
fuit.

VI. In ejus locum M. BRVTVS prodeat,
qui & in contubernio ejus vixit, cum Cyprum peteret ; nec virtutibus folum, fed
adfinitate fe junxit. Duxit enim *Porciam* ejus
filiam, tali patre, tali marito dignam. Sed
ipfe Brutus, fallor, aut unicum exemplar eft
in omni vita benignæ & manfuetæ Probitatis. Quam compofitus ille animus fuit, qui

inftanj

inftante Pharfalica pugna , ipfo vefper
multam noctem legit , & fcripfit , Pol
Epitomen commentans ? Vnde ea quies,
ab animo introrfum quieto & puro? Qui
Cæfarem quidem cum perturbatione
odio occidit : teftante M. Antonio,cujus
vcx fuit , *Vnum fe putare M. Brutum , exfor*
affectus, Cæfarem adortum,patria & legum am
Atque ita eft. alii in regem furrexerunt,
in regnum. Quam certum argumentun
ipfo M. Antonio ? quem cum uno ore co
rati occidendum cum Cæfare cenferent ;
lus reftitit , juftitiam magis quam com
dum fpectans , & quia ex norma legum
do putaret,tolli tyrannum. Eadem animi
ætitudine , cum alii optimatum ad Octa
num deflecterent , illum colerent : refti
& palam denuntiavit , imponi & tolli in
meros tyranni heredem, graviori mox fe
tute. Nec id quidem metu fuo , aut o
quem ille odiffet , qui nec armatum &
diofum hoftem, C.Antonium?Bis ejus co
& ipfum cinxit , & in manu habuit cap
aut occidere : dimifit. Quo tam beni
virtutis fulgore milites percuffi , ad
tranfierunt , atque ipfum ducem captiv
tradiderunt. Quid deinde in Lycios ? ac
& pervicaces hoftes erant : tamen ca
per vim arcibus aliquot & opidis , om
fine pretio liberos dimifit. Nec fic plac
tur. igitur Xanthios obfidet, premit, &
tuitus ignis urbem comprehendit : quem
ves introrfum , defperatione & pervicac
augent , alimenta injiciunt , fe interficio
Bruto miferante, reftinguente, falutem o
rente. Sed & lacrimas ubertim emifit in
fti cafu,& præmium militibus pronuntia

fi q

fi quis hominem Lycium confervaffet. Talis
& in Patarenfes fuit, pertinaciter item refi-
ftentes. Atque ipfe cum animi dubius effet,
oppugnaret an omitteret; non victoriæ dif-
fidentia, fed metu fimilis vefaniæ : ecce habuit in poteltate plerafque eorum fœminas,
quas omnes intactas in urbem remifit. Per-
fregit ea res animos, & fponte opidum Virtuti, quod non Terrori aperuerunt. Tamen
ille tam mitis in hoftes, qualis in fuos fuit?
feverus, ubi meruiffent. In ipfo ardore civilium armorum, cum multa militi, omnia fere ducibus licent, accufatum apud fe à Sar-
dianis L. *Pellam* Prætorem, repetundarum,
nihil cunctatus damnavit,& infamia notavit.
improbante & indignante Caffio, quod id
temporis amici non alienandi, fed novi ad-
jungendi viderentur. At ille in Virtutis &
Iuftitiæ orbita firmus, nec in communi ex-
ceffu ceffit: & deferi, ac deferere omnia
maluit, quam illas. O virum cui vel hoftis merito lacrimas impendit! Is fuit
M. Antonius. qui interfecti (fponte, & fuâ
manu) corpus liberto cuidam fepeliendum
tradidit : atque adeo paludamento fuo velavit. Quod ille cum avaritia intervertif-
fet, neque una cremaffet; gnarus iratuf-
que Antonius, protinus interfici juffit, cum
hac fuperdictione : *Et tu nefciebas,cujus tibi viri fepulturam mandaveram?* Nefciebat vile ingenium : fed viri hercules magni, & vel *primi, vel ultimi* (utrumvis dicas) *Romanorum.*
Tranfeo ad exempla.

CONSTANTIÆ.

I. Quorum agmen ducat PHOCION
Athenienfis: vir qui contra vulgus, contra

potentes, contra fortunam & mort
immotus ftetit. Oraculo aliquand
recitato, *Effe unum virum, qui a c
vitate diffentiret* : quærentibus om
frendentibus : *Quafo*, inquit, *quiefci*
fum, quem quæritis. nam mihi nihil ec
agitis, placet. Proh animum ! ficne
totum populum reum agere perver
infipientiæ ? Sed cauffa tamen erat
Alexandri temporibus, populus At
delirabat fenectute. Idem igitur, c
electus, trepidos fuos in bello videre
gua fola fortes, prudenter abftinuit,
Mox, cum rediiffent, & pace fac
rent illum ignaviæ, & quafi vincere
aut noluiffet : inquit, *Felices vos, q*
habetis veftri gnarum! nam alioqui jam
fetis. Feftive & mordaciter exprobr
viam & imbelliam, quam in ani
bant, ore avertebant. Iterum in p
& ejus aurigam Demofthenem. c
quafi coërcens libertatem Phocic
ceret, *Interficient te Athenienfes, fi fi*
perint : ifte, *At te*, inquit, *fi fapere.*
illum, ut improbum ; hos, ut paru
Et conftans hic tenor per omnem
nec in morte deferuit. ad quam pul
dicio damnatus, fciffa civitate in fa
cum duceretur in carcerem, præc
improbi, in via obvii & conviciante
eos unus, fputum in os ejus conge
converfus placide ad Archontes,
hujus, inquit, *reprimet proterviam?* Cum
ejus in carcere quereretur, quod inje
Phocione interficeretur : *Et tu,* inqu

bere me ut injuriarum populi Athenensis oblivisca-
tur. Alio amico petente, ut priori sibi bibere
cicutam liceret: *Gravis mi Nicocle* , inquit,
(id ei nomen) *hac petitio : sed cui per omnem*
vitam nihil abnui , hoc quoque indulgeo. Ita con-
stantissimus vir obiit , cum sui fama , Atheniensium infamia æterna.

II. Quid vero mulier in eadem Græcia ?
CRATESICLEA fuit, mater *Cleomenis*, qui rex
Spartæ res ibi novavit, aut potius lapsas in an-
tiquum locum reponere tentavit.Is cum grandi bello cum Achæis distineretur, sed & *An-*
tigonum ac Macedonas timeret ; à se impar,
opem & opes à *Ptolemæo* Ægypti rege petebat. Qui spem fecit, ea lege, ut hæc Cratesiclea mater ejus, itemque filius, obsides fidei
in Ægyptum mitterentur. Durum & insolens
satis visum Cleomeni,nec ausus matri proponere, etsi necessitas adigebat. Itaque aliquoties loqui ea de re conatus , abscidit , & abs-
cessit. Mulier acuta animadvertit aliquid esse , & amicos ejus percontata , *Ecquid vellet*
essari Cleomenes , nec auderet ? Quin hortata eos
est , ut incitarent & submonerent. Tandem
ergo Cleomenes postulata regis aperuit : illa
autem in cacchinnum effusa : *Et hoc erat* , inquit,*quod dicere aggressus,non dicebat? Mitte vero*
hoc corpusculum quocumque terrarum , ubi usui
Sparta sit , potius quam hic senio & desidia solua-
tur. At tu vir & rex esto. Statimque institit
mitti,& navigare. Deduxit igitur Cleomenes
cum toto exercitu Tænarum usque, Laconiæ
promontorium,ubi parata navis. Illic in templo Neptuni congressi,priusquam navim con-
scenderet,mutuo complexu & lacrymis (quis
matris & filii affectum nescit ?) divelluntur.
Sed illa egrediens , *Age rex Spartanorum* , in-
E 5

quit, *compone vultum & animum, ac cave q*
quam, qui foris adsistunt, lacrimantes nos vide
aut Sparta aliquid indignum admittentes. Hoc e
in nobis est, casus dii gubernabunt. Sic fata e[
ditur alacri aspectu, puerum manibus
hens : nec foeminam solum exuit, sed i
trem. Eadem paullo post, cum Ptolem[
parum ex fide ageret ; & Cleomeni occ[
esset paciscendi cum Achæis, sed cunctare
ob matrem : illa audito, rescripsit animo
Ageret quod ex usu & dignitate Sparta esset ,
Ptolemæum hunc timeret , ob unam anum & p
rum, quorum esset compos. O mulier, non q
dem filio meliore, sed fato digna! nam
tu, & ille, postea sub ignavo & infido re
periistis.

I I I. Licet & alteram foeminam add
MONIMEN Milesiam, quæ insigni forma
lepore, sed ingenio melior, *Mithridati* r[
placuit. Tentavit pudicitiam ejus, blandit[
donis, & ad quindecim millia aureorum
mul misit : quæ fortiter sprevit, & reje
procum regem, donec nuptiarum titulo
pacto euicit. Sed nec eæ fregerunt magni
dinem animi. mœrebat, & sortem suam [
plorabat, quod pro marito dominum, [
liberis & familia, custodiam nacta esset eu
chorum & barbarorum. Victus tandem M
thridates à Romanis, & animi atque amo
æger, ne in potestatem Monime venire
misit qui mortem indiceret, eunuchum B[
chidem. Illa nihil cunctata, & cupienti pr
pior, diadema detractum capiti (nam ut re[
na ornabatur) collo aptavit : atque ex eo
suspendit. Sed imbecillo & diffracto, in[
gnabunda, *Infelix fascia,* inquit, *nec hic mihi* [
usui ? Et abjiciens illud ac conspuens, jug[
                                          Iu

lum Bacchidi alacriter obtulit, ac tantum-
non læta periit.

IV. Quid Græca me tenent? M. CATO
ad se vocat, ille inclytus Conſtantiæ ſacer-
dos: cujus vel à puero dedit ſpecimen. Nam
cum apud Livium Druſum avunculum, una
cum Cæpione fratre educaretur, ac Latini
ſub id tempus de impetranda civitate age-
rent: evenit, ut *Popedius Silo*, vir inter primos Latinorum, hoſpitium item apud Druſum haberet. Itaque cum pueris familiariter
cavillans & jocans, &, *Heus vos*, inquit, *ec-*
quid apud avunculum pro nobis, & civitate ca-
pienda, intercedetis? Ibi Cæpio blande ſtatim
annuere, Cato ſilere & torvum intueri. Tum
I'opedius, *Quid tu igitur? non promittis?* & ſimul ſuſtollit: & extra feneſtram elatum, pen-
dulum habet, cum minis & terrore dejicien-
di. Vocem etiam & vultum exaſperat: ſed
Cato nihil motus, intrepide ſuſtinuit, & per-
ſtitit ſilentio negare. Ibi Popedius, relato
& depoſito, ſubmiſſe ad amicos: *Et quid ſi hic*
vir ſit? ne unum quidem ſuffragium, credo, in po-
pulo feramus. Bene divinabat. nam Cato firmus & certus, nihil in reinp. ullo metu dicere aut facere; ſed nec ab aliis, quod in ſe
erat, fieri. Ejuſdem roboris, in Sullanis temporibus, à paullo jam grandiore exemplum.
Annum enim agebat quartumdecimum: &
ſæpe *Sarpedon* pædagogus & doctor ejus ad
Sullam ducebat, honoris cauſſa, ſalutatum.
Atque ipſe admittebat, quia amicus patris e-
jus fuerat, & comi ſermone excipiebat. Domus autem illa parum à carnificina aberat.
ita capti, vincti, torti, ducebantur, ſed & capita inferebantur & efferebantur interfectorum. Cato inhorruit, & vidit alios clam inge-
mi-

miscentes : atque ad n
hominem, inquit, *quid i*
jiciente illo , *Nam me*
oderunt. Quin tu ergo m
dijti , ut eum interimam
afferam: Quæ dixit vult
bus & minacibus , ut
rarius ad Sullam duce
excuſſum. Tertium, à
pot Tribunuſplebis rc
cioſis rogationibus , q
impedire. Ille hoc pr
tore, forum de multa
de conductis operis o
dubie facturus in re
Catonis , & tota domu
lus ipſe ſecurus cibum
ad forum iit. Cum ven
gradus Caſtoris armat
icllum aſſidente Cæſa
tes, quaſi duces : omni
tum parata. Riſit , &
nem timidum , qui ad
tantum habuit dilectum
num è bonis, manu ſe
per gradus eſt in ſur
dium ſe ſtatim immil
Cæſarem & Metellum
ad hoc robur : & cun
gem per ſcribam recii
buit : donec ipſe Mei
recitaret. Sed & hunc
torſit : ac Metellus , ſi
miſit, diſſipata ſtatim
præter Catonem, reſti
lapidibuſque peterent
texit, & abduxit : ſec

vibus rediit , & sola sua constantia pestilen-
tem rogationem disjecit. Quartum. Pompejus
ab Oriente redux , & in magnis opibus ac
gloria, vidit quid animorum in viro esset, &
quanta sibi accessio si hunc adjunxisset. Itaque ad affinitatem adspiravit , & sororem
(sive sororis filiam , ut alii) petiit uxorem.
Votiva conditio omnibus visa , atque ipsis
maxime sœminis: sed non Catoni. qui renun-
ciari libere jussit, *Non capi aut illaqueari se per*
fœminas. quod si Pompejus rectam in rep. viam ini-
ret, ultro se amicum fore ; sin aliam , nullo pacto
aut pretio. Quintum. C. Cæsar Consul legem
de dividendo agro Campano ferebat, privatim
utilem, publice exitiosam. Vnus Cato resiste-
bat acerrime , adeo ut Cæsar pro imperio,
abstrahi à Rostris hominem , & duci in carcerem juberet. Ducebatur , sed sic inter viam de lege identidem disserebat, incommoda & insidias ejus ostendens. Iamque per-
venerat pæne ad carcerem , deducente pleraque parte Senatus & optimatium ; cum
Cæsar à constantia victus destitit , & è Tri-
bunis unum submisit, qui eximeret & libera-
ret. Sextum. Præturam petebat Cato, & im-
petrasset, nisi Cæsar, Pompejus,& illa potentium manus se objecisset : unum hunc reve-
riti, ut progressibus suis impedimentum. Itaque effusa & aperta largitione effecerunt,
ut præferretur ei Vatinius , mortalium pæne
postremus. Quid Cato ? accepit & tulit
injuriam eo animo , quo alii beneficium : &
vultu etiam nihil dejectus , eodem die in forum venit , ambulavit , & pila lusit. Deus
immortalis , an non super affectus & motus
humanos hic vir fuit ? an non dignus , de quo
poëta scriberet :

Quippe male unum Ci
Socrates ? Dignus. &
te sileo , quod variam
bere potest , & nost
culpam.

V. PORCIAM

Nupserat ea *M. Bruto ,*
gno. Is cum agitaret
sedulo silebat , tamen
grande aliquid & atro
amanti, & conjugi. Su
quid , & maritum sile
becillitati : statuit sui si
& fecit. Cultro tonsor
viter in femore se læsit
gior, debilitas, atque e
tus domum venit , tre
mœstus. Illa remotis a
asside , est quod serio fabi
psi,conjux in domum tuan
lex : nec mensa aut tori s.
rumque consortem me ded
illa stirpe me cense. Quid e
si alia specto, & sollennia
lentiam sive & amorem h
spiro,& amicitiam etiam
animo dolor est & pungit
mea. Nam quid dissimula
te coquit?arcani magni, a
cela?auxilium si non sper.
de silentio,possum apud te
alia mei sexus: ego (iteru
& addo, M.Bruti uxor.Ve
vel consuetudo à marito,j
dant,etiam adversus exti
facio?rem vide. Cepi ipf
ecce hoc vulnus, quod spo.

quid dolori aut tormentú par effem. Sum, confide,
poffum ferre, poffum contemnere ; & mori ô Brute
cum marite.& pro marito poffum. Proinde fi quid
tu honefti agitas, quod utroque noftrûm fit dignum,
ne file. Brutus admiratus animum, & ofculatus
affectum , manus præ gaudio in altum fuftulit : & , *O omnes Cælites , adefte volentes propi-*
tii, ac dignum me Portiâ maritum præftate. Tum
ordine conjurationem aperit , & confortes :
nihil territæ aut deterrenti, imo animanti. Atque hoc primum ejus Conftantiæ , ut fic dicam, facrum: alterum à mariti morte. Audiit
enim de trifti in Philippis pugnâ, & Brutum
fuum fuiffe. nihil igitur morata, mori voluit:
fed amici & cuftodes impediebant. Illa ipfis
& jam fibi irata, *Quid ?* inquit, *mortem aliquis*
impediat, aut neget?non poteft: & pater vos docuit.
Ac cum dicto profiluit , & è foco prunas ardentes
ardentes hauftas ori ingeffit: & fpiritum, quem
emittere non potuit, fuffocavit inclufum. Pro-
bas hoc?inquies. non, fed miror : imo & probet aliquis, fed ab illo ævo.

VI. Ad Chriftiana & noftra exempla tutius tranfeo : quæ in fanctis viris & martyri-
bus funt infinita. Nullâ re hæc religio magis
abundat , magis fe commendat & adfirmat.
Sed ea in fuis locis funt prompta : nos fparfa
in hiftoriis colligimus. & in iis unum A L-
F O N S I   P E R E S I I   G V S M A N I ,
in Hifpaniâ Bæticâ , cui à moribus cogno-
mentum B O N I fuit. Magnus pace & bello
ille vir , clarus opibus & earum ufu : atque
ecce fpecimen. Rex Caftellæ Sanctius *Tarif-*
fam (quæ veterum *Carteja* five *Tarteffus* eft) de
Mauris ceperat, fed anxius cuftodiendi & te-
nendi, ob hoftium viciniam, & ingentes fum-
ptus. Sufcepit ultro in fe curam Alfonfus ,
& nat-

& partem ſtipendii de ſuo daturum promiſit:
rex intereà res alias ageret.Paullo poſt,frater
regis , *Ioannes*, ambitione pravâ ad Maurum
tranſiit,& copiis ab eo acceptis ſubito Tariſ-
ſam obſedit. Obſeſſi nihil trepidare,in ſuâ &
ducis virtute fidere, animos ſupra periculum
habere:niſi quod infregit eos ſubito inopinata
res, captus Alfonſi filius (in agris forte inter-
ceperant :) & ante mœnia oſtenſus. Vnicus
porro patri erat. Illi minari, niſi opidum de-
deretur, ſub oculis interfecturos ſe , & fœde
lancinaturos. Motis, flexiſque aliis, ille nec
hilum;& altâ voce negat,*Si centum filios in po-*
teſtate haberent, non ideo ſe à fide & honeſto abitu-
rum. Quin, inquit, *ſi tanta libido jugulandi eſt, en*
gladium : & ſuum è mœnibus projecit.Stupor
me habet hæc ſcribentem:quid ſpectantes?Il-
le ſic abiit,& ad prandium ſe compoſuit,cum
ecce clamor & ejulatus diſſonus auditus eum
evocat : iterumque in mœnibus ſe ſiſtit.Quæ-
renti conſternationis cauſſam,refertur,*Filium*
barbara crudelitate interfectum. Hoc erat ? inquit,
credebam urbem ab hoſtibus captam:& pari tran-
quillitate ad prandium uxoremque rediit.
Creditis poſteri?ſed credite:res ita geſta eſt:
& hoſtes magnitudine viri attoniti,nihil ultra
tentantes, diſceſſerunt. Libet hîc exſultare :
eſtne factum vel in omni antiquitate fortius,
vel laudabilius? Gratulor tibi gens & domus
illuſtris Ducum *Methymna Sidonia* , quæ ad
hunc auctorem ſtemma & ſanguinem refers.
Felix origine,eſto imitatione.
    VII. Hæc ad miraculum exempla ſunt :
alia non tam ferientia , ſed haud minus ſa-
pienti approbanda. De FERDINANDO Hi-
ſpaniarum rege traditur , poſtremo iſto qui
Mauros ejecit, per omnem ætatem firmo
                                                    con-

conftantiqne ingenio fuiffe : & cum utramque fæpe fortem expertus effet , profpera
atque adverfa fic compofite & fedate tuliffe,
ut nulla umquam in vultu ejus confiliorum
aut affectuum veftigia deprehenderentur.
Idem cum Barcinone, à furiofo quodam grave vulnus in cervice fubito accepiffet, neque
animo turbatus eft , nec gemitum aut vocem
doloris indicem emifit : tantum fervari pa-
ricidam & examinari juffit , quo auctore feciffet.

VIII. Vxor ejus ISABELLA viri-
lis animi curæque mulier , & hac laude æ-
quavit , aut fuperavit maritum. Nam cum
nuptias adornaret cognominis fuæ filiæ, cum
Emanuele Lufitaniæ rege , & fubito nuntius
adferretur de morte *Ioannis* unici filii ; illa
hoc agere , & dolorem comprimere , vul-
tumque fingere tamdiu potuit , donec Emanuel ab aliis id refciffet. Eadem non in ad-
verfæ folum valetudinis, fed in partus acutif-
fimis doloribus , & gemitum & vocem fup-
primebat. rem incredibilem , nifi à fidiffi-
mis matronis , quæ à cubiculi cura erant,
id certo fe cognoviffe *Marinaus Siculus* affir-
maret.

IX. Horum nepos CAROLVS QVIN-
TVS Imperator, cum in Germania copias &
caftra ad Ingolftadium haberet , cinxiffent-
que eum ingenti numero militum fœderati
hoftes : nec illi vifum dimicare, vel quia fui
nondum conveniffent, vel quia prævidebat
tutam mox & fine cæde victoriam : ecce ifti
æneorum tormentorum copia validi, tantum
ferreæ grandinis in caftra jaculati funt ; ut
uno die ad VI *millia* majorum globorum nu-
merarunt. Itaque omnia ictibus pervia, ipfum

F Car-

Cæfaris tentorium , & ad latus ejus & ter-
gum occifi : cum ille nec locum , quid locum? nec ftatum,nec vultum mutavit. Quin-
etiam monentibus amicis fibi , atque omnibus in fe , parceret ; dixiffe arridens fertur ,
*onfiderent , neminem Imperatorem tormenti iftu·
periiffi.*Brevia hæc relatu,examinanti ingentia
funt , & digna memoria ac laude fæculorum.
Atque hæc talis conftantia , & morum actio-
umque gravitas , in omni reliqua ejus vi-
1 fuit.

X. Etiam in fanguine. Nam ab hac ftirpe
'HILIPPVS II, rex, familiarium teftimonio,
Conftantiæ laude veteres novofque æquavit:
extra aut fupra affectus; non gaudio,non dolori pervius ; neque animo folum , fed vultu
æquabili & immoto.Quis Sapientium,& qui
unum hoc egerunt,eo pervenit?Sed quod alii
verbis ; ipfe factis fibi vindicavit , N E C
SPE NEC METV. Finivi ; & addo, non
aliam virtutem Principe digniorem , aut in
eo, ut fic dicam, honeftiorem effe.

C A P. V I I I.

DE PRVDENTIA.

*Quam Vfus & Hiftoria gignunt, & producit
Doctrina.*

POst Virtutem, cujus caput eft Religio five Pietas, Prudentia neceffaria eft Principi, atque iis qui in republica verfantur.
Hæc non aliud eft , quam notitia rerum e
ventuumque,& judicium in iis rectum. Tria
illam pariunt , Natura. Vfus, Doctrina. Natura multum poteft , & ab ea fola , aut certe
levibus aliis auxiliis , provecti quidam ope-
ræpretium fecerunt. Sed ufus fi accefferit ,
etiam

etiam mediocris Natura attollitur,& in confiliis actionibufque fe probat. Quid fi doctrina?
plurimum : & tria hæc ubi concurrunt . mirum quam valida ea mixtio,& vera ex iis fir-
maque Prudentia oriatur. Nam profecto ubi
aliquid horum folitarium, Superbia, Pertina-
cia, Error comitantur : & in multis fcio me
obfervitaffe. Quid tamen ex his ad rempublicam optimum? puto,Vfus: & Theognidem
fapienter fcripfiffe ,

Δόξα μὲν ἀνθρώποισι κακὸν μέγα, πᾶρα δ᾽ ἄρισον.

Eft mala Opinio,at eft homini longe optimus Vfus.
Nam ubi fola Natura , five & Doctrina ; profecto Opinio innafcitur, & gnari fcientefque
effe volumus , ubi non fumus. At Vfus fir-
mior, & in artibus per fe valet. Age , fabri-
cam quam multi folo opere & ufu didicerunt?
quid artem navis gubernandæ ? & civilis &
militaris in republica quædam ars eft : ab
Vfu igitur difcenda. Nec tamen plene fatis
aut perfecte. quia illa , quæ dixi, uniforme
aliquid & fimplex funt; ifta,Deus bone,quas
.varietates, quos finus & receffus habet? Lumen undique inferendum , ut pervideamus :
& maxime à Doctrina , non illa tamen ar-
guta aut fubtilium fcientiarum , fed memo-
riæ rerum præfertim, quam Hiftoriam appel-
lamus. Nam ea , fi attendis , quid nifi alter
Vfus eft ? Quæ in ifto video, tracto,facio; in
illa lego, haurio, difco : & tanto plura,quan-
to plus rerum eventuumque complectitur
ab omni ævo. Mihi paucis annis experiri licet , & in una aliqua orbis parte, five angulo : illic fæculorum res funt ; illic , quam
late patent fola hæc terrarum. Itaque materies difcendi major : & difces, fi oculos mentis in illo velut fpeculo defigis exemplorum.

Accedit, quod prudentes multi, & usu docti, olim fere historiam conscripserunt : & iidem sensus breves, aut monita inseruerunt , Deus bone , quam recta , quam salutaria , si bona mens eligit & excerpit ! Sed Historiæ laudes pertexere, non est hîc locus, nec decet : addo de *L. Lucullo* tradi , eo qui Mithridatem & Tigranem vicit, potentissimos reges, vix aliam imperandi bellandique peritiam, quam ab Historiis attulisse. Et istas igitur præcipue ego Principi ; sed & adhærentem *Geographiam* commendem : *Geometriam* levizer : & tum maxime *Philosophiam* , id est Ethicam Physicamque. Duæ istæ partes forment ejus animum , vel ad Virtutum amorem & pretium ; vel ad notitiam cælestium & terrestrium , è quibus Magnitudo animi oritur , & simul Modestia , collatione utrosumque. Non insisto (alibi feci :) sed *Peregrinationem* etiam obiter suadeam : quæ valde ad notitiam sui status , tum & ad Prudentiam, facit. Hæc omnia quæ Principi , magis iis & plenius , qui circa ipsum , suggeram : quibus plus scilicet otii , & sæpe ingenii est , ad talia pernoscenda. Sed age , pro instituto , Exemplis hæc illustremus aut firmemus.

I. S O L O N Atheniensis , horum omnium unus exemplum præbeat : in quo Natura , Vsus , Doctrina viguerunt. In republica assiduus ille fuit : sed etiam in peregrinationibus , & Ægyptum , Cyprum , Asiam lustravit : atque id discendi caussa. Vsum vides : quid Doctrinam ? scripta & versus docent , quos reliquit. Atque adeo tanta ejus cupiditate exarsit (sic loquendum est ,) ut ipse in Carmine quodam glorietur :

Casti-

Cottidie addiscentem se aliquid senem fieri. Cottidie: itane? etiam circa ipsam mortem. Nam cum langueret, & assidentes amici aliquid inter se differerent, ille caput sustulit, & flexit ad audiendum. Interrogatusque, Quo fine tunc aut fructu? nobilem illam vocem edidit, *Vt cum istud sciero, doctior moriar.* O desiderium! & quid in vita, aut ejus flore faciendum: cum ille hæc in morte?

II. EPAMINONDÆ vero, etsi in crassiore aëre nato, tantum litterarum studium, philosophiæ doctrina tanta fuit, ut *mirabile videretur,* ait Iustinus, *unde tam insignis militiæ scientia homini inter litteras nato.* Quod mihi tamen non mirabile. imo cum Diodoro Siculo sentio, qui ipsam hanc scientiam caussam fuisse vult rerum ab eo præclarissime gestarum. Philosophatus ille scilicet est, sed ἄνευ μαλακίας, ut Thucydides loquitur & approbat: *sine mollitie, aut desidia:* & habuit ad robur & ad prudentiam magistram. Sane Pythagoricis dogmatibus addictum maxime, & Physicæ scientiæ fuisse, idem Diodorus monet.

III. Hujus discipulus & alumnus PHILIPPVS MACEDO, non *Alexandri* solum, sed & *Magni* pater. Ille inquam, omnem hanc magnitudinem aut institutione, aut instrumento & instructo reliquit. Græciæ domita, & firmus ille ordo militiæ, veteranus miles, optimi Duces, hæc omnia à Philippo fuerunt: & ipse Philippus ab Epaminonda, & doctrina. Nam obses triennio Thebis habitus, in ejus domo divertit, optimo magistro usus ad dicendum, sapiendum, faciendum.

IV. Ipse ALEXANDER haud alia re

mihi

mihi quidem magis laudabilis, quam doctrinæ ltudio videtur, & moribus quos haufit à
doctrina. Ii fuere. Magnanimitas & Clementia. Sed à puero mitioribus artibus imbutus,
mox in Ethicis & Politicis, aliifque Philofo-
phiæ, præceptorem habuit Ariftotelem: quem
virum? ipfius Sapientiæ prolem aut alumnum. Felix doctore, fed & felix ingenio.
cum non, ut plerique, leviter imbuit iis animum, nec ftatim, ut ad arma venit, artes fa-
ftidiit: fed & doctos in contubernio fuo habuit, audivitque; & ipfe, cum licuit, affidue
legit. Idque *Homerum* maxime. quem ita non
amavit, fed coluit, ut cum in Dariana præda
fcrinium, gemmis & auro cultiffimum, re-
pertum eflet, aliique alio deftinarent; *Imo,*
inquit, *Homeri carminibus refervetur:* quafi pulcherrimum opus, pulcherrimo conditorio
dignum eflet. Sed & incubuiffe, & indor-
mifle eum fæpe Homeri libris, traditur: vel
ex eo, non vulgaris fcientiæ aut judicii æfti-
mandus, qui altum & fuper omne vulgus
poëtam æftimaret.

V. Vltimus, inter Græca exempla, PHI-
LOPOEMEN efto: quem *ultimum Græcorum,*
magna ejus laude, quifpiam dixit. Is etfi in
militiam ftudio & indole propenderet, tamen
(ait Plutarchus) & *Philofophorum præcepta ac
monita legebat, fed non omnium; eorum dumtaxat,
è quibus progreffum fe ad Virtutem fperabat facturum.* Habebat & hoc in ore: *Doctrinam debere ad facta tendere, non alii aut inutilis loquaci-
tatis cauffa ufurpari.* Atque utinam hoc aliis, ut
mihi, probet! Sed nos facere id decet, Principes debent.

VI. Ad Romanos tranfeo, quorum condi-
tores ROMVLVS & REMVS, non tam ridiculi

 riculi fuerunt, quam vulgo eos faciunt : fi
verum eft, quod Dionyfius & Plutarchus
tradiderunt, *Gabiis in adolefcentia, liberalibus*
ftudiñ operatos, atque omni eorum liquore perfufos.
Et fane facta atque ordo Romuli, non olent
barbariem : minus *Numæ, Servii,* aut *Tarquinii*
regum.

VII. Etfi fateor jacuiffe poft, aliquot æta-
tibus, Romæ Doctrinam ; donec Græcia capta, ab hac caperentur. Longum fit omnes aut
plures dicere : M. CATO VTICENSIS, pronepos illius qui Græcos & omne id genus
pelli urbe volebat, ita ftudiis eorum fe dedi-
dit, ut & in Senatu, objecta leviter toga, libros legeret : vir, cujus nomen recte factum
defendit, quidquid fecit.

VIII. Quid IVLIVS CÆSAR ; ille fic
acer militiæ, & Martis vere pullus? haud minus Mufarum fuit. Scripta ejus id docent,
quorum pauca extant, pleraque perierunt ;
quæ inter ipfos rerum civilium aut milita-
rium æftus jactationefque confecit. Nec in
itinere quidem vacuus : fed amanuenfem in
vehiculo apud fe habens, dictanfque aut le-
gens. Itinere Hifpanienfi, fpatio XXIIII
dierum, five ut alii, feptem, poëma compo-
fuit, quod infcripfit *Iter.* In ipfa Hifpania fub
tempus Mundenfis prælii (& quando umquam magis, non dicam occupatus, fed foli-
citus ?) libros duos de *Analogia* confecit, &
totidem *Anticatones.* Mirabitur, qui brevita-
tem temporis, & occupationes viri nove-
rit : fed non mirabitur, qui vigilantiam &
inftantiam, quando pleraque hæc & alia,
ipfis noctibus, fub pellibus fcribebat. Macte
divini, & indefeffi fimul ingenii, vir ! cujus
& hoc fignum, quod follenne tibi *fcribere &*

legere simul, dictare & audire (verba Plinii sunt:)
epistolas vero maximarum rerum quaternas pari-
ter librariis dictare, aut si nihil aliud ageres, septe-
nas. En aquilam ! & quis ad hoc ævi subli-
me sic volavit ?

I X. Nec degeneravit ab eo OCTAVIA-
NVS, judicio filius, postea Augustus, qui *Elo-*
quentiam & liberalia studia , ait Suetonius, *ab*
æte prima cupide & laboriosissime exercuit. Ipso
Mutinensi bello, in tanta mole rerum, & legis-
se, & scripsisse, & declamasse cottidie legitur.
Itaque opera pluscula scripsit , quædam &
versibus; à tempote tamen, & ejus invida fal-
ce, præsecta. Nec in se modo eruditionem volebat , sed in Administris necessariam censebat. adeo , *ut cuidam Legato Consulari, tamquam*
rudi & indocto , successorem dederit , cujus manu
IXI. *pro* IPSI. *scriptum animadverterat.*

X. TIBERIVS vero, vel ad cul-
pam , utriusque linguæ studiis artibusque se
dedit. Affectabat enim & rara & obscura,
& quæ pauci scirent, scire gloriabatur. Itaque assidui in cohorte ejus Græculi, quos &
præmiis honorabat , & quæstionibus exer-
cebat. Hic tamen est Tiberius , cui nemo
in calliditate , & firma regendi arte, se com-
ponat.

X I. Non eo per Imperatores ceteros: nam
quis eorum non fere talis fuit ? Vsque adeo,
ut M. ANTONINO *Philosophi* cognomen hæ-
serit : quod supra alios in eo studio deditus
esset , Stoicam etiam sectam professus. Et
quis tamen vita melior , imperio mitior aut
felicior dabitur ?

X I I. Quid autem Christiani deinde nostri ? de THEODOSIO IVNIORE tradi-
... eum historias Græcas Latinasque assidue

due evolvisse : tam pertinaci in libris studio,
ut cum diem militaribus aut civilibus occu-
pationibus daret, noctem iis feponeret. Quin
& candelabrum fibi ftrui adfabre curasse, eo
opificio, ut oleum fponte ad lychnum perveniret ac fuppeteret : ne vel interpellaretur
lectio , vel miniftri cum vigilante (ð humanitas !) vigiles essent.

XIII. CAROLI MAGNI amorem &
honorem in litteras multa loquuntur. Quid
clarius , quam, velut vexillo propofito, vo-
cati undique viri docti Lutetiam , in caftra
quædam litterarum ! Felicia caftra , quæ tot
præclaros non milites , fed duces dediftis
& datis , in militia hac togata ! Sed illud
quoque in *Paulum* , Aquilejensis Ecclefiæ
Diaconum eminet, genere nobilem, ingenio
litterifque nobiliorem. His dotibus concilia-
tus olim *Defiderio* Longobardorum regulo,
dum fata erant : poftquam ea ad Carolum
tranfiflent, huic iifdem cauffis carus,& inter
intimos familiares admissus. Sed Paulus veteris benevolentiæ & aulæ memor , confilia
agitabat liberandi Defiderii, & è finibus ex-
filii educendi : quorum convictus, ipfe in exfilium , in Diomedis infulas, feponitur. Sed
nec illic fidei aut legum fatis reverens, rupit
tranfcenditque terminos,& ad *Ragaifum* Be-
neventi Ducem confugit. Itaque proceres
certatim accufant,damnantque capitis dupli-
cem perfidiam : & in ipfum Ragaifum arma
fuadentur. fruftra, apud mitiffimum & litterarum amantiffimum regem: quod folum nomen & titulus Paulum fervavit , ipfumque
cum Paulo Ragaifum ei conciliavit. Impofi-
tum modo munus , ut Hiftorias à fine Eutro-
pii fcriberet,item feorfim Longobardica,alia-

F 5   que

que in profanis aut facris. O dignum Principem, qui in digniorem hæc conferret!

XIV. Neque abnuo tenebras deinde fuiffe, & nefcio quo malo fato barbariem : præfertim in Principum aulis , & privatum modo bonum Doctrina cenfebatur : an addam,
& nunc cenferi? Tamen, velut ftellæ, interlu-
xerunt pauci. ut ROBERTVS rex Neapoli-
tanus, cui litteræ & litterati percari fuerunt.
Ille eft qui *Petrarcham*, & poëfi, & feriis fcri-
ptis nobile ingenium , fovit ; ille qui *Bocca-
tium* in amoribus habuit. Quid ipfam doctrinam? Vox ejus audita : *Cariores fibi litteras regno effe*. Defipuit, an alte fapuit?

X V. Et quam fimilis vox & animus A L-
F O N S I illius magni , in eodem regno
fuit? Neque enim femel edixit : *Malle fe
omnium regnorum (feptem ea numerabat)
jacturam facere , quam minimam doctrina*. Et
fane amavit in fe , in aliis : & *Laurentium
Vallam , Antonium Panormitam , Bartholo-
mæum Faccium , Georgium Trapezuntium , Ioannem Aurifpam, Iovianum Pontanum*, & examen
deinde juniorum , huic regi debemus. Ille
Athenæa in regnis paffim , ille Bibliothecas
inftituit, aut exornavit : nec gratius ei munus offerri poterat , quam rarior aut ele-
ctior liber. Quin ipfum *Librum apertum* pro
infigni ufurpabat : fignificans Scientiam
Principibus convenire , ex iis hauftam. Et
cum aliquando audiret regem Hifpanum
dixiffe , *Non convenire Principibus litteras :*
ftomachans fubjecit , *Bovis , non hominis , vocem eam effe*. Itaque legit affidue : *Livium* &
Cæfarem maxime. nec dies fuit , ut familiares
tradiderunt , quin his inverfaretur. Idem ,
quod miremur, *Annæi Seneca* magnus amator:
adeo

adeo ut ipfe, fuo Marte, in Hifpanicum fermonem Epiftolas verterit, ufui fuæ gentis.
Sed nec facra lectione abftinebat : gloriatuf-
que eft, totum *Vetus & Novum teftamentum,*
unâ cum Gloffis, decies & quater fe perlegif-
fe. Hæc Rex, hæc fenex ; ubi privati & juvenes eftis ? Senex, inquam. nam vix ante quinquagefimum annum ftudia attigit, inftitutione
ejus in adolefcente neglecta. Tunc Gramma-
ticam, opera *Martini* cujufdam didicit : quem
ita carum deinceps habuit, ut numquam à
latere dimiferit. Videor non de Principe, fed
litterione aliquo loqui : at ille etiam quantus vir belli domique fuit ? quam magnus,
quam felix rebus geftis ? Elogium ei demus.
à *Carolo Magno* majorem virtute & fortuna
Principem Europa non habuit : & (mentiri
velim) non habebit.

XVI. Addamus è Pannonia MATTHIAM
CORVINVM regem. qui clariffimo militari
patre *Ioanne Hunniade* natus, nec in eo ftudio
degener, Doctrinæ iftud adjunxit. Ferox
ad id ævi ea natio, & tota Martis, cultum
ingeniorum morumque à Matthia accepit :
& quis nefcit regum exempla fubditos æ-
mulari ? Itaque Italos Germanofque, fiqui
litterarum gloria clarerent, evocavit : Bi-
bliothecam inftituit in ipfa regia Budæ, rarum thefaurum, & quem cum dolore recor-
damur Barbaris, cum ipfa Pannonia, obve-
niffe.

XVII. An & mulier his fe inferet ? inferet merito ISABELLA, *Ferdinandi Ca-*
tholici regis uxor. quæ ad omnia alta nata,
& vere virilium curarum mulier, etiam
Doctrinam unice amavit. Delectatam femper
conftat (nefcio qua inclinatione animi) ipfo
Latinæ

Latinæ linguæ pronunciatu & fono : nihil ut
libentius audiret. Et mox refpirans paullifper
à graviſſimis curis & bellis (reverà enim
particeps & tori & ſceptri erat :) reſpirans,
inquam , ſtatim ſe ad Grammaticum demiſit,
eique annum ita aſſiduam operam dedit ; ut
Latina non ſolum capere , ſed vertere ipſa in
ſuum ſermonem , poſſet. Sacris etiam & divinis officiis cum intereſſet, lapſantes, aut vel
in ſyllaba peccantes ſacrificos advertebat, ſed
& ſæpe admonebat.

XVIII. Enimvero nec olim aut nunc
Barbari (tam clara utilitas eſt) ab hoc cultu
alieni. teſtor MITHRIDATEM illum veterem Ponti regem, qui varie, & in ipſa medicina doctus ; hoc præfert eximium, Tenuiſſe
viginti duas linguas , ſic ut omnes ſubditos,
quemque ſua dialecto , prompte & ſcienter
alloqueretur.

XIX. CHOSROES autem Perſarum
rex , Iuſtiniano & Romanis per ſuas clades
notus, & eloquentiam Græcam adamavit, &
Philoſophiæ ipſius non limen , ſed adyta pe-
netravit. Ariſtotelem totum percalluiſſe
ajunt, Platonis lineas & numeros: ſed & ipſa
Græcorum opera in ſuam linguam multa
tranſtuliſſe. Hæc ajunt : & demus famam aliquid adſtruere : vel conatum iſta. nonne magnum in magnis iſtis regum ?

XX. MAHVMETES etiam Turca me
tenet, SECVNDVS eo nomine. qui cogni-
tionis illuſtrium virorum facinorumque maxime cupidus, Hiſtorias ſibi verti in ſuum
ſermonem juſſit, Græcas Romanaſque : &
ipſos viros depingi à *Gentile Bellino*, eleganti
pictore , quem ad hanc operam à Veneris
exambierat. His ille ſtimulis , utinam ne ad

tam

tam alta, & nobis triſtia, animum æmulatione erexiſſet !

XXI. CAROLVM V de induſtria totum hoc agmen volo claudere , & ſimul ſa-
lutare monitum ſuggerere. Eum magnitudo ſtatim rerum & imperii , tenerum adhuc à ſtudiis abduxit : etſi amorem tamen &
reverentiam non excuſſit. Ac quondam cum
Genuæ oratorem aliquem audiſſet Latine
dicentem, nec plene ſatis cepiſſet , triſti &
ingenuo ore confeſſum Paullus Iovius ſcribit
(is arbiter coram & teſtis erat :) confeſſum,
inquam, *Dare ſe nunc puerilis incuria pœnas : &*
præſigum Hadrianum præceptorem fuiſſe, qui hanc
pœnitentiam ei prædixiſſet. Credimus optime
Princeps. & quam multi hodieque tecum,
jam grandiores, id eſt ſapientiores, dolent in
hoc neglectu ? Cogitent parentes, emendent,
filiorum & publico bono. Voveo.

IVSTI LIPSII
MONITA ET EXEMPLA
PÓLITICA.
LIBER SECVNDVS.
CAPVT PRIMVM.
DE PRINCIPATV.

Eum præferendum aliis imperiis videri.

VÆ adhuc dixi , etſi ad Principem aptavi, communia cum aliis ſunt,& in omni imperio adhibenda. Hunc formare magis, & propius dirigere incipiam ; ſi tamen prius breviter adſtruxero eum , & laudaro. Nam ambigere multos , & diſſeri varie de optima Imperii forma olim & nunc , ſcitum eſt : at nos iſtum præſerimus & cauſſas diſtinĉte , & velut per titulos libabo. Primo, quia liquet

MON. I. *Antiquiſſimum hunc eſſe.*

Homines autem primi , & origini ſuæ id eſt Deo proximi, malis artibus fraudibuſque nondum corrupti , cenſendi ſunt optima elegiſſe : elegerunt Principatum. In familiis , quod primum imperium , unus fuit. Plures deinde familiæ cognationibus junĉtæ, unum habuerunt : & ex iſtis ſocietates , conventus, oppida; unum. donec magna imperia nata, & oppreſſio cœpit, ab ambitione exorta ; & ſic quoque fere unus. Seneca veriſſime

fime : *Primi mortalium, quique ex his geniti Na-*
turam incorrupti fequebantur , eumdem habebant,
& Ducem & Legem , commiſſi melioris arbitrio.
Itaque idem alibi : *Natura commenta eſt re-*
gem. quod & ex aliis animalibus licet cognoſcere,
& ex apibus : quarum regi ampliſſimum cubile
eſt, medioque & tutiſſimo loco. Sed quibus *aliis*
animalibus ? in parte alibi explicat : *Multis*
gregibus aut maxima corpora præſunt , aut vehe-
mentiſſima. non præcedit armenta degener taurus:
elephantorum gregem excelſiſſimus ducit. Idem in
ovibus, in avibus, & alio genere congregum
animantium, eſt videre. Eſt igitur antiquiſſi-
mus , & Sacræ etiam noſtræ litteræ oſtendunt: in quibus à condito orbe ad diluvium,
moderatum in familiis imperium fuit : à Di-
luvio. ambitio miſcuit , & *Nimrodus* Noachi
pronepos , imperium in Aſſyria & finitimis
invaſit. Hic eſt , quem profanæ litteræ (ad
primorem ſyllabam alluſione) *Ninum* appellant. Sed addo etiam ,

MON. II. *Communiſſimum hunc eſſe :*

Neque olim tantum , ſed & nunc plurimo
orbis ſic notari. Olim quidem , Sacra dicunt. ubi ludæi regem poſcentes ſic audiun-
tur : *Conſtitue nobis regem, ſicut & UNIVERSÆ*
habent nationes. Sed & in Italia, primi illi Romani (apud Livium) *in variis voluntatibus ,*
regem tamen OMNES volebant. Etſi poſtea
mutarunt, & ad Optimatium ſtatum iverunt :
quid ita ? naturali hac ſæpe mutatione , ut à
rege in tyrannum , à tyranno ad optimates
aut populum Reſpublica eat : iterumque ab
iſtis ad tyrannum, & regem. Faſtidio & odio
hoc fit , non Principatus , ſed Principis alicu-
jus male eo uſi. Cæterum & vetus hic orbis

Principes fere ubique habuit, in Afia, Afric:
Europa (pauca loca, neque diu excipias:) ¿
novus item repertus, fic eft , aut fuit. Argu
mentum; optimum ufu & ratione effe, quo
tam diu, & tam multis placuit : atque, ut di
xi , ab ipfa natura. Sane rationem fi excuti:
mus , eam videbis hinc ftare , ab his cauffis.
Primo dicimus.

MON. III. *Iuftitiam magis in eo exerceri.*

At Juftitiæ fruendæ cauffa Imperia primum funt reperta. Ea igitur magis in Principatu floret , vigetque : nec funt noxæ aut
corruptelæ , quæ in aliis illis formis. Vide.
Rex aut ipfe jus dicit (olim & nuper etiam
factum:) aut qui dicant , eligit & defignat.
Si ipfe, fupra metum aut gratiam eft , magis
avaritiam : & nihil iftis , quæ præftringere
oculos judicantium folent, donat. Si alii;funt
tamen ab ipfo. & cura eligit, & electis jam
fupereft & intendit. Non funt iis fic libera
judicia, ut non judicium hujus metuant ; &
fi quid fœdius patrent, pœnam. In alio ftatu
quid fimile ? Si ad Optimates is ; factio , &
agnati,& amici occurrent,& alternis inter fe
jus aut injuriam gratificantes. Si ad populum ; magis peccabitur , & ira aut affectu
damnatos paffim videbis , aut dimiffos. Ad
Athenienfes aut Romanos leviter tranfi:oftra-
cifmi optimorum funt, & exfilia, & mulctæ.
Contra, peffimis honores habiti , & judiciis
per vim & manum etiam erepti.Quid de cor-
ruptelis dicam ? hîc regnant. Secundo.

MON. IV. *Tranquillitatem & con-cordiam coli.*

Quod optimum aut optatiffimum in Societate

tate eft, vivere quietos, à vi & injuria tutos.
Metus vel auctoritas hoc facit Principis,
quem unum omnes refpiciunt : qui vnus
omnia poteft: & jus vitæ necifque habet.Ita-
que merito animi magis domiti & fracti
funt,& colla ad jugum inclinant. Non fic inter plures dominos : quorum potentia fparfa
eft, & ideo minor, ut flumen in plures rivos
diductum. Alius alium refpicit ; patronum
contra hunc aut illum habet : & addo, quod
nec coërcitio fevera aut libera. quia in fuf-
fragiis aut comitiis,popularium opera egent.
Itaque connivent & indulgent , gratiam fin-
gulorum quærunt. Ita minuitur Auctoritas ;
& quod fequitur, Reverentia aut metus,vin-
culum obedientiæ & quietis. Parte altera
minus tranquilli , quia ad rempublicam fæpe avocantur, funt comitia , funt leges : &
fuffragia fua habent. In iis deinde ambitio
& factio intervenit : quid præterea ? feditio fæpe , & turbæ , atque etiam pugnæ.
Vt mare raro quietum eft , ventos plurimum , & fæpe procellas habet : fic refpublica , ubi comitiorum poteftas. Nofter Tacitus rem tetigit : *Sufpectum Senatus Pepulique*
imperium , *cb* CERTAMINA *potentium* , *&*
AVARITIAM *magiftratuum*. En duas affiduas
ibi Peftes : *Certamina* , & factiones,& exitum
five exitium , Civilia deinde bella : *Avari-*
tiam. & funt nundinationes , rapinæ, corruptelæ,in magiftratibus, in provinciis, in judiciis. Tertio,& univerfe dico ,

MON. V. *Modum regendi meliorem*
tutioremque effe.

Princeps diutius imperat,unus & idem femper manet:itaque & difcit magis affiduo ipfo
G

uſu, & rem etiam, ut propriam, cordi habet.
Aliter in magiſtratibus , qui mutantur. Sunt
fere annui : id eſt,abeunt imperio,cum diſce-
re imperare cœperunt. Sed neque intentio
eadem aut cura eſt , in brevi & alieno imperio. Tradunt enim ignotis , aut inviſis ſæpe
ſucceſſoribus : ſatis habent quomodocumque
defungi, in poſterum ſecuritate. At Princeps
non ſe ſolum cogitat , ſed heredes. Deinde,
arcana conſilia aut litteræ ſæpe interveniunt
in gubernando : cum vicinis Principibus conſilia aut pactiones , quas nolint intempeſtive
vulgari.Quod ſecretum hîc inter plures erit?
quis libere accedet, aut tuto credet ? Hæc in
Principatu ceſſant. & aut unus ipſe tractat ,
aut fidi miniſtrorum, quibus committit.Quid
etiam de ſecreta corruptela dicam, crebra inter plures ? Vnus aliquis emi contra rempublicam poteſt , & ſana conſilia aut evertere,
aut impedire. Athenis ſuis quam hoc factum
Demoſthenes conqueritur , à callido Philippo! & *hunc eſſe ſcopulum* (ita loquitur) *ad quem*
res adhærefcant. Quid Romæ ? idem : & Tribunus aliquis emptus res turbabat , & hunc
aut illum ſuper capita civium imponebat.
Poëta ingenioſe ,
   Mutatuſque fuit momentum Curio rerum.
Ita. unus Curio à Cæſare corruptus,Cæſarem
Pompejo antetulit, reipublicæ & libertati finem dedit. Quarto denique dicimus ,

MON. VI. *Maxime hanc imperii formam diurnare.*

An non faciat , cum à Natura maxime &
Ratione ſit ? Deus favet & tutor eſt; unus il-

Inftitutis : excipio parvas quafdam refpublicas, & validiorum tuitione aut amicitia fir-
mas. Sparta, qua nihil videbatur moribus aut
viris melius, vix quingentos annos tenuit libertatem. Athenæ fæpe mutarunt, & op-
preffæ iterum caput extulerunt : fed turbi-
dæ femper, & in metu, aut potentioribus
obnoxiæ. Roma quadringentos paullo plus
annos liberum illum ftatum fervavit. Quid
ifta ad Principatus ? Ille Affyriorum, ut à ve-
tuftiffimo ordiar, *mille ducentos quadraginta an-*
nos ftetit : five, ut alii largius, *mille trecentos.*
Ita enim vel Hiftorici, vel Chronici fcripto-
res, confenfu tradiderunt : nec Appiano ubi
mens fuerit, ego fcio. qui initio operis fcribit,
nec *Affyriorum, Medorum, Perfarum tria regna fi-*
mul congefta, æquare illud fpatium ævi potuiffe,
quod in Romano imperio ad fuum tempus effet.
Profecto fallitur, nec excufes. nam à Roma
condita ad Hadriani ævum *nongenti* circiter
anni funt, & fic ipfe fupputat : quanto plures, ut dixi, in folis Affyriis ? Iam Medi *du-*
centos fexaginta fere annos vindicant : Perfæ
ducentos triginta tres. Quamquam de Perfis,
mirum & notabile, haud diu ab Alexandro
iterum revixiffe, & vires regnumque rece-
piffe, duce Arface quodam (unde *Arfacida*)
fub bellum Punicum primum, five annum
urbis D. I I I. Sed quia tamen initium affe-
rendi à *Parthis* fuit, inde Romani atque alii,
Parthorum hoc regnum appellarunt : revera
tamen in iifdem fere gentibus & finibus.

tem ad hoc ævi (diuturnitatem agnofce , &
mirare) Perfæ vivunt & regnant , etfi graviter ab *Heraclio* Imperatore contufi , poftea
à *Tamer-lance* , & nuper ab utroque *Selymo*
Turcarum , avo & nepote : fed vivunt. Quid
de *Ægyptierum* olim regibus dicam ? millia
plura annorum numerant , ad ultimam Cleopatram. Quid hodie de *Sinarum* ? iidem millia : & à *Vitao* , qui primus fuit , ad *Bono-
gum* , qui nuper imperitabat , reges in ferie
continua habent *ducentos quadraginta tres*. Rarum exemplum : neque in noftra Europa re-
periendum. Tamen & in ea Principatus lon-
gævi. Gallorum regnum potens & florens ,
à *Faramundo* primo rege ufque ad *Henricum*
IIII , qui nunc feliciter regnat , computat
fexaginta tres reges : idque per annos ∞ C.
X C. At in Hifpania Gothorum reges ab anno Chrifti CCC VIII. ad *Rodericum* &
Maurorum invafionem numerantur *triginta
novem*. Et fanguis quidem ille , fed non regnum defecit: fufcepitque *Pelagius* anno Chrifti DCCXVII. à quo perpetua ferie , nec
interrupta , ad *Philippum* hunc III. funt reges *quadraginta octo*. Alia exempla in mino-
ribus Principibus liceat dicere : omitto,
ficut & Refpublicas minores. Sola *Veneta*
eft , quæ ævum *millenarium* jactet : felix fati , fed & legum atque inftitutorum felix ,
quibus relut vinculis firmata eft adhuc contra lapfum. Maneat, Floreat, faremus & vo-
vemus.

CAP.

CAP. II.

In eo Viros Fœminis præferendos, & has vix feliciter imperare.

PRincipatus igitur optimus , & cum Solone ,

· Εὐδαίμων πτολίεθρον ἑνὸς κήρυκ@ ἄκυον :

Felix urbs, quæ juſſa unius Principis audit.

ſed quis ille Princeps eſſe debet , unius & melioris, an & alterius ſexus ? Vtrimque argumenta & exempla ſunt: ſed magis pro nobis. Vir ad virtutem, ad regimen natus : animo, corpore, voce, viſu robuſtior , & quem magis vereare, aut venerere. In fœmina omnia levia, mollia; quæ amorem, non reverentiam creent. A natura ipſa timidæ magis ſunt , quam timendæ : non igitur hîc Auctoritas. Iam in viro prudentia & conſtantia : in illis calliditas aut argutiæ, imbecillitas deinde judicii , & in decretis ſenſibuſque Euripus. Septies in die mutant. Raro etiam altum aut honeſtum ſpirant : ſunt in vanis aut vilibus curis : non ergo ad ſceptrum & publicum decus idoneæ. Duæ etiam virtutes Principum primæ , Iuſtitia & Fides , firmiter vix ſunt in iſtis. Non prior , quia inclinant facile & miſerantur : facillime & gratiæ aut affectui obſecundant. Non altera, quia mobiles ingenio ſunt , & mutant ut ventus. Ne Clementia quidem ſit , quæ putetur : & benignior ille vultus, neſcio quomodo, ſævum ſæpe animum & vindicem celat. Quid de laſcivia aut luxu dicam ? utrique vitio opportunas ſcimus , & pudorem atque opes prodigere: præſertim cum ſui juris ac ſpontis, frænum non habent quod adſtringat. O quale regnum

G 3 gnum

gnum , ubi *Cleopatra* aliqua , *Meſſalina* , aut *Ioanna Neapolitana* imperat ? Neque ſine cauſſa Sacræ litteræ inter peſſima comminantur : *Fæminarum imperiis ſubjeČtum iri.* Sed 'parte tamen altera , exempla nos redarguant , itemque inſtituta gentium. Nam & alibi ſuccedunt in regna , & feliciter atque induſtrie adminiſtrarunt : cui rei utrique lubet Exempla ex Hiſtoriis dare. ac primum,

Muliebris imperii infelicis.

I. L A O D I C E *Ariarathis* Cappadocum regis , cum marito mortuo in regni adminiſtratione eſſet , quas clades, in media pace , dedit ? Sæviit paſſim in proceres , & in vulgus : parum eſt. ſæviit in liberos , & ſuum ſanguinem & (δ ſancta pietas !) ſex ex ſe natos veneno omnes ſuſtulit : qua cauſſa ? tantum, ut diuturnior in imperio eſſet. Vnus parvulus fato evaſit Medeam illam : quem populus mox ad regnum ſuſtulit , illa prius communibus votis & ſuffragiis exſtincta. ſed quid ? una & ſimplici morte exſtincta , quæ toties paricida , tot culleos meruiſſet.

I I. Tale olim , & vetuſtius , in Sacris litteris, malum nomen A T H A L I A , quæ Ioſepho eſt *Gotholia.*Ea cum filius *Ochoziæ* per inſidias interfeČtus eſſet, invaſit ipſa regnum: & nepotes ex eo , & totum ſemen regium ſuſtulit : connivente in ſex annos divina Nemeſi. donec *Ioas* à muliercula cædi ſubductus & ſervatus , & jam adultior , regnum & tot agnatos , vindicavit, bellua illa occiſa. Nam quid fœminam dicam, ſupra omnes feras immanem & ſævam ?

I I I. Tragicum aulæum complicemus, ſcænicum ſiparium aperiamus : & laſciviam

pro

pro sævitia magis demus. CLEOPATRA in
theatrum veniat, à parvula ad nequitias, li-
bidines, & luxum facta. Tirocinium fuit in
Iulio Cæsare. qui cunt Alexandriæ obsidere-
tur; illa velut sati præsaga, fratrem *Ptolo-
mæum*, & potiores (uti videbantur) partes
deseruit, ad Cæsarem translata. Vere, inquam,
translata. nam & hunc attum ad fallendum,
& tuto transeundum, cogitavit. Portæ serva-
bantur. atque exitus : illa *Apollodorum* quemdam inducit, culcita se involvere & adstrin-
gere, ut sarcinam : ac sic in regiam, ubi Cæfar, deferre. Factum est, deponitur ante pedes ejus : & ecce soluta emergit Venus, non
è mari, sed è culcita : & culcitellam mox se
Cæsari substernit. Nam ille, etsi in medio
actu & æstu etiam rerum, tamen & ingenio
illo, & mox forma ac lepore captus, adamavit : & pretium libidinum adolescentula ne-
cem fratris, & regnum Ægypti, tulit. Hoc,
ut dixi, tirocinium fuit : fallor ? an virgineam
prætextam jam in amoribus *Cn. Pompeii* Filii
paullo ante posuerat ? quod credere nos Plutarchus, bonus auctor, jubet. Credo tum,
cum missus ille à patre in Ægyptum, ad ar-
cessendam classem & auxilia suit. Sed hæc
puella peccavit : quid jam mulièr ? flagitia,
cum ætate, magis adulta. Post pugnam illam
Philippensem, *M. Antonius* & *Octavianus* partiti inter se sunt operas ; ut alter in Italiam
rediret, & veteranos in agris disponeret :
alter in Asiam & Orientem iret, pecuniæ
undique corrogandæ. M. Antonio istud eve
nit. qui dum reges, tetrarchas, urbes, omnia
excutit, & colligit : visum & de Ægypto cogitare, illa divite, & quæ offendisse videbatur,
non semel auxiliis adversæ parti submissis,

G 4   **Nam**

Nam ipsa Cleopatra *Castio* suppetiata dicebatur. Itaque, etsi succinctus jam ad Parthicum
bellum, tamen *Q. Dellium* Senatorem ad eam
mittit, & questum simul & denunciatum, uti
in Ciliciam sibi occurreret ad dicendam caus
sam. Ah miser ! ad caussæ dictionem evo-
cas, tuam mox dominam & arbitram, & apud
quam fatalem servies servitutem ! Dellius
venit, fœminam videt, & homo sagax quid
futurum prævidet: quippe & hujus Veneres,
& simul obnoxium talibus Antonium notat.
Itaque captare jam nunc hujus gratiam, audacter monere ad Antonium iret : mite &
venustum ingenium reperturam. Persuasit,
& conscia formæ erat: ac pro ea, & spe quam
agitabat, cultum & comitatum sumpsit.
Cydno fluvio subvehi se molliter jussit . navi
aurata, remigio argentato, velis purpureis,
ad modulos tibicinum & citharœdorum.
Ipsa recumbebat sub cælo aureo, gemmis
distincto : pueri formosuli, habitu Cupidi-
num adstabant & ministrabant, quidam ven-
tulum ei facientes. Virgines & ancillæ, in-
star nympharum, per foros & tabulata navis disponebantur. Ad ripam utramque frequentes ab obviis, & visoribus, aræ & odo-
res. Quid verbis opus ? passim voces (& res
ita erat) *Venerem ad Bacchum venire comessatum.*
Iam propinqua Antonio erat, & ille, magnitudinis scilicet Romanæ retinens, pro tribunali etiam sedere, atque eam exspectare :
quid nisi supplicem & excusaturam ? At vide
fiduciam, recta in hospitium abit : & Antonius, ab omni cœtu destitutus, relinquitur
solus. Itaque submittit paullum fasces, &
ad cœnam eam invitat. Recusat, & excusat :
quid jam Antonius ? male sumptam personam
abjicit,

abjicit , & prior atque ultro ad eam venit.
Cœnat ibi , edit & bibit amorem : quem illa
non tam vultu, ut ajunt , quam verbis & ingenio infpirabat. quæ utraque tam mirifica
poffidebat, ut femel audita caperet & devin-
ciret. Argumentum fane ingenii,quod varias
linguas docta, Hebræum , Græcum , Arabi-
cum, Æthiopicum , Parthicum fermonem ef-
ferret,& fcito & nativo cujufque fono. Hem
M. Antoni quid facis? ictus es , habes : &
omiffo bello omni,aliam militiam militas,&
cum tua rea in Ægyptum , id eft in caffes &
carceres ejus ultro abis. Ibi quæ deliciæ,lu-
xus,convivia? Non *Fulvia* tua abftrahit, mori
in angore & æmulatione adacta. non poftea
Octavia, nova uxor; hæres, peris,ipfa tecum,
& cum utroque (infelicis fœminei regni
exitus) ipfa Ægyptus.

I V. Quid MESSALLINA in Romanis ?
illa fævitiæ , avaritiæ , impudicitiæ , impu-
dentiæ , omnium flagitiorum (fas fit in illa
fordida tali verbo uti) cloaca.Hæc uxor erat
Claudii Imperatoris ; nomine quidem. fed
quem ipfa & liberti , ut elephantum parvus
æthiops , regebant. Itaque jure hanc pono
inter imperantium exempla. Omitto cædes
tot nobilium, quas patravit,tot exfilia & fu-
gas : in libidine non credo ab ævo tale monftrum fuiffe. Cottidie adulteria, novæ conditiones & admiffarii : nec clam , fed In ipfo
Palatio , coram matronis & viris , quafi infamia delectaret, Veneriabatur. Quin noctu,
vefte tecta , & Meffallinam diffimulans ; ad
publicum lupanar ire folita , proftare inter
infelices illas victimas, cellam fuam & titulum habere,accipere æra & pofcere,& exple-
re libidinem nec fatiare. Quid etiam? marito

G 5 ipfi

ipſi illudere, & hunc adigere non teſtem flagitiorum , ſed exactorem. Vide. Erat *Mneſter*
quidam, nobilis Pantomimus , in quo ardere
mulier cœpit : & pro ſua verecundia , ſoli-
citare ipſa , & poſcere. Ille ſubduxit , &
tenuit , Principem reveritus ; ſive etiam veritus, ne torum ejus non impune macularet.
Mulier ad hoc ridere. & *Quid aù ?* inquit. *ſi
ipſe Claudius meus jubeat , parebu ?* Incredibilia
videbantur : fiunt. It ad maritum, perſuadet
illi ſtipiti, ut Mneſterem vocet, & jubeat, in
omnibus dicto ſibi audientem eſſe. Factum
eſt : & mox hiſtrio libere , quaſi juſſu domini, res domini egit. Eſtne quod ſupra etiam
poſſit ? mulier repperit. Vulgaria adhuc hæc
probra videbantur : novum excogitat , &
cui poſt factum vix ſit fides. Erat *C. Silius*
Romanæ juventutis pulcherrimus. hunc alli-
cit , fruitur , & palam in amoribus habet.
Præmium etiam eorum , facit Conſulem ,
opes & decora Aulæ ad eum transfert : &
jam colebatur , velut alter Princeps. Non eſt
ſatis : oportet languentis voluptatis novum
aliquod eſſe condimentum. Itaque hoc addidit , ut maritum eum palam caperet : vivo
marito ? vivo : Principe ? Principe. Nec longius diſſertur , quam dum maritus Hoſtiam
iret,& quaſi de compacto paullum ſecederet.
tum nuptiæ,& nuptialis tota pompa : flos Se-
natorum & Equitum adſunt. menſæ apparan-
tur, lectulus Genialis ſternitur , auſpices ad-
hibentur, alia ſolennia: quin & in mariti gremio nova nupta recumbit,oſcula,complexus,
& reliqua licentiæ conjugalis. Dum ſcribo,
ſtupeo : & adhuc etiam Claudius , nec exci-
tabatur, niſi liberti , & in quorum manu res
metu mutationis , eum commoviſſent.
Itaque

Itaque tandem finis fabulæ impofitus , venit
Romam, tollit æmulum, & mox conjugem:
nec id quoque, fine aftu liberti.

V. Confortem an non liceat addere F A V-
S T I N A M , & hanc etiam Romani Principis conjugem? Agebat in matrimonio M.
A N T O N I N I *Philofophi* cognomento, optimi non Principum folum, fed virorum. Infelicem tantum hac foeda labe! quia & hæc
libidinum fic promifcua & vilis erat , ut vulgo fe vulgaret : in balneis, in arenis, & Xy-
ftis, ubi homines nudabantur , legere conditiones folita , & bene vafatos adnotare. Atqui non imperavit , inquies. Dedit qui imperaret *Commodum* , non falfa opinione , gla-
diatore genitum : & hic rem Romanam perdidit, ab illa matre.

V I. In Galliam tranfeo , ubi reginam video FREDEGVNDIM , nec fcio an fce-
leftius aliquid Sol vidit. Ea diu pellex dua-
rum reginarum , *Chilperici* regis Galliæ uxorum : alteram *Andoveram*, ut pelleretur, effecit ; alteram *Galfuindam* , per infidias curavit occidi. Ita totum Chilpericum , & fola
jam poffidens , legitimam uxorem & reginam egit : fed , pro ingenio , parum fidam.
Nam cum *Landrico* magiftro equitum furtim
confueverat : & res marito cafu quodam
detecta fuit. Ibat venatum , & uxorem con-
fpicatus , quæ capillum comebat , & lotum
ficcabat in fole , accedit tacitus , & per lu-
fum à tergo virga percutit. illa fufpicata
amatorem fuum effe, & nomine compellans,
Quid agis mi Landrice? inquit : *quin fi vir es,ad-
verfam me, non averfam pete.* Confeffio flagitii
erat : & cum dicto fe obvertit , plura etiam
dictura ; fed attonita maritum videt, & filet.

Etiam

Etiam ille, & porro venatum, ut inſtituerat,
pergit : iram coquens , & vindictam , ut res
erat, meditans. Sed prævenit mulier,& Landrico ſuo vocato : *Periimus uterque*, inquit,*in-
cauta mea voce :* & rem narrat , additque :
*Quid ſtupes ? virum oſtende : patiendum , aut pa-
trandum eſt ſcelus.* Landricus ſuo metu, & illo
ſtimulo excitatus, rem ſuſcipit : deligit duos
è fidiſſimis , qui Chilpericum ſera nocte è
venatu redeuntem , turbæ mixti, ferro invadunt , & ſinguli ſingulis ictibus conficiunt.
Clamor eſt ab ignaris,& conſciis : atque iſti,
quaſi externæ inſidiæ eſſent , *In ſilvas*, vocem
tollunt , eoque ſe proripuiſſe parricidas. Ita
auctores celantur : & ſelix Fredegundis ad
alia ſcelera animum adjicit , infenſa inprimis
Prætextato Rhotomagenſium antiſtiti , non ob
noxam aliquam , ſed viri eximiam virtutem.
itaque lætiſſimo die Paſchatis , cum in fre-
quenti templo ſacra perageret , non Deum
non homines verita , percutiendum curavit
letali quidem vulnere , ſed cui aliquamdiu
ſupervixit. Mœſta eo ipſo, venit viſere , ſive
ut exploraret , ſive ut oculos in ejus angore
paſceret : atque ibi belle, ut putabat , diſſi-
mulans, queſtus & iram miſcuit. quod in tali die & loco, in talem virum,patratum eſſet
facinus, & auctor lateret. Sed Prætextatus,
vicina morte liberior : *Minime , inquit, latet.
& teſtor me ejus ſcelere percuſſum , qua reges occidit.* Bene ille de regibus. nam præter maritum ſuum , etiam fratrem ejus ſuſtulerat
Sigibertum , Mediomatricum (ut tunc diviſio
erat) regem. Suſtulerat autem ſcelerato actu,
immiſſis duobus percuſſoribus : quos , cum
facinus exſecuti eſſent , ilico juſſit interfici :
ut vocem cum vita amitterent, & in tuto auctor

&or agitaret. Ita justitiæ victrix, si non famæ,
egit : & paullo post *Childebertum* etiam regem, prælio prius victum, cui ipsa interfuit
stans in prima acie, veneno tolli cum uxore,
eodem utrumque die curavit. Quot palmas
una mulier meruit ? habeat : & sicca etiam
suaque morte abeat, Providentia apud imperitos laborante.

VII. Fastidio ejusmodi narrationem: nam
quis modus sit, si velim persequi ? Ecce in uno
Neapolitano regno duæ IOANNÆ, ævo sup-
pares, in nequitia compares : quarum flagitia atque etiam scelera (nam & hæc mixta
semper adulteriis) Annales texam, si velim
recensere. Et propero magis ad alia Exempla : neque enim desunt ea

Muliebris imperii boni, & felicis.

I. PHILE uxor *Demetrii* regis, filia *Anti-
patri*, illius qui Macedoniam & Græciam vivo mortuoque Alexandro gubernavit. Hæc
jam tunc puella, & in annis teneris, nativa
quadam prudentia sic visa excellere, ut ipse
pater consilia ab ea peteret, & audiret. Pater, ille senex, ille usu & tractatione rerum
sic peritus. Quid Demetrius, cum jam uxor
ejus esset ? erat ipse vario ingenio, & vitiis
propior : sed mira temperie hæc maritum
flectebat, ne dicam, regebat : calumnias sup-
primebat, iras mitigabat : justa & honesta in-
serebat. Iam populi vere mater, tenuiorum
filias dotibus datis elocabat; afflictos à fortuna relevabat, bonos provehebat: quid apud ipsos milites ? Salvo pudore foemineo, & iis se
miscebat: alloquebatur, erigebat, tanta auctoritate vel gratia, ut sola tumultuantes repres-
serit, & in seditionem lapsos revocarit. Quæ
fides
```
```

fides deinde & amor in ipfum maritum? cum
victus à *Pyrrho* rege eſſet, caſtris ac regno
exutus : vivere non ultra fuſtinuit, & morte
fpontanea invidiam Fortunæ fecit.

II. Ævo, non animo, inferior ZENOBIA
Palmyrenorum regina. Hæc ſtirpem & ſanguinem à *Ptolemais*, & ipſa Cleopatra, ſed
non mores (dii boni, quam aberat !) ducebat. Vxor erat *Odenati*, fortiſſimi viri, &
qui ad imperium Romanum auſus adſpirare.
Illo vivo, iiſdem cùm eo exercitiis, in venatu,
in montibus, in filvis, in ipſa militia uti. A-
mans ejus utique, ſed ob matrimonii finem,
liberos : quos ut concepiſſet, tangi à marito
mox abnuebat. In aliis virtutibus, ſcientiæ
⁻riam avida ; & hiſtoriæ Orientalis ita peri-
⁻, ut ipſa eam ſuo ſtilo in compendium red-
egerit, uſui poſterorum. Nec Græci Lati-
nique ſermonis, aut rerum, ignara ſuit. Forma autem corporis egregia, *oculis ſupra mo-*
dum vigentibus (verba Pollionis dabo) *& ni-*
gris ; tanto candore in dentibus, ut margaritas eam
plerique habere putarent, non dentes. Vox præterea
clara & virili. Cum his dotibus, ut dixi,
nupta, & forti quidem viro, etſi haud feli-
ci. Nam Gallieno illo ignavo Imperatore,
cum decus omne imperii labaret, aut rue-
ret : ipſe Perſidem & Orientem invaſit, quaſi
Valerianum captum, & Romanam ignominiam
vindicaturus. Res magnas gerit : adeo, ut
ipſe Gallienus conſortem imperii ſumpſerit,
& ultro Auguſtum declararit. Nec diu in
hoc honore, inſidiis *Mæonii* conſobrini ſui
vitam & poteſtatem amiſit, aut hanc potius
tranſmiſit. Nam Zenobia illa uxor, laborum
& victoriarum ante particeps (aſſidue enim
comitari maritum, ipſa etiam ſub armis,
                                    ſolita)

feĉto vicit : imo velut tacito paĉto , paffa in
triumpho fe duci, fed ut vitam & dignitatem
in parte fervaret. atque a!eo funt , qui filiam
ejus Imperatori dicant nuptiis junĉtam : imo
& ftirpem ejus diu poft Romæ,inter illuftres
familias floruiffe.

I I I.   Hæc militaris fœmina : pacatius
exemplum PVLCHERIA dabit. Ea *Theodofii*
junioris foror, vitam & virginitatem Chrifto
devovit : paullo major natu , quam ille ,
qui feptuennis fere à patre *Arcadio* reliĉtus,
hanc habuit morum ,& inftitutionis magi-
ftram. Atque adeo jam grandiore illo , adhæfit, & curas imperii participavit : falubriter
omnia, & pie, modefteque difponens. Et vero quamdiu habenas tenuit, felix imperii &
reĉtus curfus: poftquam invidia aliorum , &
calumniis Eunuchorum (*Chryfaphii* præfertim) fubmota eft, & loco pulfa: contulit ea
fe in *Hebdomon*, locum Byzantio fuburba-
num , atque ibi fumma pietate & quiete vi-
ĉtitabat. Donec poft annos feptem , fraude
calumniatorum agnita , & imperio undique
concuffo , fulcrum iterum rebus labentibus
adfumitur,aut reparatio jam lapfis.Fit utrumque : & reftituit pleraque omnia ,aut tuetur.
Specimen animi ejus & prudentiæ hoc efto.
Fratrem Theodofium videbat,& dolebat, temere libellis fæpe fubfcribere, & nec leĉtis:
aliena commendatione aut fide , ut fit ,
nixum. Dolum bonum hunc repperit , ad e-
mendandum. concepit enim & ipfa libellum,

atque obtulit : quo *Eudociam* ejus conjugem petebat mancipari fibi in fervitutem. Capit, & fubfcribit ftatim : quidni in fororis petitione? atque illa, fcenæ inftruendæ caufla, Eudociam apud fe aliquamdiu habet. Miranti, & evocanti, negat miffuram,& fuam eam, uti quæ OPTIMO MAXIMOQVE jure, effe. Profert manum & fubfcriptionem, confufo jam illi, nefcio an emendan lo. Revera enim fecors ingenium fuit,& alter Claudius, in fœminarum arte effœminatorum (Eunuchos intelligo) reftare. Mortuo autem illo, & fine liberis, re celata, *Marcianum* evocat, vita & bello bonum, & ad imperium producit. Quoque magis commendaret, nuptias fuas ei donat, fed titulo tenus: ftipulata, ne facrata Deo virginitas libaretur. Rexit cum illo annos aliquot, mirifice à noftræ religionis apicibus, *Leone* Pontifice, *Hilario* Epifcopo, aliifque laudata. Vixit annos circiter LVI.

IV. Similem, non enim parem undique, ei jungo ISABELLAM *Ferdinandi* conjugem, Hifpaniarum reginam. Parem? in quibufdam fuperiorem, & fola fortaffe virginitate cedamus. Hæc, fi pietatem fpectas, in facrorum cultu mirifica, & affidua; nulla occupatione aut delectatione demoveri; horas fuas Canonicas (ut loquimur) facerdotali exemplo cottidie legere : ipfos facerdotes honorare, templa exornare. Atque id fuis aut fuarum fere manibus. cum & ipfa acu pingeret aulæa aut veftes, aut à familiaribus puellis pingi texique juberet. Iam reliquæ virtutes inftructæ huic fundamento. cafta, fic ut nec rumor de ea mentiretur; & maritum

tum pariter eo ducens, pellices, amicas , &
id genus callide fcrutata , & ab Aula amoli-
ta. Frugalis adeo , ut in omni vita nec vinum libarit : quæ virtus fomes , ut fcimus ,
eft caftitatis , & modeftæ gravitatis. Quam
fane habuit, exofa mimos, fcænicos , ludio-
nes , totum hoc levitatis inftrumentum , &
nec privatim aut publice audire fuftinens ,
vel fpectare. Eorum vicem , viros graves ,
matronas ferias apud fe habere : item pueros
aut puellas nobiles, & utrofque , pro fexu ,
artibus ftudiifque informare. Aula illa , nil
nifi palæftra honoris & virtutis erat. Itaque
infignes viri, etiam militia, ex ea prodierunt:
& magnum illum *Confaluum* , cui regni Neapolitanum Hifpania debet , hæc refert ex-
penfum. Matrona ipfa civilium rerum gna-
ra, bellicarum nec ignara. Quid magni in regno fine illa, imo nifi per illam fere , geftum
eft ? Rex maritus & confiliarii , ufu edocti
peritiam ejus & felicitatem in fententiis,quæ
edicebat pro oraculis (nec id per adulationem) amplecti. Illa factionibus, latrociniis ,
infeftum regnum purgavit , & pacavit : illa
juftitiam reftituit , potentiorum injuriis ex-
fulantem. Et quid alia commemorem ? quam
in gravia animadverterit , argumentum efto:
quod nec aleæ aut tefferæ ludum toleravit ,
& edicto vetitum fic repreffit (etfi prona eo
gens eft) ut nec furtim & in angulis lude-
rent , foliti in cauponis , viis , angiportis.
Iam vero & militiæ non confilio tantum, fed
opera intervenit ; modefta quædam *Zenobia* :
bellum Lufitanicum, abfente marito, confecit; & Maurico five Granatenfi , quod plures annos traxit, pluries interfuit,& fummam
manum præfens cum marito impofuit. Magni

H   ad

ul•lu

ad omnia animi, & res fpefque magnas com-
plexa. itaque Navarræ regnum confiliis ejus
junctum; Canariæ infulæ occupatæ, & infef-
fæ; ipfe Novus orbis, Naturæ occultior pars,
per eam retectus & fubjectus. Nam maritus,
cætera vir egregius, reſtrictior aut timidior
erat, retinere fua melior. quam augere. Hæc
dilatabat. & cum *Chriſtopherum Columbum* diu
rex duxiſſet , & ad extremum deſtituiſſet :
bono Genio ſtimulante ad ipfam Reginam
venit, conatus fuos & perficiendi vias expo-
fuit, & inſtrumenta, id eſt naves , viros, arma
ab hac impetravit. Salve , falve heroina, pri-
fcis par aut major : & in qua jure claudam
exempla fœminei boni imperii , quid enim
tale addam ?

CAP. III.

DE ELECTIONE.

Quæ commendare eam, quæ abjicere poſſint.

Viri igitur potius imperent , & foli. Sed
quomodo ? Electione, an Succeſſione ad-
moti ? Electio antiquior videtur , & heroicis
illis temporibus vix aliter factum ; & Principatus pace aut bello , virtutis aut roboris
prærogativa aſſignati. *Natura enim eſt*, ait Seneca,*deteriora potioribus fubmittere.* Itaque Bra-
filienfes quidam, cum ad *Carolum* IX, Galliæ
regem Rothomagum deducti veniſſent , valde mirabantur , *Quomodo validi illi & proceri
viri* Helvetios intelligebant;*parerent parvo &
tenello regi ?* Nimirum pro fuo more , & fenfu,
judicantes. fatis læve , quaſi à fola corporis
magnitudine præſtantia eſſet. Sunt etiam rationes , quæ commendare Electionem vi-
dean.

deantur. Prima , quod optimi & aptiſſimī
per eam capi ; non item à Succeſſione poſſint , in qua quoſcumque genitos admitti.
Item , quod juſta ætate capi , & idonea jam
regere; aliter in Succeſſione, ubi pueri ſæpe
aut infantes jus ſumunt. Deinde , quod regnum ita moderatius videatur. cum nec innu-
triti ſint potentiæ, & ex ea ſuperbiæ; & quod
neque proprium habeant, ab aliis acceptum,
ad alios tranſmittendum. Eo minus inten-
dunt imperium , aut ſubditos opprimunt : in
quem enim poſt-uſum ? Aperitur & virtutibus campus : ac multi ad eas adſpirent , vel
ſpe Principatus. Hæc & talia Ariſtotelem
moverint , ut Carthaginienſes laudaret hoc
nomine , & Spartiatis præferret, qui ſtirpe reges legebant. Sunt & hodie , aut nuper fuerunt inter Chriſtianos , electi reges :
hodie quidem Poloniæ, nuper Bohemiæ, Da-
niæque. Iſta pro Electione , plura in eam
poſſunt. Primo quod dicitur , veterem eſſe :
fatemur, ſed uſus illis rudibus ſubjecit , hîc
& alibi, meliora. Additur , optimos ſic poſſe
eligi : & verum eſt , ſed etiamne eligi? ſi
rem & experimenta vides, ſæpe falſum. Rara electio, quæ ſine privato cujuſque affectu
aut reſpectu fiat nec rei publicæ utiliſſimum,
ſed ſuæ legunt. Quærunt opportunos. ut
omittam , pecuniam & corruptelas ſuffragia
ſæpe trahere , & rem geri promiſſis doniſ-
que. Atque ea nec fortaſſe meliore aliquo
ſæculo excludas: ſicut nullo, odium aut amorem. Nicetas Choniates in hac re prudenter
judicat , ubi res *Alexii* Imp. Græcanici narrat : qui fato vicinus, & ſine liberis , de eligendo ſucceſſore cum ſuis agitabat. Scribit :
Igitur alii atque alii varie nominabantur, ſed om-

nes qui sibi opportuni aut utiles essent, nominabat.
De re autem eligendo, qui aptime & ex usu pu-
blico imperaret, nulli cura aut cogitatio erat. Ve-
rissima dicit, & usu probata ac probanda
Iam quod tertio inquiunt, justæ ætatis, &
maturæ imperio.sic eligi : ita habet, & com
modum est. Sed enim illud adhæret incom
modi, quod regnum interea vacat, nec pos
sessorem habet. Quod si quis considerat, majus malum est, & plura sæpe daturum, quam
imbecilla in imperio ætas. Sane ubi interre-
gnum est, justitia & leges silent, licentia &
vis valent : atque id sæpe hebdomadas. men-
ses, annos manet. Quæ interea confusio, aut
scelera sunt ? quæ ambitio & prensatio ? per
quas fraudes, & artes? Germaniam vide, ubi
Imperator demortuus : boni omnes in præ-
senti & futuro sunt metu. Ipsa Roma nunc,
in sacrorum Pontifice, hæc mala est cum sen-
tit. Quid deinde in eligentium dissensu ? dissidia & bella. Quæ nec inter paucos electo-
res semper effugias : appello ad illos Imperii Septemvirales. Appello ad ipsam iterum
Romam: & cum nota religionis, & pæne dicam probro, audiimus legimusque, plures
uno tempore Pontifices, à tali caussa, se gessisse. Nota mihi istud, & incertum illud flu-
ctuansque in successione : magna ratio & ef-
ficax est, ad totam Electionem repudiandam.
Iam quartum erat, Moderatius ita fore regnum. Non abnuam : sed addam, solutius etiam, & minore cura administrandum. Vt
quid enim rei nec diu meæ, nec postea meo-
rum, nimis acriter intendam ? Frui satis est.
Obnoxii etiam vivunt, sive iis qui elegerunt, & quibus hoc velut beneficium debent ; sive omnibus, qui in occasione mi-
                                        nuere

nuere poſſunt poteſtate , aut privare. Polo-
niam adi : hæc fiunt. Itaque & juſtitiam minus coli, neceſſum eſt : & Principem indulgere, aut oculos claudere , in potentium no-
xis. Dixi etiam, minus curæ aut cuſtodiæ eſſe regnum : an non ita eſt ? Germaniæ Imperatores video , ex facili aut opida , aut provincias totas, vel liberis agnatiſque ſuis, vel
& exteris , avulſas à corpore contribuiſſe :
ſæpe per gratiam , aliquando & pecuniam
aut mercedem.Non ſic fiet in proprio & here-
ditario regno. Neque Principes ſolum ſecor-
des : ſed miniſtri eorum tunc tales. Nam &
ipſi futurorum ſecuri , præſentibus inhiant ,
lucellum in omni occaſione captant , ſubitis
avidi , & ut inter incerta feſtinantes. Iam
quintum illud, Virtutes ſic excitari : vix colorem habet. Valde ſcilicet , quia unus aliquando, nec merito ſed caſu, bonus eligitur,
boni eſſe elaborent. Si ad eventa imus, quocumque in regno ; Electiones mixtas videbis , & ſæpe deterioribus pronas. Vel Roma
in principibus ſuis, vel Germania, dicat. Vltimum, Ariſtotelem approbare : & hodieque
alibi eſſe. De Ariſtotele , non mirum : Græ-
cus & liber , regna amat proxima libertatī.
De uſu hodierno aut nupero, leve eſt : nam
præponderant exempla alia , & pro uno Electionis , centena ſunt Succeſſionis. Quæ vis
hic igitur? Quod ſi illud dicatur , etiam nunc
melius regi aut creſcere regna ab Electione:
magnum ſit. ſed non dicetur,& oculi ac ſenſus refutabunt. Ego vero amplius dico ubi-
cumq; bonum & laudabile regnum fuit , in
Perſide, in Macedonia, in Ægypto,in Sinenſi-
bus, in Hebræis ipſis, Succeſſionem valuiſſe:
etiam in Romanis , quoties Principum liberē

H 3 　　　　　　　aut

aut genitura,aut (quod laxius) adoptione essent. Iterumque amplius dico.nec fuisse ulla
Comitialia regna , nec fore diuturna. Exori-
tur semper aliquis , animo & consilio inter
Principes major , qui creditum uni sibi regnum,suis stabilit gratia,arte,præmio: & vis
interdum adhibetur.Dania & Bohemia ostendunt , alia magna regio fortasse ostendet.
Sed in fine non me teneo , quin Nicetæ
etiam verba , & ego ejus sensibus , subscri-
bam. Exclamat : *O quanto deterius est multorum*
suffragium & electio , quam unius ! Tu inclytum
Romanum imperium , & gentibus adoranda maje-
stas , quas tyrannos pertulisti ? quales amatores te
petierunt ? quibus substrata , tui copiam fecisti ?
quales corona & diademate , & punicee vestitu
exornasti ? Graviora utique tulisti , quam Pene-
lope procerum illa frequentia obsessa. Res ita habet. Romanum imperium statim à *Claudio* ,
qui primus à milite electus est , & fidem
eorum præmio pigneravit , in vilissima capita & pessima hac Electione venit: Electione , an palam Emptione ? Nam & hoc scimus, velut sub hasta , vænale pependisse : &
non aliud magis clarum certumque exitium
rei Romanæ fuisse. Sed exempla quædam
Electionis videamus , bonæ aut malæ mix-
tim.

I. AVRVNCANI populi barbari sunt , in
Peruano tractu. Ii à solis viribus corporis
ductores legere soliti: experti eas in gravi
aliquo ligno. quod qui diutissime humeris
bajulat. nec succumbit , putatur & regendi
oneri par futurus.

II. Melius qui ab animi viribus aut præ-
stantia sumunt : quod Romani olim veteres
in suis regibus, *Romulo,Numa,Servio,* vix alio
a spe-

aspectu fecerunt. Secuti quam aliter ? &
stirps Augusti cum defecisset, casus aut corruptio Principes fere dedit. Primum in
CLAVDIO. qui C. Caligula occiso, rumore
cædis exterritus, & sui quoque anxius, pro-
repsit ad solarium, & inter januæ prætenta
vela delituit. Miles aliquis è Prætorio, dif-
currens ad prædam, hunc repperit, protrahit-
que: & interrogato. Quis esset? acceptoque,
impetu aut instinctu, Principem salutavit.
Quanta unius, & gregarii quidem, in re tanta audacia ? Produxit ad alios Prætorianos,
fluctuantes adhuc, nec aliud quam fremen-
tes : qui ut cælitus oblatum arripuerunt, &
lecticæ impositum in castra sua, vicissim suc-
collantes, tulerunt. Senatus & urbanæ cohortes diffidebant, & Libertatem præfere-
bant : inane nomen vicit militaris electio, &
fatale Romanis servire. At Claudius jam imperii compos, ut militem magis obstringeret,
quinadena sestertia singulis (sunt nobis *trecenti*
septuaginta quinque Philippici) promisit, &
dedit.

III. Idem casus sive error clarius in
VITELLIO se aperuit, longe ab omni Imperatoria aut virtute, aut stirpe. Homo ven-
tri & abdomini factus erat, nulla vel specie
virtutum, nisi quod candor aut simplicitas
in eo placerem. Is Legatus inferioris Germaniæ à Galba electus, & quattuor legionibus præfectus (amabant autem hos ignavos,
& altioris cogitationis non suspectos) præfectus, inquam, agebat Coloniæ Agrippinæ,
cum nuntium accipit, superioris Germaniæ
legiones defecisse à Galba, & in S. P. Q. R.
nomina jurasse. Dum consultat, quid facto
opus, vis in defectores an consensus placeat:

ecce

ecce *Fabius Valens* è Legatis legionum , cum
paucis equitibus , opidum intrat , ipsum Vi-
tellium Imperatorem salutat. Vnius vox o-
mnium suit. secutæ legiones, alæ , cohortes,
cives, socii , ardore magis quam judicio : &
invasit imperium atque armis peperit , armis
mox amisit.

I V. Lubet etiam hos fortunæ ludos videre, & in theatrum producere P R O B V M
Tacitus Imperator absumptus erat , & *Floria-
nus* frater ejus adspirabat : sed dum electio
pendet, Orientales exercitus eam occupare ,
& sui beneficii Principem habere voluerunt.
Conveniunt ad eligendum : & Tribuni, quasi
per decorum, eos monent , *fortem, clementem,
probum imperatorem requirendum esse.* Arripiunt
vocem , & statim acclamant , *Probe Auguste
dii te servent.* Inde purpura, tribunal , & legitimus Princeps.

V. Quid in R E G I L L I A N O , quam
consimile ? Dux Illyrici erat, & milites male in *Gallienum* animati , res novas agitabant.
Forte una plures coenitabant. fuitque *Valeria-
nus* Tribunus qui in joco & vino diceret , *Re-
gilliani nomen unde credimus ductum ?* Subjecit
statim alius *A regno:* & milites communiter ,
Ergo potest rex esse ? &, occasione sola temera-
rii dicti, fecerunt.

V I. O ludos ! & lusum etiam adjungo ,
qui P R O C V L O tradidit Principatum. In
Gallia milites ad latrunculos ludebant , item
convivantes. Forte decies Imperator Proculus exivit : atque ibi quispiam ludens , *Ave
Auguste :* allataque læna purpurea , humeros
ejus velavit. Timor mox eorum qui adfue-
rant : & ne accusarentur apud veterem Imperatorem, novum hunc faciunt consensu.

VII. Ri-

VII. Ridere in illis liceat, in iftis indignari, ubi Corruptio fuffragia temperavit. Sicut in M. SALVIO OTHONE, qui clam & palam militibus pecunia fubornatis, & in *Galbam* armatis. eum fuftulit, fe immifit, fed Principem non diuturnum.

VIII. Non item, à fimili foeditate, IVLIANVS perennavit. qui poft cædem *Pertinacii*, cum vænale in caftris Prætorianis penderet imperium, & *Sulpicianus* licitaretur: ifte, pecuniofus & ambitiofus fenex, eodem afpiravit. & ad muros fubiens, modum pecuniæ certum promifit: cumque illi ad *Sulpicianum* retuliffent, plus aliquid adjicientem, iterumque ad iftum (prorfus ut in folenni auctione) tandem pervicit Iulianus: finifque fuit, ut *vicenaquina feftertia* (funt *fexcenti vigintiquinque* Philippæi) viritim Prætorianis darentur. Immanis fumma! quam ille concuffionibus & rapinis mox coegit: atque hæc omnia, qui inter claros Iurifconfultos nomen vindicabat. adeo facilius eft peritum effe legum, quam fervantem. Sed pœna à tergo preffit: ftatimque *Severus* fuperveniens, vita & imperio illum, Prætorianos zona & militia exuit.

IX. Sed hæc foeda, exemplo uno aut altero eluantur laudabilis Electionis. Quæ autem laudabilior illa, quam Deus injecit, & direxit? CASIMIRVS fuit, filius *Miecislai* unicus, qui ob teneram ætatem regno minime aptus, fub cura & gubernatione matris *Rixa* conquievit. Sed ea mulier avara, fuperba, exteris Germanifque addicta, provocavit odia Polonorum: quæ fuga deniq; vitavit, ablata fecum regni gaza, & filio mox in Saxoniam fecuto. Qui in exfilio ifto animum

H 5   mum

mum ad litterarum ſtudia appulit , & Lut
tiam Pariſiorum devenit. Illinc in Italiat
porro ; & denique pietate impulſus, in Clt
niacenſi cœnobio Benedictinum monachun
profeſſus, Deo totum ſe vovit & ſacravit. In
terea turbæ & fluctus in Polonia , ut in nav.
rectore vacua, & oculi atque animi requiſie-
runt ſuum Caſimirum : decretumque publice, ut miſſa legatione ubiubi terrarum eſſet,
requireretur. Ad Reginam primo ventum, ab
ea Cluniacum : & inveniunt non jam Caſimirum , ſed *Carolum* (nam & nomen mutave-
rat) eumdemque ſacramenti religione , ſed
& Diaconatus vinculo, obſtrictum. Illi præ-
terita excuſant , patriæ diſcrimina & calamitates proponunt.; & hunc, ut unicum præſidium & ſubſidium , Principem depoſcunt.
Ipſe fortiter recuſare ; alienæ poteſtatis ſe
jam oſtendere , nec quidquam cum munda-
nis rebus commercii eſſe. Tamen urgent ;
ad Abbatem rejiciuntur , ab illo ad Pontifi.
cem , atque iſte indulget , laxat ſacramenti
atque ſacerdotii vincula , data etiam venia
conjugii : cum lege, ajunt , ut Poloni caput
deinceps in coronam tonderent ritu mona-
chali , itemque nummum annuum in lumi-
naria & cereos Divi Petri Romam confer-
rent. Hoc ejuſce indulti monumentum eſſet.
Ita in regnum ducitur , gaudio & conſenſu
excipitur : prudentiſſime & fortiſſime admi-
niſtrat. domi pace parta, hoſtibus foris victis
aut repulſis. Pie vixit, pie obiit, regno in po-
ſteros (nam & uxorem duxit , & liberos ex
ea tulit) propagato. Quis abnuet hæc à Deo
eſſe ? profugo , monacho, Diacono, patriam,
ſceptrum, uxorem, cum gratia, laude, venia.
     X. Sed memorabilis illa .quoque electio ,
                                          ſive

..re Iudicium fuit , quo regnum Aragoniæ ,
avorum ævo ad FERDINANDVM *Henrici* Caſtellæ regis fratrem tranſivit. Obierat
Martinus rex , idque ſine liberis : & inter
agnatos vel cognatos varie certabatur. Ius ,
favor, factio comparabantur : & jam ad cœtus & arma res ſpectabat ; quippe inter potentes competitores , *Ludovicum Andegavenſium Ducem & Neapolitanum regem , Iacobum
Comitem Vrgelitanum , Alfonſum Marchionem Villena & Ducem Gandiæ* , & noſtrum illum jam
dictum. Sed viſum conſenſu proceribus (rarum in tali ambitu) judices ſive arbitros ſuper hac re legere , & quemcumque Regem
ii dixiſſent, eſſe. Electi novem , ſanctimonia
vitæ , & doctrina aut prudentia, conſpicui :
terni ex ipſa Aragonia, totidem è Catalaunia,
iterumque totidem è Valentia ; quæ tria regna ſcilicet in unum corpus contributa. Dies
igitur dicta electioni , locus captus arx *Caſpa*
in Aragonia. Magna exſpectatio , concurſus , aperta & occulta vota aut metus : denique ipſo jam die , tribunal pro foribus
templi erectum , aulæis inſtratum & regifico ornatu. Confederunt judices, præſedit iis
(nam adeſſe voluit) Summus ipſe Pontifex ,
etſi in ſchiſmate, *Benedictus* : tum ſurrexit
Vincentius Ferrerius Dominicani ordinis,magna
ſanctimoniæ opinione , & inſigni ac fervida eloquentia, qui concione ad rem appoſita , proceres & populum conſentire ,
obedire denique novo Regi hortatus eſt.
Quis is erit? ſuſpendit aliquamdiu omnium
animos , & grandi tandem voce protulit
Ferdinandum. Clamor coronæ , & jubilus,
fauſta precantium. nam plurium in hunc &
virtutes ejus inclinatio: quorumdam tamen

ium *Alphonsum* genuit, Aragoniæ, Siciliæ, Neapolis Regem.

1 X. Pulchra electio, & quam in manu Lusitanorum erat nuper imitari. Nam plures regnum illud mortuo *Sebastiano*, competebant, suis quisque titulis, PHILIPPVS rex Hispaniarum ; *Alexander* Parmæ Dux liberorum loco ; *Ioannes* Dux Bragantiæ, ab uxore ; *Antonius* nothus, sed qui legitimum credi se volebat. Concurrebat & regina Galliæ, *Catharina Medicæa*, vetusto & obsoleto titulo à Comitibus Bononiensibus reperito. Rex senex *Henricus* mederi futuris malis poterat, & velle videbatur : sed fortior animus deerat, & cunctantem mors occupavit. Sed & post eum quinque *Gubernatores* electi, & undeni *Iudices*, tarditate aut frigore peccarunt : & quamquam proni in Philippum regem, non ausi jus ei adscribere, ob populi studia dissentientis. Quem suum sere *Antonius* fecerat, & plenis velis per plebejas illas undas ferebatur. Ita factiones, dissidia, & denique arma. Quæ tamen priusquam Philippus inferret (& parata habebat) pro suo ingenio leniter ac tarde agere, legationibus quam legionibus velle rem conficere : à vi quidem adeo alienus, ut cum *Antonius* ille, caput turbarum, ejectus ab Henrico rege, in Castella esset, & in cœnobio quopiam Divi Benedicti, gnaro rege Philippo, latitaret : ille nec extraxit, nec reppulit, cum in illo velut torre exstinguere incendium surgens posset. Simile in altero competitore Duce Bragantiæ ;

cujus

cujus filium captum à Mauris, infelici illo
prælio, redimi per legatum fuum curavit,
& eundem jam in Hifpania, cum effent qui
omni vi & via retinendum cenferent, imo re-
tinerent; ille firmus in qnietis confiliis, &
jure fuo nixus, liberum dimifit. Sed neque
fic, cum alii arma pararent aut caperent, in-
vafit, aut ejecit. fed ante omnia jus fuum
difputari à Theologis, & Confultis ejus, fecit: jamque de eo certior, copias promovit.
In limite erat Lufitaniæ, & omnis mora noxia: tamen iterum moratur, iterumque peritos convocat, & per Deum & Fidem obte-
ftatur, liberis vocibus fenfibufque edicerent,
ecquid juris fui effet. Hoc non cupere fe modo, fed jubere. Omnes uno ore jus affirmant.
Tum denique *Ferdinandus* Dux Albæ invadit,
& feptuaginta dierum fpatio Lufitaniam totam fubjicit: uno prælio Antonio, qui regem
fe ferebat, pulfo. Si tamen prælium dixerim,
veterani exercitus, cum femiermi & urbana
turba congreffionem. Annos paullo minus
quingentos avulfa Lufitania fuerat à reliquo
fuo corpore: rediit, ut retuli. fed cum admiratione aliqua eorum qui attendent, in re
tam opportuna, utili, facili, cunctatorem
Philippum fic fuiffe. Imitentur reges, nec
temere ambitio ad arma impellat.

C A P.   I V.

DE   SVCCESSIONE.

Hanc praferendam, etfi incommoda etiam habet.

Meliorem eam Electione tutioremque
effe fupra oftendimus: & duplex certe
cauffa evincit. Prior, quod nullum hîc inter-
regnum;

regnum ; atque ita nec competitio , nec bellorum materies : præsertim cum jura succes-
sionum legibus aut moribus ubique firmen-
tur. Secunda , quod caritas utrimque major.
& subditorum in genitum & sanguine Principem ; & Principis in subditos, certo & veteri jure suos. Addam tertiam , astrictioris
imperii , & reverentiæ aut obedientiæ
promptioris : quia vitari aut differri vindicta
ægre potest , cum patri filius succedit , &
illius injuriam suam putat. Non sic in exteris : qui tutius contemnuntur, & si offende-
ris , secessu aliquo vitas , donec illi abeant
è vita. Duo tamen incommoda adhærent (&
quid pure bonum in rebus humanis ?) quod
vel mali vel inutiles sic capiendi interdum
sint ; vel pueri & infantes , quos ætas arcet
à regendo. Quod ad prius , sciamus idem &
in Electione evenire posse , atque adeo sæpe
evenisse. Ferendum est, & melior exspectan-
dus : ut post hiemem, aliqua æstas. Quod ad
alterum, grande incommodum, fateor : & sere Deus sic disponit (ipsemet dicit) ubi visum
ei punire regna aut immutare. Quid ni scra-
mus tamen, si à Deo ? Hanc ei viam castigan-
di adime ; aliam reperiet,sortasse tristiorem.
Leges viam suam teneant , itemque sata. Et
tamen in illa ipsa puerili Successione remedium, si vivit mater.Hanc admoveri, & vices
pueri gerere. cum prudenti aliquo Senatu, è
re sit ; & exempla docent , feliciter evenisse.
Nam proceres regni eligi, anceps si unum ,
cæteros offendis , ut spretos ; & hic sortasse
proprias opes cogitet : si plures , non evades
factiones inter eos , & turbas. Mater igitur
melior. Sed exempla aliquot, aut jura diver-
sa Successionis videamus : in qua consensu
ntium receptum.   MON.

MON. I. *Certos liberos præferri* :

I. Sed, ut dixi, certos legitimofque. Cui rei, ubi fraus timeri poterat, cautiones video adhibitas, calumniæ aut fufpicioni vitandæ. Sicut in OGINA Lucemburgica, quæ pæne *quinquagenaria*, in matrimonio *Balduini Pulchro-Barbæ*, Flandriæ Comitis, gravida eft facta : & res ea fufpecta multis, ne vanus aut fartus tumor, non à natura & puero effet. Igitur circa dies jam partioni follennes, maritus in medio Attrebatium foro, tabernaculum tendi juffit, laxum & pretiofi operis : edixitque, omnibus fœminis, fama & loco honeftis, fas efle adfiftendi, & oculis arbitrandi verus an fuppofiticius ille partus effet. Factum ita. viderunt plures, obfervarunt : & omnes ita rumufculos diffiparunt, qui de fterilitate ejus erant fparfi.

II. Plane idem in CONSTANTIA, Neapolitana regina. quæ nupta *Henrico* Imperatori, quinquagenaria etiam major uterum cœpit ferre, fraudem aut fucum fufpectantibus multis. Quod utrumque prudenter amolitus eft Henricus. ac primum, cum uxor ad eum in Germania agentem adfpiraret : vetuit, juffitque in regno fubfiftere, & adventum fuum exfpectare, coram fuis (cum bono Deo) heredem regni parituram. Deinde, uxore etiam ipfa fic volente, in foro tentorium expanfum, facta poteftate nobilibus fœminis veniendi, & parientem ac partum pariter oculis ufurpandi. Peperit igitur, in tali, ut fic dicam, fcæna *Fridericum*, paterni avi nomine appellatum. Hæc fatis mira, in illa ætate. etfi rei fides aliqua jam ante ab Abbate *Ioachimo* facta, illo cujus vaticinia tunc clara jam ſatis erant.

erant , et nunc quoque tradita scriptis re-
guntur. Quippe parituram prædixit , & quidem filium, tali vita , & forte : quæquæ alia
Friderico evenerunt.

MON. II. *Præferri ætate primos , etsi in ex-*
emplis interdum aliter.

I. Liberi igitur succedunt : sed mares supra fœminas , quod liquet ; inter autem mares, ii qui ætate antecedunt. Tamen hic interdum quæstio , an ex caussa , minore aliquis natu non præferatur ? Caussæ plures esse possunt, una, quæ olim inter *Darii* liberos
litem movit , *Artemenem* , & XERXEM.
Nam ex his Artemenes regnum jure & more gentium petebat , natu prior : at Xerxes
controversiam non de ordine , sed de nascen-
di felicitate faciebat. Nam illum Dario privato provenisse , sese regi. Ita privatas illi
opes deberi, quas tunc habuit : at sibi regnum
in quo genitus, educatusq; esset. Contentio ,
quamquam de regno , inter arma stetit : &
arbitrum patruum sumpserunt *Artaphernem.*
qui re pensiculata , præponendum Xerxem
putavit. sive ratione jam dicta, sive & indole
utriusque motus. De patruo judice, in Iusti-
no scribitur : in Herodoto pater ipse definit.
qui idem Herodotus alterum fratrem non
Artemenem , sed *Ariobarzanem* appellat.

II. Ipsum hoc in eodem Persarum regno,
diu post movit *Parysatis*, *Darii* alterius uxor :
movit. sed non eodem successu. Nam ægro
marito persuadere conata, ut CYRVM minorem filium *Arsaci* (qui postea *Artaxerxes* dictus in jure sceptri præferret, ipsa illa dicta
caussa, & quod in regno natus esset : non im-
pe-

petravit, & ſtabile priori jus ſuum fuit. Etſi callida mulier *Xerxis* exemplum ſuggere-
ret : ſed quod paullo diverſum inveniet, qui
explorabit. Nam Artemenes tunc natus Dario fuit, cum vere privatus eſſet, nec in ſtirpe aut jure ullo regio (quippe poſtea à Magis inopinato electo :) at Arſaces patri quidem nondum regi natus, ſed nato è regibus
& in hanc ſpem ſublato. Itaque diſcrimen
apparet in utraque ſorte : etſi nec id quidem
alibi obſervatum, & quomodocumque pri-
mogenitis ſceptrum ferè delatum.

III. Excipio, in cauſſa etiam altera : ſi
minor aliquis virtutibus excellat ; & contra,
inopia ſit in majore. Tunc enim præponendus
videtur, quem Deus honeſtavit : idque ex
publico etiam bono. Tale *Ioannes Comnenus*
prætextum habuit MANVELEM filium
præferendi *Iſaacio* : idque moriens perſuaſit.
Cepit igitur imperium, & tenuit : ſed re vera non pro ſpe rexit, nec fratri fortaſſe, niſi
ab affectu patris, præponendus.

IV. Et vero raro felix, nec niſi turbandis
rebus, talis electio. ut in PTOLOMÆO
LAGI F. qui cum minorem item, rupto
gentium jure, regno impoſuiſſet : ipſa naturæ jura violata mox ſunt. cum alter fratrem
ſuum paricidio ſuſtuliſſet.

V. In PTOLOMÆO Phyſcone haud
diſpar eventus, ſed purus à ſcelere. Blanditiis uxoris illectus juniorem ſeniori antcha-
buit, & ſceptrum credidit : ſed populus eo
mortuo, huic reddidit, & illi exſilium dedit.

VI. Quid in LVDOVICO *Pio*, *Caroli Magni* filio ? ille item Iudithæ uxoris ſuada *Carolum* minorem *Ludovico* in multis præzu-
lit : cum eo fructu, ut bellum ipſo vivo
ad-

I

adhuc motum fit, & arma adeo, junctis etiam
aliis fratribus, in patrem fumpta.

VII. Ideo non nimis ridendi fortaffe Pan-
nonii, qui pervicaciter hoc jus funt tutati in
fuo COLOMANNO. *Vladiflaus* rex, liberis
ipfe orbus, *Almum* fratris fui filium adopta-
verat, animo & corpore meliorem, ævo inferiorem. Vt autem rata magis electio effet,
Colomannum fratrem facris initiavit, & procul
à patria Lutetiam Parifiorum, fpecie ftudio-
rum, ablegavit, dicam, an relegavit? Hæc facta, & ipfe obiit: fed ftatim proceres & populus *Colomannum* revocant, & venia exfecra-
tionis à Pontifice impetrata, regem fimul &
maritum fecerunt. Quem autem hominem?
ridebis Lector: ftatu pufillum, lingua balbum, oculo lufcum, pede claudum, dorfo
gibberum. Non monftrum vides? tamen hic
placuit, & jus hominum etiam in ambiguo,
pæne dicam, homine fervarunt.

VIII. In hac tota re tamen fateor morem
ABYSSINORVM (in Africa late domi-
nantur) non improbandum videri, aut improbum. qui gentiles omnes agnatofque Regis
in una quadam arce educant, remotos à populo: quia & arx in monte pæne inacceffo
eft (*Angam* nominant) & valido præfidio cu-
ftoditur. Tenentur illic igitur, ne turbas aut
partes faciant: & mortuo rege, eum qui maxime idoneus optimatibus & cuftodibus videtur, affumunt & fubftituunt.

MON. III. *Patruum, aut fratris filium,*
varie præferri.

Quid autem, fi filius major præmoritur,
prole ex fe relicta? Rationes & exempla in
diverfum trahunt: id eft, utraque utroque.
Nam

Nam qui patruum præferunt , rationem proximi fanguinis adfpiciunt , à patre rege : &
nepotem toto gradu antecedit. At nepoti fi-
ctio juris fubvenit , & idem cum patre cen-
fetur : cur non ergo & in jura fuccedat ? Sed
exempla etiam , ut dixi, variant : & pro patruo funt ifta.

I. L V D O V I C I Pii primum. Qui *Bern-
ardum* Italiæ regem dejecit , & vinclis ac
carcere coërcuit , quia jus fibi à patre *Pi-
pino* primogenito vindicabat, contra patruum
Ludovicum.

II. R O B E R T I regis Neapolitani. cui
& Pontificis auctoritas pondus addit. Nam hic
Clemente V, fic cenfente jus regni tenuit, contra *Carolum Numberium* Hungariæ regem : etfi
ifte natus è *Carolo Martello* effet , Roberti majore fratre. Res clara eft, & Annalibus teftata : fed *Baldus* Iurifc. arbitratur, in regni ufum
hoc à Pontifice factum , & quia optimus &
prudentiffimus Robertus effet, quod res docuit : itemque falubri temperie & partitio-
ne, quod Carolus jam regnum Hungariæ te-
neret, in eoque poffet acquiefcere.

III. Iam olim etiam N V M I D Æ pro
communi jure habuerunt , patruum nepoti
præferri.

IV. Quod & V A N D A L I ufurparunt.

V. Itemque hodie M O S C O V I T Æ,
fed reftrictius. nempe fi impubes filius re-
lictus fit , tum patruus fceptrum accipit : in
Bafilio noftro ævo factum. Aliter autem , fi
jufta nepoti ætas : atque ea difcretio rationem fuam habet.

VI. Hæc pro Patruo : plura etiam funt
pro Nepote. S P A R T I A T Æ, fapiens populus, fic fervarunt : & ipfe *Lycurgus* regnum

Chari-

Charilae fratris filio ceffit. quod in manu ejus erat, omnium gratia, tenere.

VII. ROBERTVS Neapoleos rex, etfi alio jure, ut dixi, promotus, hoc velut æquius melius reftituit, & fententiam publico judicio fic tulit, in lite fuper *Comitatu S. Severini.* Quæ inter patruum & nepotem vertebatur, & Iurifconfulti varie trahebant: meliores & ipfe ad nepotem flexerunt.

VIII. Ita ille rex: at OTHO *magnus* Imp. judicio armorum rem commiffit. Pugnarunt fingulari certamine, barbaro illo ritu, & vicit nepos. quod iterum ita fub *Henrico* I. Imp. adnoto eveniffe. Ergo & Deus hanc cauffam videatur comprobaffe.

IX. Sed quod judicium, publicum aut privatum, ifto Hifpanienfi clarius? Rex *Henricus* defunctus erat filio infante relicto *Ioanne*, duos & viginti menfes nato. Patruus ei erat FERDINANDVS, vir vel folo virtutum merito (ut fanguis feponatur) omni fumma fortuna dignus. Itaque conjecti in eum oculi, vulgi & procerum: nec ambire opus, ambiebatur. Atq; id non à fingulis tantum, & in privatis colloquiis, ubi adulatio timeretur: fed in Conventu publico, huic rei indicto, omnium non ftudia, fed aperta fuffragia in eum ibant. Incitabat non ipfe folum ævi maturus, & virtutum, ut tetigi, fpectatus; fed & ætas pueri, *quæ quando tandem gubernationi fuffectura effet? Longum annorum intervallum, bella in manibus, turbas & diffidia in metu effe: qua femper fere comitari, ubi penes alias regimen effet. Ergo ageret cum Deo bene juvante, expergifceretur, & vel regni cauffa, caperet fraternum regnum.* Snrdæ aures ad has voces, & jus infantis oftendebat, & Hifpaniæ confuetudinem:

nem : quæ eo magis tutanda ipfis, quo minus
ille puer (hoc ipfo miferandus) poffet. Nondum tamen perfuaferat ; iterumque Conventus , fi forte pœnitentia fubeunte mutaffet.
Non ignarus ipfe ejus rei & affeduum , in-
fantem chlamyde tedum occulte intulit : &
cum *Davalus* magifter equitum , de communi confenfu, iterum tentaturus dixiffet, *Quem*
regem, Ferdinande , renuntiare tibi placet ? ille
acri voce & vultu , *Quem autem*, inquit , *nifi*
Ioannem , fratris mei filium ? Et fimul puerum
in fublime extulit , nomen *Ioannis* idemtidem
& *Regis* , ut mos eft , ingeminans : juffitque
vexilla explicari , & alia folita fieri in novo
regno. Tu Fides, tu Modeftia, è cœlo paullifper defcendite , & hunc alumnum veftrum
lætis oculis videte: quanto illuftriorem fpre-
to fic regno , quam fi decem fraude vel ambiguo jure quæfiffet ? Sed pauci ifti *Ferdinan-*
di : cui Deus tamen regnum Aragoniæ paullo poft contulit , pretium virtutum , & Ele-
dione (de qua dixi) five judicio delatum.

C A P.   V.

DE FRAVDE ET VI.

Hæ quoque primum fpecie intervenire.

SEd violat Succeffionis jura aut polluit
fæpe Ambitio , quæ vim & fraudem mifcet. Quam fæpe fceptra fic delata non ad
longinquos tantum, fed indignos? & hic quoque ludi intervexiunt : quos lubet paullum ,
Sapientia volente , fpedare. Venite qui regna æftimatis , cælo æquiparatis : en fervu-
lum, aut infimum homuncionem , fuo ingi-
nio ad ea fublimatum. Videte :

uoi opus ; adeo ut refugium & afylum injuria aut inopia preſſis haberetur. Suſpeſta iſta
oprimatibus : neque neſciebat. quos ut in ordinem redigeret , & ſatellitium pararet aliquo prætextu , ipſus ſe vulneravit. Sic ſaucius, in forum delatus, ſanguinem & vulne-
ra civibus oſtendebat , à potentibus illis ,
præmium ſcilicet benignitatis ſuæ in ipſos
accepta. Quin & vitam ſuam periclitari, niſi
ſubveniant, quibus eam conſecraſſet. Fremi-
tus & indignatio populi, mox ſuffragia , &
cuſtodia illi decreta. Qua cinſtus, & inimicos ſuos ſtatim , & mox populum tyrannide
oppreſſit. Nec omittendum hic *Solonis* dictum,
qui dolum odoratûs ei ingeſſit : *Non recte*, in-
quiens,*ô Piſiſtrate, Homericum Ulyſſem imitaris, ſi-*
quidem ille flagris ſe conſcidit, ut hoſtes falleret ; tu
ſe vulneribus, ut cives.

I I. Ac genera ſane fraudium plura ſunt :
ſed una ad rem hanc Succeſſionum appoſita,
quæ crebra. Eſt eorum, qui inſerunt ſe in alienam familiam & callide adoptant: hiſtrionio
toto & ludicro initio , ſed quoties in turbas
& cædes ivit ? Fuit in Macedonia ANDRI-
SCVS quidam, homo ultimæ ſortis , diurna
mercede vitam tolerare ſolitus : qui *Philip-*
pum ſe ſubito , *Perſei* regis filium dixit. Et
oris ſimilitudo ad avum inclinabat. Ipſe dixit, alii credunt aut credere ſimulant : Macedones & Thraces maxime , tædio Romani
imperii,quod novitate & aſperitate diſplice-
bat. Itaque ingentes mox copiæ , & Prætorem Romanum ſudit : donec à *Metello* idem
victus,

victus , & in catenis Romam ductus trium-
phatufque eft.

III. In eodem imperio , fed fub *Tiberio*
Principe, CLEMENS quidam exftitit , revera fervus *Agrippæ Pofthumi* , quem nepotem
fuum ex *Iulia* Auguftus in Planafiam infulam relegaverat : fed fama & fallacia, mox
ipfe Pofthumus effectus. Ivit enim magno
animo, audita morte Augufti, in infulam , ut
dominum furtim educeret,& ad Germanicos
aut alios exercitus ferret. Sed dum tardius
navigat , interfectum *Agrippam* repperit : &
huc jam delabitur,ut fefe eum ferat.Venit in
Etruriam, ignotis locis fe abdit , crines bar-
bamque in fquallorem promittit : mox per
idoneos homines fpargitur , vivere *Agrippam.* primum occultius, ut vetita folent tuta
vago rumore apud imperitos aut turbidos ,
eoque nova cupientes. Iamque in municipiis
& coloniis fe oftendebat , fed leviter & ob-
fcuro diei , & copiam fui haud plene facturus. Augentur affeclæ , audet Hoftiam venire , atque adeo in urbem , & occultis cœti-
bus celebrabatur. Tiberius, non ignarus per-
iculi , ambigebat , vim militarem , an fraudem fraudi opponeret : & hæc magis placuit, electique *Salluftii Crifpi* opera duo milites, qui fimulata confcientia adiverunt,pecu-
niam & pericula fua offerentes.Mox noctem
fpeculati & folitudinem circa eum , accepta
idonea manu,vinctum & ore claufo, in palatium ad Tiberium attraxere. Ibi interrogatus , *Quomodo Agrippa factus effet ?* refpon-
diffe libere fertur, *Quomodo tu Cæfar :* dolum
& illi maternum objiciens, quo ab Augufto
adoptatus effet. Secreto interfectus eft ,
magna inter tormenta conftantia, cum nemi-

nem

rem confciorum edidiffet: nec Tiberius (prudenter in talibus) ultra quæfivit.

IV. In Syria fimilis dolus, etfi vix dolus. *Demetrius Soter*, ille qui Roma obfes profugerat, iis imperabat: cum certa, nec injufta de caufia, Antiochenfibus offenfus, bellum iis infert. Ipfi extremorum metu, ad nova remedia confugiunt, & vilem quemdam è plebe ALEXANDRVM falutant, & *Antiochi* filium faciunt, ac reperere optimo jure paternum Syriæ regnum. Fraus cui non apparebat? fed novitatis ftudium (infitum popularibus, & addo Orientalibus) five odium Demetrii effecit, ut crederent quæ non crederent. & certatim Alexandrum omnes amplexi. Ipfe .. irabatur novam fuam fortem, & tot comi-.·m militumque agmina : ac vires prope Orientis trahebat. quibus ftipatus pugnat, primo parum feliciter; mox aliter, & non vincit folum Demetrium, fed cædit. Eo facto pacificus Syriæ poffeffor, quod folet, in vitia & luxum fe effudit : parvis Demetrii liberis, nec ab iis metu. Sed cum adoleviffet *Demetrius* Demetrii F. cum parva manu Cretenfium rem aggreffus, adjutores repperit, & pari levitate ad fe tranfeuntes, qui à patre defecerant; in his, ipfos Antiochenos. Itaque folutum illum, & inter fcorta ac menfas jactatum, invadit, fuperat, trucidat. Hic finis fcænici & imaginarii Regis, fed fatis tamen diuturni. quique annos novem & menfes decem in imperio alieno fuit.

V. Alius ab ifto, fed tamen ALEXANDER, & in finitima Iudæa, ipfe Iudæus genere, adoptavit fe in familiam *Herodis* regis. Occafio erat, quia facie *Alexandrum* referebat, ab illo exftinctum. Igitur mortuo Herode hic

revi-

revixit,& fucum etiam acutioribus faciebat,
natura & ingenio vafer , tum ipfa illa fimilitudine valde gemina, & vel nofcentes fallen-
te. Venit igitur Cretam,& Iudæos illic indu-
xit fefe agnofcere , pecuniam & alia ufui dare : quod idem in Melo infula, omnibus fub-
tractum verum neci Alexandrum , aliumque
fuppofitum, credentibus,vulgantibufque. Ita
Puteolos appulit, pari illic Iudæorum credulitate & gaudio : ac mox Romam , grandi
comitatu , regia pompa. nam & Iudæi , qui
Romæ frequentes, & in his hofpites notique
Herodis obviam ire, jurare eum effe,lecticam
ejus deferre : prorfus ut à regio cultu & fa-
ftigio, præter Cæfaris auctoritatem, nihil ab-
effet. Et fane **Cæfar** Auguftus moveri quoque cœperat: fed retentabat,quod vetus ille
& veterator *Herodes* , non videbatur , in re
tanta decipi potuiffe. & denique ut experi-
mentum caperet , mittit *Celadum* unum è libertis fuis , qui olim familiariter cum *Ale-*
xandro & *Ariftobulo* fratre (nam & is fervatus
dicebatur) verfatus fuerat : fed quid ? impo-
fitum ipfi Celado , & ille quafi notor & af-
fertor ad Cæfarem redit. Tamen dubitat ,
ipfum Alexandrum vocat. & fagaciter animadvertit manus callofas , & duratas opere ; item in fermone & moribus non illum
Principalem Genium & gratiam , quæ folet
fic natis comitari , & vel invitis infciifque
adeffe. Tum etiam interrogat , quid factum
Ariftobulo effet , & cur non ille advenifet ?
Caufante ipfo , Cypri hæfiffe , ob pericula
maris & itinerum, & ne , fi quid durius eve-
niffet , totum Mariamnes genus una periret.
Hæc illo canente , & doctore ejus accinen-
te , qui fimulata gravitate aderat ; Cæfar fe-

I 5

ductum adolefcentem monet & intermina-
tur vera dicere, & propofita impunitate,
Quis effet ? interrogat. Ille vero metu inftan-
tium, & fplendore illo præfenti territus, vera fatetur, feriem fabulæ denarrat : & à Cæfare ad remum damnatur, ut fidem in vita
data non falleret, doctorem ejus exuit vita.
Reliquis fatis fupplicii cenfuit credidiffe, &
pecunias effudiffe.

V I. Hæc vetera, aut longinqua videbun-
tur : addam haud longe ab ævo, aut finibus
noftris. Ecce in candida & fimplici illa Germania, exftitit PSEVDOFRIDERICVS, tempore *Rudolfi Hapfpurgenfis* Imperatoris, qui
verum fe *Fridericum* diceret, mortuum ante
plures annos. Obfidebat tum Rudolfus Col-
mariam : fed haud vane territus, quod impo-
ftor ille in Germania noftra inferiore, magnas
fibi vires, nobiles, urbefque adjungeret ;
foluta obfidione, Rheno prono defcendit, &
quafi veneraturus veterem Auguftum acceffit. Sed ejus compos, interrogatum quis, unde,
quare fic effet, igne in opido *Witzlaria* combuffit.

V I I. Poft in eadem Germania nobilis
impoftura circa Marchionem Brandebur-
genfem VOLDEMARVM evenit. Is
ante annos triginta & unum amiffus, five
mortuus peregre erat : cum *Rudolfus* Saxoniæ
Dux defpicit, qua via *Ludovicum Bavarum*,
Ludovici Augufti Filium, Principatu Brande-
burgenfi pellere poffet. Componit fabulam,
ipfe inquam ejus poëta & actor. nam molito-
rem quemdam fecreto habitum, omnibus notis infignibufque arte & aftu inftructum, ad
verum illum Marchionem, producit tandem
in fcænam : atque ecce populares, defiderio
& mo-

& more plebis accurrunt, se & sua, plerique
arces & opida etiam tradunt. Resistentes,
partim Saxonis copiis, partim *Caroli Bohemi*,
qui Imperator à quibusdam designatus, ad
deditionem coguntur. Ipsi Bavari, & auxilia-
res eorum Palatini, varia fortuna certant, &
grandi uno prælio vincuntur : capto *Rudolfo*
Palatino Rhenensi, cum LXXIX è nobilitate
equestri. Denique triennio toto elusit, aut
potius illusit ille molitor : donec captus tandem ignem ipse, infamiam fautores ejus
subierunt.

VIII. Sed in vicina etiam nostra & so-
cia *Flandria* factum, omnia dicta adæquat aut
superat. Fuit *Balduinus Octavus* Flandriæ Han-
noniæque comes, & idem grandi ausu
progressuque Orientis sive Byzantii Imperator. Dum illic res gerit, in prælio contra
Bulgaros cadit : nec ambigua res erat, donec quidam BERNARDVS RAINSVS,
Campania Gallica oriundus, & specie religionis juxta Valentianas in silva quadam
Anachoreta ; donec is, inquam, vulgaret fin-
geretque post annos xx reducem & redivi-
vum se Balduinum esse. Impulsus à nobilium quibusdam creditur ; & ætas, forma,
altus, atque etiam audacia aderant ad fallendum. Igitur, rebus in Hannonia motis,
in Flandriam ipsam cum hac fama venit : &
rara quadam oris gravitate, commemora-
tione hominum rerumque priorum, stemma-
tis totius notitia, etiam sagaces cautos-
que inducit. Desciscunt & adhærent passim, fastidio etiam & contemptu fœminei
imperii : quod *Ioanna* id temporis, Balduini filia, rebus præsidebat. Quin ipsa profli-
gata, & propemodum in Querceto opido in-
tercepta,

tercepta, præſidium & refugium ad regem *Ludovicum Octavum* Galliæ habuit : qui ſubvenit , ſed cum prius à Senatu *Ioannis* examinatus inquiſituſque planus ille eſſet. Ejus enim Præſes ſic dixit, rogavitque : *Tu quocumque nomine appellandus , ſi te verum Balduinum jactas , cur Orientis magnum imperium deſeruiſti , ad hoc minus properaſti? Cur apud notos atque optime de te meritos duces ac cives , mortem ſimulaſti, vitam diſſimulaſti ? Qua commenti cauſſa, aut merces ? An numquid ii oderant ? etiam nunc reſument, ſi verus es Auguſtus. Obnoxii ſemper ſubditi fuerunt ; atque utinam illi domino eſſe poſſint ! Quid ad nos potiſſimum veniſti , tot luſtra non viſus , niſi ut inter ignotos ignotus falleres ? Viginti anni jam ſunt a morte illius , quem te dicis : quibus tenebris, & qua cauſſa , tam curioſe te occuluiſti , ſic ut nec aura fama de te ſpiraverit ? Paſſi multa mala fuimus, & id ob te mortuum mederi una voce, uno ſcripto poteras, VIVO : cum non ſeceris , ego etiam ſi vivis , vivum te habebo ? Impietas tua non meretur : abi ingrate a patria, cujus caritatem exuiſti ; a Principatu , cujus curam abjeciſti , a civibus , quos oblivione ſepeliviſti.* Dixerat Quæſitor : at ille mirum qua confidentia, & ex ipſa fidem præſtruens : *Domi*, inquit, *inclementiores cives, quam foris hoſtes , repperi. Tu me Flandria, mater & altrix rejicis, quem Gracia , Macedonia, Thracia advenam excepit, coluit : ipſa Barbaria , majeſtatem verita , ſervavit. At enim, ubi delitui ? audite , & caſuum humanorum miſereſcite , ſi quid tamen humani in pectoribus iſtis habetis. Captus prælio ad Hadrianopolim à Bulgaris , ab iiſdem in cuſtodia habeor, ſatis lenta & remiſſa : uſque eo ut effugium etiam patuerit , & animo iſto ac Deo ducibus me liberarim. Cum ad meos propero vagus & erro , in alios*

bar-

barbaros incido , ignaros fortuna mea , & ab iis in
Asiam trahor ac vendor. Heu miseriam ! pudet ,sed
vos narrare cogitis:Syri me habent, & in ergastulum
rusticum damnant.Ego Balduinus ,Comes , Imperator,
qua manu sceptra tenui rastra tractavi , plures per
annos : donec a Germanis mercatoribus casu trans-
euntibus , quibus me aperui , pretio liberarer. Ii me
domum remiserunt:vos expellitis ? ingrati .immemo-
res veterum beneficiorum ,quibus avi vestri, patres,
etiam tu atque ille ,à me affecti estis. En senium &
hanc canitiem , quo reservati sumus ? post tot flu-
ctus, scopulum repperi , ubi portum putabam : ipsa
mea filia ,mea Ioanna ,patrem non agnoscit ,ne Comi-
tem cognoscat. Hæc & plura opportune diffe-
rens, magnitudinem suam vel fallaciam tuebatur : vario animorum motu,& plerisque ad
illum inclinatis. Adeo, ut nobilium popula-
riumque bona pars statim adhæresceret, Comitem & Augustum salutaret : donec re jam
in præcipiti, *Ioanna* ad *Ludovicum* Regem supplices Legatos mitteret , ut *Balduini* , avun-
culi quoque sui , magnam sanctamque memoriam , ab impuri nebulonis contage tue-
retur. Suscepit negotium Rex, diem homini
dicit : venit ille magno comitatu, solitaque
fiducia & fastu. Vestis erat purpurea , alba
in manu virga, barba promissa , à qua vulgo
Peregrinus Longobarbus vocabatur : sistitque se
Regi , Peronæ. Ille orditur , succinctus nobilitate & Senatu : *Flandria in fide & clientela*
mea est , ne miseris te huc vocatum : quod more
& jure , non ambitione aut usurpatione factum.
Sive injuria afficeris , à me vindicandus es ; sive
afficis, puniri debes. Vtinam Deus & calites face-
rent,ut tu sis ille Balduinus, mihi avunculus , ami-
tina mea pater , nec uno nomine Gallia mea illiga-
tus. Vtinam ! inquàm. sed fama tot annorum , tam

con-

*constanti, quid faciam? illa te jugulat. Credere me
abnuis, & unus tot millibus contradicis: sed fidem
ex genere humano tollis, si consensui mortalium non
ultra credimus. Tamen effare, faves si quid habes
quo famam redarguas, quo Balduinum te asseras,
quo veterem meum cognatum aut potius parentem
à mortuis restituas. Si ille es, breviter ad hæc re-
spondere, & statim, potes. Quare, Tene pater
meus Flandriæ Comitem dixerit, jura dederit? quo
teste, loco, tempore, ritu? Balteone te & insigni
militari donarit? Qua mulier ex Francica nobilitate, quo conciliante, quo auspice, loco, cætu nu-
pserit? Quid hæres? hæc ignorare de se verus Balduinus non potest.* Ista Rex: tamen audacia illa,
velut deprehensa, hærebat, & spatium cogi-
tandi recolligendique sui petebat. Inde pro
impostore haberi, & contemptim dimitti:
dimitti tamen, quia sub fide publica venisset.
Nec diu post in Burgundia captus, ab equite
gentis Chastenajæ, *Ioanna* offertur: quæ
convictum confessumque, ut dicunt, laqueo
strangulavit. Non tamen sine plebeculæ ru-
moribus, quæ patrem ab improba filia in ligno suspensum, tunc & diu postea differebat.

IX. Nonne consimile in Hispania, cum *Alfon-
sus* Aragoniæ rex esset juvenis & undecen-
nis, matre gubernante? supervenit qui se AL-
FONSVM veterem adfirmaret, ante annos
viginti & octo ad Fragam cæsum. Pro colore adserebat, tædio se rerum humanarum in
Asiam & Terram sanctam ivisse, illic bella
pro Deo & religione pugnasse, redisse ad
suos culpis expiatis. Cur spernerent, & puero ac mulierculæ potius adhærescerent?
Moverat multos, res turbaturus haud dubie
nisi Cæsaraugustæ captus laqueo gulam fre-
~isset.

X. Ta-

X. Tædium jure vereor in paribus aufis & eventis : qui tamen duos MVSTAFAS fileam , in Turcarum imperio , ut nec id fit à fcænicis his ludis immune ? Prior fuit *Muratis Secundi* principatu , DVSMIS ; fed qui fe *Muftafam* diceret *Bajazitis* primi filium, quem *Ifam* & res erat , infelici illo prælio cum *Temirlanco* periiffe, ubi & pater ejus captus. At enim poft annos *viginti duos* ifte fe fufficit , & fraudes ac turbas *Murati* mifcet. quas turbas ? tantas , ut Begi , Baffæ , & primorum plerique ad eum deficerent , ipfi Chriftianorum Principes fœdus inirent. & Byzantii Imperator. Denique per triennium Muratem fic exercet , ut incertum imperii & vitæ faceret : donec ad *Lopadium* lacum collatis caftris (& Murates ipfe aderat) arte quam viribus magis vincitur , & transfugiis paullatim nudatur. Iuvit ad hanc rem commentum callidum Legatorum , quos Byzantium uno tempore , ad fœdus & focietatem , ipfe & Murates miferant. Sed Muratis irriti dimiffi, illius impetraverant : cum tamen Muratæi, curfim prævenientes , audaci aftu fpargunt , fefe voti compotes , & Græcos à fe ftare. quod creditum fparfumque in utrifque caftris , multos Muftafæ detractos *Murati* junxit. Denique fugit ille , fed retrahitur , & Hadrianopoli ad pinnam muri laqueo fufpenditur.

X I. Alter M V ST A F A miri & novi commenti eft , fed ab alieno impulfu , & in alterius, ut putabatur , fructum. Ne grave fit me diducere paullum,quæ faciunt ad gravem illum nobis hoftem. *Soleimanno* , maximo inter Turcarum principes,duæ uxores fuerunt, & ex iis liberi : altera *Bofphoruna* , è qua

MVS-

MVSTAFAS; altera *Roxolana* , è qua iſti quatuor, *Mahometes* , *Selymus* , *Bajazites* , *Giangir*.
Sed omnes hos ætate & gratia apud militem
Muſtafas anteibat ; nec dubium illius imperium , ſi id exſpeƈtare , quam habere malu-
iſſet. Pater ſane eum ſuſpeƈtum nimiæ ſpei interſecit. Iam è quattuor illis *Mahometes* obi-
rat & mox item *Giangir*: duo competitores ſu-
pererant , è quibus *Selymum* fata & pater
promovebant , *Bajazitem* mater, mirifice in
eum prona. Fruſtra maritum aliquoties ten-
taverat , vult fraudem & fortunam. Itaque
re cum filio collata , vi'um illis initium res
novandi per falſum *Muſt·fam* facere , ad
cujus 'nomen & gratiam miles facile con-
curreret : ipſi deinde eo in rem ſuam uteren-
tur. Reperiunt juvenem audacia & facie
idoneum , inſtruunt & dimittunt. Perſonam
ſumit & agit, venit in Thraciæ loca quæ Va-
lachiam & Moldaviam ſpeƈtant , ubi equitum copia , & qui plerique vivo nuper *Mu-
ſtafa* addiƈti. Ibi clanculum & quaſi timide
ſe oſtendit , comites qui aderant muſſitant
Muſtafam eſſe ; fuga elapſum à patre , & a-
lium ab amicis ſubſtitutum qui interſeƈtus
pro ipſo eſſet , incuria, nec ſerio agnitum
aut inſpeƈtum. Id argumentum fabulæ erat,
ad quam ſpeƈtandam agendamque ſtatim concurſus. Veniebant & ii , qui oculis ſuis *Muſtafam* interſeƈtum viderant : ſed vel falli
volebant , ut locus eſſet ſi non recipiendi
Muſtafæ , ſaltem vindicandi. Iam pæne e-
xercitus erant : ſed Sangiacci trepidi rem ad
Soleimannum referunt , qui fraudis certus
eos acerbe increpat , *quid ira initiis non obſti-
tiſſent ? vel nunc facerent. aut iram ac pænam à ſe
exſpeƈtarent. Mittere ſe Pertawam Baſſam, cum vali-*
dis .

dis fidifque copiis ; *fed melius grauiufque fore , fi*
ii quod neglectum est farciunt , & ignem nondum
validum exstinguant. Sangiacci iis monitis mi-
nifque excitati advigilant, concurrunt ; ad-
ventantes reprimunt, manus jam factas diffi-
pant & fpargunt;nihil reliqui fibi ad diligentiam faciunt , ut fidem & operam fuam Domino probent. Tamen Bafla fupervenit : nec
res adhuc *Muftafæ* fatis validæ aut conftitutæ
erant itaque à præfenti metu fluctuare multi incipiunt, dilabi alii & transfugere, donec
defertus mifer cum præcipuis miniftrorum
in manus venit. Vivus trahitur Byzantium
examinatur, nihil celat : cura jam non de illo
puniendo (quod ftatim factum) fed de filio
patrem fubit. Hocne illum aufum , in tam
recenti Muftafæ infelici exemplo ? dolor
non ab impietate folum erat, fed ab impudentia & temeritate ira. Et jam magnum aliquid
parabat : fed mater filium non deferit , callida mulier & maritifui diu potens. Venit &
rem fatetur , excufat & deprecatur. *Quid e-*
nim magni miri , inquit, fi in fratrem (non enim
in te, ne cogita) aliquid molitus est , non tam am-
bitu, quam metu impulfus ? Leges five fata noftra
genius funt, unum non imperare folum, fed vivere :
& exordium novi Principatus est. fratrum pari-
cidium. Quid inquam mirum igitur, fi fugere
trifte & extremum hoc voluit ? fi vitam proroga-
re ? Natura impellimur , & te confule. Hic fco-
pus hujus conatus fuit , miferatione , fi confideras
quam ira digniora. Tu illam da cui ? filio, cui ?
& mihi uxori. nam certum non fupervivere illi, &
in uno duos occides. Quamdiu autem dature ? me
miferam, inftant fata , & in tua fenu anima adole-
fcentis illius fpirat, & mea. Movit intimum fenile
pectus & concuffit mulier: dat veniam, fed ea

K   lege

lege ut filius se videat, & ipse eam petat. Ergo
advocatur, & à matre quoque excitatur jam
secura ut tuto veniat. Venit, sed cum in aditu
paterni hospitii est (extra urbem convenie-
bant , nec temere filii patre vivo in ipsam
intrant :) ecce milites , qui descendentem
ex equo tradere pugionem & gladium jubent. Id in aliis de more fiebat , sed conscientia stimulante omnia timet , & multus
in oculis *Mustafas* uterque erat. Mater tamen dat animos. quæ de industria ad januam
exspectat , & per senestram linteo obdu-
ctam hortatur intrepide pergat , viam omnem à se præmunitam. Accedit ad manum
patris, petit veniam , & accipit , monitus
magis quam castigatus. Atque ut plenam fidem reconciliationis faceret , potum de more gentis jussit offerri : sed nec hunc sine
metu bibit, venenum suspectans , donec pater ex eodem poculo haustu ducto , omni
eum cura liberavit. Atque hæc Fraudium
sunt, addam

Violentia exempla.

I. Heu, quam multa ea occurrunt! passim
video aditus atque exitus Regiarum sanguine respersos. Sed temperabo, & eligam. Ab
Oriente ordior. atque ibi, in Iudæa , triste
fatum Gedeonis familiæ video , unius ambitione consumptæ. Laudatus ille vir , &
dux per quadraginta annos populi , liberos
genuit & reliquit *septuaginta :* atque hos legitimos. unum è concubina *Druma*, cui nomen ABIMELECHI. Hic post mortem patris imperio imminens , & adjutus materna
pecunia atque amicis, copias collegit è vagis
& sordidis hominibus: cum quibus *Sichimam*
venit

venit inopinato, atq; omnes ibi fratres *septuaginta super lapidem unum* (ut sacra loquuntur) interfecit, & velut immolavit. Quid si
totidem alienos & extraneos ? ô facinus ! at
ille imperium invadit, & in triennium etiam
retinet, ut cœperat, sæviens, & subditos varie affligens, sic ut *Sichimita* arma caperent
& rebellarent. Frustra. domuit eos & occidit, & ipsum opidum delevit, salemque in eo
consperfit. Sed cælestis vindicta tamen conse-
quitur, & cum turrim quamdam oppugnaret,
fragmine molaris lapidis mulier superne caput ejus contrivit. quo ictu collapsus. & jam
moribundus, ad satellitem suum, *Tu me*, inquit,
gladio jugula, ne muliebri manu dicar cecidisse.

I I. In Parthis *Orodes* regnavit, ille qui
Crassum victum jactat & occisum. Is cum se-
nuisset, in luctu ob *Pacorum* filium à *Venti-
dio* cæsum, aquæ intercutis vitio laboravit,
neque longe jam à morte. Quam tamen longum PHRAATI filio visum exspectare : &
veneno eam maturat. Sed id contra fuit, nec
aliud quam mota alvo in medicinam abiit,
& totius morbi senem allevavit. Quod ille
indignatus) neque enim pœnitentia subiit
sceleris, cui vel Numen videbat adversari)
ad apertum parricidium ab occulto transit,
atque hominem palam suffocavit. Iamne finis ? minime : catenata sunt scelera, & post
patrem fratres *triginta*, quasi inserias, adjecit. Quis tamen illius finis ? confimilis. nam
cum in pace & fœdere cum Augusto esset,
cui & signa Crasso erepta remisit ; hic vicissim dona dedit, inter alia, pellicem insigni
forma Italici generis, quæ prolem ei genuit
Phraatacem. Hic ipse ut adolevit, conscientia
& opera matris, patrem interfecit. Bene, be-

ne, quidni dicam? tulit, quæ meruit, & quæ
docuit : rediit in auctorem exemplum

III. Brevi ftilo lata fcelera in MITHRI-
DATE PONTICO ftringam , cui bellum &
clades fuit à Romanis , fed mors ab ipfo filio. An & hoc immerito? ecce ille matrem
jam primis annis fuftulit, mox fratrem; deinde tres filios , totidemque filias. Cælum ,
terra, mare , afpicere , ferre, purgare toties
impium potuiftis? Ignofco Pharnaci, & animos ad fcelus pæne addo : vindica adolefcens
aviam, patruum, fratres, forores, tot mortes
(leve eft, in una.

IV. Iam in PRVSIA Bithyno tyranno ,
Romanorum non focio rege fed fervo, vix
memorabile eft , quod is filium *Nicomedem*
tollere è medio voluerit : quid ita? ut locum
aliis filiis faceret ad regnum. Perverfa aliqua
pietas hæc fuerit. fed ecce filius, rei concep-
tæ gnarus, fcelus in ipfum vertit , & defe-
ctione populorum regnum ei ademit , &
deinde vitam.

V. Relinquo te Oriens , fatiges me fi per-
ambulem : centefimam partem (vere loquor)
non libavi : fed unum tamen abiens hic con-
fignem. PTOLOMÆVS inter Alexandri
fucceflores, pulfo *Antigono*, Macedoniam oc-
cupaverat, pacem cum *Antiocho* , fœdus &
afhnitatem cum *Pyrrho* fecerat : fecurus jam
omnium , nifi fororis , & ex ea liberorum
Arfinoe erat , quæ in matrimonio *Lyfimachi*
fuerat Macedoniæ regis. Itaque animum &
artes intendit ad eam una cum liberis captan-
dam : cautam tamen , monitam , & omnia ti-
mentem. Quid adhibet? machinam in hunc
fexum validiffimam , amorem. foror erat, fed
quid ad rem? incendit, non abfterret ea
                                    cogna-

cognatio Orientales barbaros , & res in mores & jura vertit. Itaque munera , legatos ,
litteras miſſitare ; offerre ipſi ſocietatem regni, liberis hereditatem : nec alio fine ſe armis id occupaſſe , quam ut iis poſſet relin-
quere. In has res fidem ſe paratum dare quam
vellet , & ubi vellet , apud ſanctiſſimas aras
& templa. Quid multa? perſuadetur mulierculæ, ex fidiſſimis amicis mittit, qui juramentum accipiat : quod ille incunctanter, & pæne invitans , in veterrimæ religionis templo
concipit , ipſa ſimulacra & altaria deorum
tangens ; ſe ſuumque caput inauditis ulti-
miſque exſecrationibus devovens : *Sincera*
ſe fide matrimonium ſororis petere , nuncupaturum
eam reginam; ejuſq; liberos,ſuos heredes habiturum
nec alios. Ergo Arſinoe ſpe jam plena , in con-
ſpectum colloquiumque fratris venit : qui
vultu ipſo & oculorum acrimonia amorem
ſimulans, fabulam peragit, uxorem ducit,ca-
piti diadema coram milite populoque imponit : & Reginam appellat. Secuta quæ ſolent
nuptiis : & læta *Arſinoe*, *Caſſandream*, muni-
tiſſimam urbem (quod unum petebatur) ubi
theſauri & liberi , præivit, maritum introdu-
ctura, & feſto apparatu exceptura. Viæ,tem-
pla , domus ornantur ; aræ & hoſtiæ diſpo-
nuntur; filios quoque ſuos , *Lyſimachum* ſede-
cim annos natum , *Philippum* triennio minorem, patri & avunculo occurrere jubet.Quos
ille extra portam obvios, cupide & ultra modum ſolitæ affectionis amplexus,oſculis fati-
gat, nec dimittit.Portam & arcem ingreſſus,
ponit perſonam , ſumit ſuum vultum & affectum , ſtatimque milite introducto , pueros
jubet interfici in gremio ipſo matris,ad quam
confugerant. Illa hoc miſerior , quod mori

cum

cuin iis non licuit (fæpe fe gladiis interpo-
fuerat & obtulerat:) in exfilium cum duobus
fervulis pulfa eft : *Ptolomæo* tamen haud diu
ab hac victoria triumphante, cum Galli Macedoniam inundantes, victo ei caput paullo poft abftulerint, in hafta, ad terrorem &
fidem, circumlatum.

VI. Ad Occidentem jam mihi ire licet, &
ordiri ab Hifpania: in qua cum Cn. Scipio,
poft Africanus, victoriales & funebres fimul
ludos daret, capta *Carthagine nova*: en duo
fratres patrueles, CORBIS & ORSVA, qui
de regno armis certaturi eum adeunt. Ipfe,
ut mitis ingenio, omnia conatur & tentat, ut
ratione non Marte judice, rem componant:
fruftra: campum & arenam volunt. Concef-
fo, magnis animis concurrunt, fed major
natu *Corbis*, facile minorem natu, aftu & armorum ufu vicit, atque occidit.

VII. Dicam in Italia de ROMVLO,
Tarquinio, Superbo, Nerone, tot aliis, qui fcele-
re & fanguine fceptrum pepererunt? multa,
& nota funt, ideoque cum venia omittenda.

VIII. Venio ad ævi noftri parricidam
nobilem, & quod indignetur aliquis', felicem. Sceptra imperii Turcici tenebat *Bajaze-*
tes fecundus rebus geftis clarus, & numerofa
prole fuccinctus, in qua natu minimus SE-
LYMVS erat, de quo eo dictum. Sex ille
fratres habebat, è quibus duo primævi fuo
fato obierunt, tertius paterna vi: duo fuper-
erant, ætate & jure imperii ante ipfum. Sed
imperium tamen animo agitabat: & ut per-
veniat, patrem impedimento futurum, è medio vult fublatum. Id varie tentavit, & primo colore aliquo pietatis.' Mos Turcarum
habet, filios Principis in certo loco aut opido

do claudere, nec finibus iis egredi, niſi per-
miſſu aut juſſu patris. Id contra ſpes aut res
novas inſtitutum videtur, & ne militibus aut
populo miſceantur, captenturve aut captent.
At Selymus fines iſtos audacter migrat, comites & milites colligit, & cum hac manu
ad patrem pergit. Miranti, & per legatos etiam expoſtulanti, *Ecquid ſibi vellet? patria le-*
ges, patris juſſa ſperneret? quo fine, aut cauſſa?
ille refert: *Non pravitate, ſed pietate motum fa-*
cere, & Mahumetis legem eſſe, tertio quoque aut
quarto anno viſere ad parentes: velle ſe parere, &
parentis optimi manum (Ita Turcarum etiam
ſermo habet) *oſculari.* Bajaziti haud placitum,
iterumque legatos & aſperiora mandata mittit: quorum ſumma, rediret. Ille pergere
nihilo ſequius, & jam Hadrianopoli appro-
pinquare: nixus, ut putabatur, occulto favore & gratia Genitzarorum, quos in partes
traxerat. Erat in ea ipſa tunc urbe pater. qui
fraudes aut vim metuens, & ſimul urbi do-
minæ timens Conſtantinopoli, ubi theſauri
& regia gaza erat, illuc concitus pergit.
Idem filius, & patrem in vico aſſequitur qui
Tzurulus appellatur: quid? ad manus oſcu-
lum? imo ad manus conſertionem, & ſuos
inſtruit, & vim parat facere: patre contra,
cum eo ventum videt, dirigente. Pugna com-
mittitur, anceps & cum diſcrimine, majore
etiam metu Bajazitis: qui haud de nihilo fidem ſuorum ſuſpectabat, & Deum ac Mahumetem alta voce invocabat, vindices patriæ
& imperatoriæ majeſtatis. Audivit ille (non
enim iſte) & fugit Selymus, vaſa & impe-
dimenta omnia amittit, animum & impietatem retinet: ac *Capham* cum veniſſet,
copias iterum colligit, & prima hieme in

Thra-

Thraciam redit. Fiduciam etiam Genitzari
dabant, qui in urbe tumultuati, *Achmetis* (is
frater major erat) imperium aspernabantur,
atque adeo legatos ejus qui tunc advene-
rant, per ignominiam ejecerunt. Occulte ad
Selymum etiam missis, ut approperaret: sese
cetera exsecuturos, & manu viam facturos
ad solium & ad sceptrum. Imperium illud
miles temperat, pravo & noxio more : nec
alia caussa exitii aliquando erit. Sed *Ach-*
metes horum non ignarus . cum ipse quoque
juxta Constantinopolim venisset ; & militum quidam operam ac fidem obtulissent, ad-
nuit, sed quod momentum inclinationi aliorum facturum erat, aurum praesens, & am-
plioris stipendii spem, non adjecit. Imo vocem jecit, liberam, sed intempestivam, *Se-*
se vel invitis illis imperaturum. Offendit, &
alienavit : jamque Selymus ad urbem venit,
tentoria in pratis fixit : cui obviam factus
Corcutes, frater alter, modesti ingenii, & sa-
pientiae ac religionis studiis deditus, ut captus est gentis. Genitzari audito advenisse,
statim cocunt & tumultuantur : decem è
suis ad Bassas (Praefectos sic nominant) able-
gant, qui postulent, *Dominum & Sultanum*
Selymum esse : Bajazetem ultra non esse, aetatis &
virium imbecillum, nec molem imperii sustinentem.
Hoc ipsi edicerent, suaderentque volens faceret,
quod vel nolens adigeretur : & cederet, aut cadi
ipsi Bassa exspectarent. Sententiam omnium sic
ferre. Haec dicta, & prompti facere erant: ergo timor Bassas incessit, & Bajaziti rem &
discrimen exponunt. Generosus animus, &
veteris laudis factorumque conscius, indignari; nihil Indultum velle, arma & manus suorum spectare, & implorare, sed abnuentium:
at-

atque ibi primus Baſſarum (*Vizirium* dicunt)
Muſtafas: *Ergo ſupremum vale Imperator* , inquit : *nam nos quidem morituri te alloquimur , neſcio an moriturum. Hoc animi tui decretum , ultimum nobis jam dicit :* & minas militares addit.
Movetur ille, & ipſos miſeratur, atque infit:
Ergo certum iis, vitam nobis adimere? & huc ventum? Muſtafas: *Huc ventum : quod ad nos attinet : de te , Deus meliora. ſed ut optima, ſpiculis tamen haſtarum* (verba ponimus) *de ſolio imperatorio ſcito te detrahendum.* Senex videt neceſſitatem ultimam eſſe , & paulliſper vocem compreſſam ſolvit : *Agite igitur* , inquit , *ad filium ite , nuntiate rerum ſummam illi permitti.*
Filius venit, pater excipit, vultu quidem lætus , . & theſauros ei atque alia imperii reſignat. Tum & ſolium conſcendere jubet, ſed recuſantem: & ſubdola modeſtia , ſolam pietatem , affectumque viſendi patris , præferentem. Iterum jubet, propinquo etiam periculo monitus , & minaces militum vultus voceſque audiens, aut videns. Admittit filius, ſed in ſequentem diem. Conveniunt frequentes , equites peditesque : ſedet pro tribunali,& imperii juriſque uſurpandi cauſſa,unum è Genitzaris ſuſpendi laqueo jubet : cæteris ſpe facta benigni ſimul , & fortis dignique majoribus imperii. Cujus primum facinus , relegatio patris *Dimotucum:* & priuſquam perveniret,interitus veneno procuratus.Ajunt medicum ejus corruptum id obtuliſſe , adamante minutatim confracto , & cibis immixto: cui tamen pretium operæ mors fuit, & cervix inciſa , cum voce Selymi prævia : *Veteri domino infidum , novo fidum non futurum.* Itum in alias cædes. & quinque fratrum filii occiſi : tum ipſe frater *Corcutes* nervo arcus

ſtrangulatus , cum è fuga reprehendi curaſ-
ſet. Supererat *Achmetes*, primus fratrum , &
ſocietate Ægyptiaci etiam Sultani validus :
ſed falſis Genitzarorum litteris elicuit , tamquam faſtidientium novelli & iniqui imperii : prodiret modo , arma cum ipſo in hunc
ſociaturis ſe daret. Prodiit, pugnavit, victus,
ſuffocatus eſt : & ſolus jam certuſque Selymus Princeps. Qui in Baſſas & proceres varie item ſæriit, homo cædis totus & ſangui-
nis : idem tamen Fortunæ (non enim Deo)
caius , & qui res maximas in imperio ſuo
geſſit. Perſas vicit & reppulit , Sultanum
Ægypti ſuſtulit , & amplum id regnum ſibi
poſteriſque firmiter ſubjecit. Nihil etiam privatim adverſum : & dormire videbatur cæle-
ſtis Iuſtitia , niſi quod in extremo actu ſe
oſtendit , & peſte correptum exſtinxit , ipſo
loco & vico, ubi prima cum patre ſigna con-
tuliſſet. Sed & filio tamen felix fuit , magno
illo & infeſto nobis *Soleimanno : * ut externa-
rum rerum fluxus , non ſint teſſeræ ſemper
benevolentiæ divinæ.

I X. Atque illud ſæculi noſtri eſt , hoc
etiam ſoli. Fuit ADOLPHVS EGMONDA-
NVS , cui pater *Arnoldus* Geldriæ Dux &
dynaſta erat. Ille adoleverat, iſte ſenuerat, &
ægre ferre cœpit patris diuturnum imperium
& vitam. Itaque per factiones , quoſdam è
popularibus in arma trahit , & patri bellum
palam facit. Sed pater viribus & cauſſa melior, obſeſſum in opido *Venlone* tenet : ac denique Principum vicinorum interventu pax
coit : hac lege , ut juvenis urbem *Noviom-
genſem* ſibi accipiat teneatque , in qua libere
& ſolus dominetur. Sed exigua hæc ei por-
tiuncula viſa, reſilit mox à fœdere, familiares
qu_ſ-

quofdam patris in ejus contumeliam laqueo
enecat : & cum videt à fe vim fruftra tenta-
ri, ad alienam potentiam fugit , ad noftrum
Philippum Bonum , Bruxellam venit , patrem
accufat ; fefe approbat , promittit multa :
fed apud vere *Boni* Principis furdas aures.
Defperatis igitur auxiliis , ne patrem videat , Hierofolyma properat , homo facer
fcilicet ad terram facram : paullo poft redit,
omnium inops , quo nifi ad patrem ? Reci-
pitur amice , & ipfe pœnitentiam & amorem fimulat , fed vultu non animo bonus.
Nam fraudem & infidias patri ftatim ita
ftruit. Erat fenex *Gravia* ditionis fuæ tunc
opido, cum uxore : venit quafi per officium
filius. More gentis epulantur & bibunt largius , faltant etiam in multam noctem : ipfo
fene Duce fuftentante, & in filii gratiam præter vires & morem lætiore. Tandem cubitum fefe confert. Vix fecerat , cum adfunt à
Noviomago (ii juveni parebant) cives armati,
& ab *Adolpho* clam intromiffi ; recta ad cubiculum Ducis , duce filio, tendunt. Pulfant
fores. ille è lecto , jocos & choreas etiam
tunc cogitans, *negat id noctis faltare ultra poffe :*
juvenes faciant, & abeant. At illi effractis jam
foribus adftant , jubent furgere & fe confe-
qui. *Quo autem?* ait fenex , *& ubi filius?* Mifer, ubi auxilium putat, exitium eft : & ille
improbus , *Pater* , inquit, *necefitati parendum*
eft , age fequere. Nec tantillum exfpectant , ut
tuniculam interiorem aptet atque induat ,
ne tibialia quidem fumat : fed pater equi-
tantem filium , nudis pedibus & corpore ,
ita fequitur *Buram* ufque. Ibi carceri te-
tro includitur , & fex annos totos (non illius , fed & popularium impietatem culpo)

iam fumit. Qui tamen à fe parum validus, auctoritatem vel auxilia à Pontifice *Paulo Secundo* , & *Friderico* Imperatore petit. Illi statim annuunt, ad *Adolphum* acres minacefque litteras fcribunt , & ut patrem luci & libertati reddat, jubent. Nihil fit , ridet. Itaque iidem *Carolo Audaci* noftro , valido Principi , totam rem committunt : liberet fenem , reconciliet filium, denique faciat quod ex æquo & ufu videretur. Ille utrumque coram fe fiftere jubet, qui in Galliæ finibus *Dorlani* tunc erat. *Adolphus* haud fpernendam iram, & juffa, tam potentis vicini ratus , patrem fecum eo ducit : accufat in confilio , fœda & falfa in eum ingerit : quorum facile purgatus fenex , bonorum & illuftrium virorum teftimoniis , tandem impatientia & fiducia eo prorumpit , ut filium ad fingulare certamen provocaret , ferro & Deo judicibus innocentiam fuam afferturus. Mos tunc fatis creber in Martiali noftro populo erat: fed *Audax* tamen abnuit , fœditatem rei proponens & infolentiam , & fimul in eventu incerto certum fcelus, utercumque viciffet. Ita re cum fuis deliberata, pro fententia dixit : *Arnoldus pater folus titulo Ducis utatur : fed filio opida arcefque totius Geldriæ cedat , fola Gravia fibi excepta. Accipiat in alimoniam de manu filii sia quotannis aureorum millia.* Hæ conditiones : quis abneget , imo quis non miretur filio tam bonas ? Sed non filent hiftorici , *Carolum* nefcio qua occulta cauffa an pacto , in filium proniorem. Quid tamen deinde? refertur ad
filium,

filium , & quidem à viris primariis & gravibus, inter quos *Philippus* ille *Cominaeus* erat, qui,
hæc fcripfit. At ille refpondit in ipfa verba :
Malle fe præcipitem dare parentem in puteum , fe
deinde fuperjicere , quam ut in has conditiones pa-
cifcatur. Quid malum ? inquit, *pater alibi impe-*
ret , qui totos quadraginta annos omnibus præfuit ?
Æquum eft, ut noftra quoque jam vices fint : nec
aliud admifero , quam de penfione trium millium ,
fic quoque , ut pater tota Geldria cedat. atʃ
adeo excedat , nec unquam pedem in eam refʃ
En refponfum , non tam impium (& ita tunc
omnibus vifum) quam infanum. Igitur *Caro-*
lus, cui aliæ res prævertendæ , cum idipfum
temporis *Ambianum* Galliæ rex intercepiffet;
dilata hac cognitione , expeditioni fe parat.
Iuvenis fufpicatus detentum fe iri , averfio-
ne animorum cognita , fugam cum duobus
comitibus , Gallica vefte , ad fuos capit : o-
mnia in reditu vi & armis occupaturus , aut
turbaturus. Sed ecce *Namuri* , dum Mofam
flumen cymba tranfmittit, agnitus ab uno al-
teroque vectorum, mox à pluribus, capitur ,
ad *Audacem* reducitur. qui *Vilvordiam*, atque
inde *Cortracum* duci , & in honefta cuftodia
affervari juffit. Manfit ad *Audacis* ipfius mortem : cum *Gandavenfes* , pro fuo tunc more
turbas daturi , hunc idoneum ducem arbi-
trati, eum folvunt, & bello in *Tornacenfes*
præficiunt , quos tunc Galli habebant. Ivit
cum manu aliqua , adequitat mœnibus , e-
rumpunt præfidiarii , & mifer inter primos
cecidit. Quid tu nunc pater? talionem aliqua
parte à jufto Iudice vides. Carcere te puni-
vit ? ipfe fuftinuit. Mortem machinatus eft ?
ipfe fubivit. Nec fanguis hîc multus fufus,
aut violentæ cædes, fateor, ut prioribus: mihi

ta-

tamen libranti. impiæ Impietatis exemplum vifum eft , & fupra omnia infixæ & obftina- tæ. Nero , Tullia , aut alius aliquis , impetu peccaverint & calore : hîc meditatum , hîc diuturnum fcelus eft, nec adhæfit animo, fed infedit.

X. Apud nos hæc gefta. quid fi in Græciam novellam , & BYZANTIVM abeo ? fi ad il- los à *Conftantino* Imperatores ? Fideliter dico, ⸗a fcelerum ab hac Ambitione exempla, quam in alia Europa tota reperiam. Sollen- nia illa erant , necare , exfecare , excæcare : hæc patres in filios , item matres ipfæ : hæc filii in utrofque patrabant. Quid patruos, fra- tres, agnatos dicam ? in levi fufpicione , & minimo metu hæc facta : quafi per ludum aliquem & jocum. Et vide ingenium fævi- tiæ ! certum eft, non alia re hominem magis abjici, & animo conatuque cadere, quam Ex- fectione illa aut Excæcatione. Qui aut virum viro , aut lumen demit : nihil ab eo viri ultra formidet , & in pœnam aut ludibrium modo vivit.

X I. Sed claudo hoc totum de Ambitio- ne, uno coque jocofo exemplo. CHAN TAR- TARORVM (eorum Princeps fic dicitur) cum *Stephanus* haud ita nuper optimus for- tiffimufque Poloniæ Rex obiiffet, in comitiis de rege creando , ipfe quoque per legatos intervenit. Dixit & propofuit ifta : *Potentem fe effe , & poffe myriades aliquot equitum (vera funt) educere à fuis terris , Polonia tuenda vel au- genda. Item frugalem fe & continentem effe, ac fine ullis ciborum deliciis , fola equina in fame conten- tum. Tertio, quod ad Religionem , de qua difputari audiebat , Tuus, inquis, Pontifex , meus Pontifex efto ; tuus Lutherus , meus Lutherus efto. Si rifu*
ex-

excepta Legatio fuit , nemo quærat. effuſo
maxime : & ecce hominem paratum omnia
ſacra & Deos deſerere,regnandi cauſſa.

C A P. VI.

DE PRINCIPVM INCLINATIONE.

Deteriores ſæpe eos fieri , & mutari.

N Eſcio quâ cauſſa occulta , præter aper-
tas, etiam evenit : ut cum in aliis artibus uſu homines diſcant , & meliores fiant,
in hac regendi fere contra , & Principes in-
clinent. Omnis ætas dicet , & raro decurſum
ad metam æquabiliter hunc curſum. Cauſſæ
partim in Principe , partim Nobis , partim
Principatu ipſo videntur : atque obiter exa-
minemus. In Principe quia initio magis intendit, & pudor eſt, & bonæ famæ ſtudium:
quæ calcat paullatim , & in omnium obſe-
quiis audaciam , & proterviam & contemptum ſumit. Itaque *rumor ille* (ait Lampri-
dius) *qui plerumque novis ſolet dominari Principi-*
bus , niſi ex ſummis virtutibus non permanet. Bene initio audiunt , & faciunt : ſed raro conſtans eſt illa virtus, niſi firmo fundamento
nixa & inſtructa. Secunda cauſſa , ab infirmi-
tate ingenii humani eſt. grande illud imperii
pondus aliquamdiu recta cervice ſuſtineri,
vix ſemper poteſt : laſſantur,& ſe inflectunt.
Quo facit natura , prona in vitia : & magis,
ubi non metus aut pœna retinet ; ſicut in
Principe, qui eſt ſuper iſta. Et niſi ipſum illud Honeſtum eum teneat, & Religio : quis
eſt qui poſſit ? Accedunt depravatores , inſi-
tum Aulæ malum : & qui prave etiam facta
laudantes, magis iſtuc ducunt. Itaque ut qui
vinum

vinum bibunt , initio pares funt , & fenfibus
fubfiftunt : mox alienantur , & compotores
etiam invitant aut urgent : fic in potentia ,
cum nova & modica, ferunt : diuturna cor-
rumpuntur , & fiunt ebrii. & magis tales faciunt adulatores. Panegyricus fcriptor recte:
Vbi fub tanto onere infirmitas lapfa eft , faciunt li-
centiam de poteftate : habenas omnes ingenio
fuo & cupidini laxant. Cauffæ etiam in Nobis & fubditis , funt iftæ. Credulitas prima,
quod temere initio , etiam de malis aut am-
biguis bene fperamus : & quid mirum igitur falli ? Neque illi fe mutant : fed nos opinionem. Inde jactatum apud nos proverbium:
Flandros amare futuros Principes , odiffe factos.
Cum præfentes enim difplicent , alios adfpi-
cimus & optamus : atque ut ægri , mutatio-
nem remedium deftinamus. Secunda , quod
refractarii fæpe & pravi fimus , & communiter etiam erga optimos ingrati : donec effe
definant. Id Princ. pes gravantur & indignan-
tur , & paullatim affectum & curam a talibus abducunt. Magis autem, cum feditio, rebellio, aut infidiæ funt : tum & jufte putant
fe opprimere aut affligere, & pluriam noxam
omnes luunt. Aufim dicere , bonos Subditos
facere aut fervare Principes bonos. At cauffæ in Principatu ipfo funt. quod is ad Superbiam & contemptum invitet : & vel firmiffi-
mos convellat , & à ftatu paullatim abducat.
Sicut cæli à fupero illo abripiuntur , &
quamquam contra nitentes obfecundant : fic
Principes ab ipfa illa poteftate. Videfne privatos homines in opibus magnis , aut profperi-
tate, depravari , & à veteri via & vita flectere? idem fit iftic. Potentia impotentiam gignit,
licentia libidinem, vitia: & ut pondera ab alto

la-

lapſa,in præceps eunt. Quid, quod interdum
ipſa Infelicitas mutet ? ut quibus domi aut
militiæ res ſunt improſperæ , ipſi fortunæ,
ipſis ſubditis(etſi extra culpam)obiraſcuntur;
& ut in tempeſtate,clavum abjiciunt,& dant
vela ventis. Privatim ſaltem oblectamenta
quærunt,convivia,ludos,mulierculas : publicum omne decus aſpernantur. Exempla horum pauca videamus.

I. Inſigne primum in DIONYSIO IV-
NIORE tyranno Siciliæ : qui mortuo patre , mire clementem ſe exhibuit & beni-
gnum. Tria millia nexorum, ob æs alienum,
ſolvit; tributa per trienni—— miſit ; alia, in
gratiam & famam populi.————mox jam dominationis certus, rettulit ingenium , quod
paulliſper repoſuerat : avunculos interſecit,
quos verebatur aut timebat ; item fratres
ſuos, nequis æmulus ſupereſſet; mox in omnes promiſcue ſæviit , ille *Dionyſius* effectus,
cujus non tyranni, ſed tyrannidis, nomen habetur.

II. At hic natura pravus : à cauſſis , & vi
aut vitio Regni , PHILIPPVS Macedonum
rex penultimus , cui cum Romanis bellum
fuit. Erat ſane ille (Polybius teſtatur,qui novit & vidit) pleriſque dotibus corporis atque animi ornatus : vultu decorus , corpore
erectus,eloquentia promptus,ingenio & memoria validus , lepôre & dictis etiam face-
tus ; atque omnia cum regio quodam decore
& majeſtate. Acceſſit virtutum ſtudium in
toga , & in bello , animi magnitudo , & liberalitas : uno verbo , vix alium tanta indole aut ſpe Regem Macedoniâ aut Græcia vi-
derat. Sed ecce momento omnia vertuntur :
ſive Fortunæ culpa, quæ adverſa ei in Roma-

L

nos , animum infregit & ab inſtituto ad gloriam curſu revocavit : ſive delatorum vitio
& ſuo, qui aures eis temere & facile præbebat. Sane optimos quoſque à ſe ſprevit , veneno & ferro graſſatus : ſed nec ſanguini &
filio ſuo *Demetrio* tandem parcens. Denique
ille *Philippus* , de quo omnia bona ſperata &
videri cœpta , in omnia mala deſiit , pravus,
inviſus, infelix.

III. HERODEM Iudææ regem licet
addere, inſignem , mitem , magnificum , primis ſex annis , ſi quem alium : reliquos triginta & unum ſic immanem , trucem in ſuos
alienoſque , ut *ſeptuaginta* Senatores regiæ
ſtirpis interfecerit , uxorem ſuam , & tres filios : denique moriturus, ex omni Iudæa no-
biliſſimum quemque , quaſi ob aliam cauſſam, evocati ad ſe juſſerit; & cum veniſſent,
ambitioſe ab amicis petiit, ut incluſos Circo,
ad unum interfici à militibus curarent. non
ob noxam , ſed (ut ajebat) quo verus juſtuſ-
que dolor funeri ſuo exhiberetur, cum nulla
familia immunis ab hac clade eſſet

IV. Quid TIBERIVM Romanum Princi-
pem loquar ? res pernota eſt , bonum ſuiſſe,
donec *Germanicus* ac *Druſus* ſuperfuere ; mixtum virtutibus ac vitiis, matre incolumi; poſt
in omne ſcelus, flagitium , & infamiam pro-
rupiſſe , ut ipſum quoque interdum non factorum ſolum (animo torquente) ſed vitæ
pœniteret.

V. NERO in eadem re Romana notatur,
magnus initio Princeps , magnum poſtea
monſtrum : & Trajani elogium de illo fuit ,
Omnes etiam optimos Principes longe à primo quin-
quennio Neronis abeſſe. Quod in aliis fortaſſe
verum fuerit ; ſed domi tamen veneno frater
ſubla-

ſublatus, ſecundo ſtatim anno, dedecorat hanc laudem. Plura exempla notare eſt : plura? imo plurima : ſed faſtidium paritatis vitandum eſt , & nihil hîc , quod ſingulariter narretur.

CAP. VII.
DE FINE PRINCIPATVS,
Qui eſt , Publicum Bonum.

AT Princeps , ne inclinet ſic & labatur, ſed bonus ſit & perſeveret: quid magis eum fulciat & firmet , quam finis ſemper in oculis , quo ſpectet? Neque enim Principatus ipſe finis eſt , abſit , aut altitudo illa & ſplendor : ſed populi bonum, id eſt directio ejus & tutela. *Officium eſt imperare , non regnum,* ait Seneca noſter. Græci ἀνακτας reges dixerunt, ut Plutarchus interpretatur ἀπο το ἀνακας ἴχιν: quod eſt *curam gerere, & tueri.* Certe debent. ipſum *Regis* nomen apud Latinos eodem vocat : ut ordinem ſervet , compoſite imperet: quod qui negligit , non regit ille, ſed diſſipat & perdit. Cogitet ſecum Princeps : *Ego ex omnibus mortalibus placui , electuſque ſum , qui Deorum vice in terris fungerer : ego vita neciſque gentibus arbiter: qualem quiſque ſtatum ſortemque habeat , in mea manu eſt poſitum.* O dignitas! vicarium Dei eſſe , & non eſſe æmulum? Vide ut ille ab orbe condito diſpenſet, & regat, æſtates, hiemes , anni tempora: fruges, fructus, tot uſui noſtro aut voluptati; cœlos, terras, maria , omnia in ſtatu & concordiâ, etſi maxime diſcordia, ſervet; parcat plurimum , interdum puniat ; verus pater ſimul & dominus generis humani: quid deſideres, præter hoc exemplum ? Sub-

ſequere:

(ait Panegyriftes) *ac nomine , fortuna Imperii*
confideranda eft. Sunt trabeæ, & fafces, & fti-
patio, & fulgor , & quidquid aliud huic dignitati adftruximus : fed longe majora funt,
quæ viciffim. nobis. auctoribus fautoribufque
potentiæ, debent. *Admittere in animum totius*
reipublicæ curam, & populi fata fufcipere : & obli-
tum quodammodo fui , gentibus vivere. Accipere
innumerabiles undique nuntios , totidem mandata
dimittere, de tot urbibus, nationibus, & provinciis
cogitare: NOCTES OMNES DIESQVE, *per-*
peti folicitudine. PRO SALVTE OM-
NIVM *cogitare.* En breviter tuum munus,
& in fine Finis, Populi falus. Exempla addamus, qui fecere aut facturos fe funt profeffi.
Inter iftos

I. TIBERIVS Imperator, qui pulchra voce (utinam & re !) teftatus, in pleno Senatu:
Dixi & nunc, & fæpe alias P. C. bonum & faluta-
rem Principem , quem vos tanta & tam libera po-
teftate inftruxiftis , Senatui SERVIRE *de-*
bere, & VNIVERSIS *civibus : fæpe ac ple-*
rumque etiam SINGVLIS. *neque id di-*
xiffe me pænitet. Pulchra, inquam, voce & quam
fine Numine conceptam non reor , aut emif-
fam. Quid verba facimus in inftruendo Principe ? ecce híc compendium. *Serviat* , id eft
audiat obfequaturque *Senatui* & bonis confi-
liariis : *ferviat univerfis,* in bono omnium pro-
curando : *ferviat fingulis* , in Iuftitia admini-
ftranda , injuria arcenda. Sine iftis , non eft
Princeps, fed tyrannus.

II. Quod TRAIANVS , item Imperator,
confi-

confiderans , cum præfectum fuum Prætorii,
de more, gladio fuccingeret , daretque vitæ
& necis poteftatem : *Cape hunc,* inquit : *& fi,*
quidem recte & EX VTI·LITATE OM-
NIVM *imperavero, pro me; fin aliter, contra me*
utere. Optimam Optimi illius vocem *!* Vivam;
fi reipublicæ vivo : fi mihi , arma hæc in me
verte.

I I I. Iam H A D R I A N V S Imperator,
quoties auditus eft dicere ? *Ita se rempublicam*
gefturum , ut sciret REM POPVLI *esse , non*
suam. Iterumque, quod eodem ducas : *Talem*
se præftiturum Imperatorem , qualem sibi optusses,
privatus.

I V. VESPASIANI etiam cæleste dictum
eft, qui fanus valenfque , femper in publicis
occupatus, etiam æger perfeveravit : & re-
vocantibus amicis , utque fibi parceret , *Im-*
peratorem inquit ftantem mori oportere.

V. Inferiore ævo HENRICVS Imperator
Friderici filius, ita affiduus in rebus, ut vix fero cibum caperet. Cumque idem moneretur,
valetudinem & vires cordi habere, refpondit:
Privato quidem homini omne tempus cibi esse, cum
id lubet, aut solet : at Regi , si nomen suum non ab-
dicat, id solum, quo vacat.

V I. Itaque rebus hominibufque fe dant,
etiam vilioribus: nam & ii Principatus membra. Infigni hîc monito RVDOLFI Imperatoris *Auftriaci* ; qui cum fubmoveri à fatelli-
tio fuo tenuiores quofdam videret, ad fe affe-
ctantes , non fine ftomacho edixit : *Per Deum*
(ipfa ejus verba funt) *finite homines ad me ve-*
nire. Non enim ideo ad imperium sum vocatus, ut
in arcula includar. Melius nihil poffum, defino,
& hoc infigo.

CAP. VIII.

DE EXEMPLIS PRINCIPVM.

Ea facere ad Virtutes aut Vitia subditorum.

PRincipem ob se bonum esse oportet, sed etiam ob alios : quos talis emendat, aut alius depravat. Nam homines inprimis ad alta ista flectunt oculos, & exempla sibi suis inde moribus sumunt. Sallustius : *Qui magno imperio præditi, in excelso ætatem agunt, eorum facta cuncti mortales novere. Ita maxima fortuna, minima licentia est.* Sicut igitur regulam maxime rectam esse oportet, ad quam cætera diriguntur : sic Principem. Et ut in corporibus gravissimus est morbus, qui à capite diffunditur : sic qui ab illo. Pindari, ad Hieronem Siciliæ regem, aurea dicta sunt :

Αλλ' ὅμως᾽ ἀρίστων γὰρ οἰκτιρμῶν φθόνῷ
Μὴ παρίει καλά. νώ-
μα δικαίῳ πηδαλίῳ ςρατόν. ἀ-
ψευδῆ ᾷ πρὸς ἄκμονι χάλ-
κευε γλῶσσαν.

Εἴτι καὶ φλαῦρον παραιθύσσει
Εαμίγα του φέρει)
Πάρ σέθεν. πολλῶν ταμίας
Εασὶ πολλοὶ μάρτυρες ἀμφοτέροις πιςοί.

Attamen (melior enim miseratione Invidia)
Ne omitte honesta, guberna
Iusto clavo populum,
Veracemque ad incudem
Fabrica linguam.
Si enim vel leve eruperit,
Magnum feretur
Abs te. multorum dispensator
Et : multi testes utrisque fidi :

I. AL.

I. ALPHONSVS rex Aragoniæ &
Neapoleos, cum de fubditorum moribus dif-
putaretur, dixit : *Vt herbas quafdam ad Solis
motum; fic populares in Principum mores verti.*

I I. ALEXANDER MAGNVS cervice
leviter incurva & panda fuit, quod certatim
proceres & aulici imitati, quafi ipfum fic
effingentes. Adeo & minuta obfervant, atque æmulantur : utinam fic interiora & virtutes !

I I I. Luxus in conviviis, vefte, fupelle-
&ile, familia, ad VESPASIANI tempora
nimis Romæ invaluit : nec vel legibus potuit coërceri. at ftatim, illo Principe, fponte
exolevit. Cauffa in Tacito : *Præcipuus adftri-*
&i moris auctor Vefpafianus fuit, antiquo ipfe cul-
tu victuque. obfequium inde in Principem, &
æmulandi amor, validiora quam pæna ex legibus
& metus.

CAP. IX.

DE IVSTITIA:

Quam Princeps in fe, & fuis, fervet.

INter omnes autem Virtutes, funt quædam
velut Regiæ,& Principales, ut *Iuftitia* primum. à qua Homerus Reges δικασπόλους ap-
pellavit, *circa jus occupatos & verfantes.* Nihil
iis convenientius, nihil dignius : & fervata,
regna fervat. Servanda autem, etiam in iis
quæ Principes, aut qui circa ipfos funt, tangunt. Mali doctores, qui à legibus eximunt:
qui Caligula cenfent, *Omnia ipfi, & in omnes,*
licere. Sive cum Salluftiano Memmio : *Impu-*
ne quidlibet facere, id eft regem effe. Abire qui
docetis, qui difcitis : imo qui præeft Iuftitiæ,

tiæ, ad eam præeat, & exemplo commendet.
Theodofium imitetur, de quo Panegyriftes:
Idem es qui fuifti ; & tantum tibi per se licet,
quantum per leges antea licebat , Ius summum, fa-
cultate & copia commodandi , non securitate pec-
candi experiris.

I. Dixit, fenfitque ANTIGONVS Macedonum rex, cui cum blandiens aliquis fugge-
reret, *Omnia regibus honesta justaque esse:* refpondit : *Sunt hercules , sed Barbarorum dumtaxat re-*
gibus. at nobis ea honesta,quæ honesta funt, & justa
quæ justa. Retudit adulatorem, & docuit, non
regulam juftitiæ regem, fed miniftrum effe.
Quid idem iterum? Scripfit civitatibus, ut
Siquid forte juberet, quod adverfaretur legibus, né
admitterent : ac pro eo haberent, atque si infcio se
fcriptum effet.

II. ZALEVCVS vero & infigni facto juftitiam afferuit. Legem, inter alias, Locrenfi-
bus tulerat, *ut Adulter oculis orbaretur:* juftiffi-
me, quia ii fere ad hoc crimen illices funt, aut
duces. At ecce filius paullo poft adulteravit,
& legis reus etiam pœnæ erat. quam tamen
populus confenfu, miferatione moti (unicus
enim erat) & in patris gratiam, remiferunt :
fed patre abnuente & indignante. *Lex.* inquit,
fancta & pœna, etiam in nobis efto : sed viam rep-
peri, qua illa falva humanitati indulgeamus. Ipfe
& ego , unum fumus. mihi ergo unus oculus : alter
ipfi fervatur : atque id factum.

III. CHARONDAS autem Thuriorum
legiflator, in eadem magna Græcia, feverior
& in fe fuit, aut vere dicam crudelior. Nam
& ipfe legem tulerat contra civiles factiones
& cædes, *Nequis cum telo in concionem veniffe*
vellet : qui aliter , capitale id effet. Accidit , ut
ipfe rure veniens, & indicta fubito concione,

uti erat, ad eam armatus accederet. cumque
æmuli occlamaſſent, *Solvere eum legem, quam
tulerat, ac palam cum telo eſſe:* ipſe errore co-
gnito, *Mehercule ita eſt,* inquit, *ſed idem ego
ſanciam.* ſtatimque ſtrico ferro incubuit. A
fine aliquis laudet, à facto non probet.

IV. At PHILIPPVS MACEDO, Magni
pater, quam obnoxium ſe juſtitiæ præbuit,
& aures ſuas verberari vel convicio paſſus
eſt, quod ægrius quam gladio, Principes ſe-
rant? Dicebat apud eum cauſſam *Machetas*
quidam: & Philippus parum intente viſus
audire, &, re non bene tota cognita, dam-
naſſe. Machetas non tulit, & Macedonica ac
militari libertate, *Appello,* inquit. Philippus
miratus & iratus, *Tu à rege? & ad quem?* Machetas: *Ad ipſum te,* inquit, *ſed vigilantem &
attentum:* Sive, ut alii efferunt, *Ad Philippum
ſobrium.* Sed ſive incuria, ſive vinolentia regi
objecta; excuſſit utramque, & re propius
penſiculata, injuriam Machetæ factam agnovit, & vindicavit. Quomodo? ſalvo tamen
priore decreto: & æſtimationem litis ipſe à
ſe dependit. Dupliciter laudandus. & quod
ſe, ſalva rei judicatæ firmitate, immuta-
verit: & pœnitentiam, pœnam etiam ſuam
fecerit.

V. Hæc in ipſis Principibus: circa ipſos,
iſta. ARTAXERXES Perſarum rex, *Longima-
nus* cognomento, identidem obtundebatur
(ſic loquendum eſt. importune, & ſæpe, alter
ingerebat) cum, inquam, obtunderetur à
Satibarzane gratioſo ſatrapa, in re quapiam
injuſta, quam alteri volebat impetratam: ille tandem reſcivit, *triginta Daricorum millibus*
emptum Satibarzanem, ut confectum hoc
daret. Vocat igitur ad ſe, atque una Quæſto-

L 5   rem:

rem : & *Heus tu*, inquit , *triginta millia huic il-*
lice adnumera : tu autem hac cape , & tibi habe.
Cum enim dedero , nihilo pauperior ero ; at si tuum
illud concessero, multo injustior. Laudo , laudo, neque amicum alienavit , fidei cognitum ; neque Iustitiam ulla re violavit.

VI. PHILIPPVS iterum *Macedo* con-
fimile : neque par tamen undique. nam æqui-
tate assidet , liberalitate non convenit. *Harpa-*
lus pro amico quodam, injuriarum postulato,
acer & multus apud Philippum intercede-
bat , & liberari volebat. Addebat , se pro eo
mulctam, quanta esset, depensurum. Hîc Philippus : *Quid tu igitur satagis, si multa dependi-*
tur ? Harpalus : *Nempe ut fama sit ei salva.* Philippus : *Quid tu ais ? & non æquius illum male*
audire, qui male fecit , quam me innoxium , ejus
caussa ? bonum factum, bonum dictum.

VII. Nostri aut patrum ævi unum adjungam. Erat CAROLO AVDACI , Burgundiæ
& nostro Duci, vir nobilis in ferventi gratia:
atque ei præfecturam opidi in Zelandia dedit. Ipse ibi in otio, amorem concipit in fœminam corpore scitam & moribus , animo
meliorem , ut docuit eventus. Primo aspectus, obambulatio, suspiria , & quæ solent
amantes : mox audacior & verba miscet , &
affectum aperit , & solatium orat. Neque
promissis abstinet, & omnia tentat, quæ sint
expugnandæ. Frustra, munita undique casti-
tas erat. Igitur desperatione ad facinus se
vertit. Præfectus erat, ut dixi , & *Carolus* noster in bello : maritum igitur amatæ fœminæ
proditionis insimulat, & statim in vincla missum carcere custodit. Quo fine ? ut vel hoc
metu minisque illam moveat , & obnoxiam
sibi reddat : vel maritum ipsum amoveat, re-
moram

moram amori. Cuſtodit igitur. & mulier ca-
ſta & viri amans ſtatim ad carcerem , à carcere ad Præfectum, deprecatura, aut libera-
tura , ſi poſſit. Præfectus : *Et tuô mea me re-*
gas ? imperium , quȯd in me habes , ignoras ? affe-
ctum ſaltem mutuum redde , & maritum ecce
reddo. Detinemur enim uterque , ille in meo , ego
tuo carcere aut vinculis : ah , quam facile utrum-
que ſolvis ! Quid renuis ? amans peto, & per meam
vitam , Præfectus peto, & per mariti tui vitam.
Vtraque agitur : & perire ſi debeo, perdam. At-
qui miſerere, & mulierem te, & conjugem oſtende.
Mulier rubere ad iſta , & ſtupere : & tamen
pro marito etiam timere. Conſtat magis animo,quam corpore : & trepidat,& pallet. Atque ille, quia moveri viſa, & leviter vim ve-
recundanti adhibendam ratus (ſoli erant) in
lectum impellit , fruitur fructum , utrique
mox acerbum. Nam mulier confuſa & lacri-
mabunda abiens , pudoris magis quam pec-
cati ægra , iram & vindictam coquit : quam
magis etiam accendit barbarum (quomodo
aliter appellem ?) Præfecti factum. Nam ille
voti potitus, & cetera prolixa autumans , ſi
æmulum ſuſtuliſſet : maritum damnari curat,
damnatum capite plecti.At id non in publico,
ſed carcere ipſo factum: atque ibi cadaver in
arcam ligneam incluſum, mox ſepeliendum.
Venit interea mulier , ſive accita ab ipſo (ut
quidam tradiderunt) ſive ſponte & ſuper ſa-
lute mariti anxia : ſed venit, & vel ex pacto
maritum recipere ſe ſperat. Ille benigne affatus, *Et maritum,* inquit, *quaris ? habebis. Abi*
(& digitum ad carcerem intendit) *invenies,&*
tolle. Nihil ſuſpicata abit,videt & percellitur,
& animo ac corpore lapſa ſuper cadaver ſe
abjicit : ac diu lamentata,recipit animum atque

que iram, redienſque atroci vultu & verbis.
Et hercules, inquit , *reddidiſti maritum : gratia
debetur , exſolvam.* Retinere & placare conatur, fruſtra : non tigris magis ſæviat , ſœtu
erepto. ſtatimque amicorum fidis advocatis,
rem denarrat. ejus ordinem,& culpam ſuam
non culpam : ac conſilium viamque ultioni
exquirit. Cenſent omnes ad Principem eundum: qui inter alias virtutes infignes habuit,
niſi ſuperbiâ & pervicaciâ corrupiſſet) exi-
mius Iuſtitiæ cultor erat. Accedit duobus
amicis comitata, auditur : vix creditur. & in-
dignatur & dolet Princeps, hoc in ſuo ſolo,
& è ſuis, quemquam auſum. Sed & mulieri
edicere minaciter , niſi vera & certa affer-
ret, malum habituram. Iubet manere in Aula, & in vicinum cubiculum ſecedere , dum
Præfectum vocat : nam forte & ipſe in Aula erat. Venit , introducitur & mulier. *Hanc
noſtin' ?* ait Princeps. Colorem homo mutat :
& Princeps exſequitur : *At querelas , quas ſuper te deſert, etiam noſti ? Atroces ſunt, & quas no-
lim eſſe veras. Quid ais ?* Vacillat , perplexe loquitur, negat aliquid & annuit : donec Princeps ex vultu ipſo & ſermone culpam ſuſpi-
catus , ut tamen certior eſſet , remotis omnibus ſolum alloquitur. *Quam fidem mihi debeas , & quam beneficiis meis gratiam , non neſcis. Per hanc & illam te adjuro , ut quid in hac
re ſit. liquido & ſine ambagine denarres. Fatenti
gratia, aut aliqua ſeveritas, non deerit: nec abnuenti
tormenta.* Ibi ille ad genua ſe abjicere , factum agnoſcere : denique mulierem culpæ
omnis liberare, ſe onerare: ſed in gratia Principis refugium & ſolatium ponere. Quam
ut magis impetret, illicitam libidinem purga-
tam matrimonio offert. Princeps , quaſi

(1)   aures

aures præbens & jam mitior , mulierem re-
vocari, quofdam è fuis adfiftere jubet. *Et heus
tu , quoniam huc ventum eft mulier , placetne
maritum hunc habere ?* Illa abnuit : & tamen
voluntatem aut juffa Principis timens, adfpi-
cit circumftantes. Qui certatim innuunt aut
fuggerunt, accipiat conditionem viri nobilis,
divitis , apud Dominum gratiofi. Victa dat
manus, quas Princeps jungi cum Præfecti
jubet , & follennibus verbis matrimonium
firmari. Firmato , iterum Princeps : *Tu nove*
marite hoc jamnunc largire , ut fi prior fine liberis
obeas , hac conjux heres omnium bonorum tuorum
fit. Libens concedit, teftes audiunt,tab.. ..us
fcribit. Et his jam peractis , nofter *Carolus* ad
fœminam : *Dic fodes , animo tuo fatium jam fa-*
tis ? Satis, inquit mulier : *At nondum meo,* ille
fubjicit : & ablegata fœmina , jubet Præfectum in illum ipfum carcerem duci , in quo
maritus cæfus , & pariter cæfum in arcam
ligneam five capulum deponi. Facta funt.
tum mulierem ignaram eo mittit : quæ inopinato iterum cafu conterrita , duobus ma-
ritis eodem fere tempore , eodem certe fupplicio amiffis, mox in morbum incidit, & fato obiit. Hoc folum alteris nuptiis lucrata,
ut liberos ex priore conjugio divites relinqueret , nova hereditate. Tragœdiæ exemplum eft : fed gratulor Belgicæ talem exitum , fub tali Iuftitiæ vindice ?, & vos fuc-
ceffores fervate.

VIII. Atque hæc circa Amicos brevi,fed
memorabili , facto claudam MAHVME-
TIS *Secundi* Turcarum Principis,quem verius
Muchemetem fcribi , gnati linguæ perfuadent
nobis. Memorabili,quia circa filium : & quid
propius tangat ? Is igitur *Muchemetes* filium
· . habuit

habuit *Muſtaſam*, imperio deſtinatum : & cetera bonum, libidinibus pronum. Hic *Achmetis* Baſlæ uxorem, inſigni forma, adamabat,
& blanditiis diu pervincere conatus, cum
non ſuccederet, inſidiis tentavit. Speculatus
eſt tempus, quo in balneum mulier ivit (&
ſæpe lavant ſe Turcæ:) & mox ſecutus cum
paucis ſuorum, ibi nudam & fruſtra renitentem compreſſit. Illa ad maritum, maritus ad
Imperatorem ſtagitium detulit, pœnas popoſcit. *Muchemetes* primo cunctari, tum aſperioribus verbis (ſed alius in mente ſenſus
erat) Baſſam excipere : *Et quid, inquit, ſic
graviter de filio queri tibi viſum eſt? An neſcis te,
& tuam, juris mancipiique mei eſſe? Si filius igitur illam amplexus eſt, & animo ſuo morem geſſit,
nempe ancillam meam amplexus eſt, ſine ulla quidem culpa, ſi me volente. Hæc cogita, atque abi :
cetera mihi permitte.* Sed iſta juris tuendi cauſ
ſa magis, quam quia ſentiret, dixit : atque
animi æger & ſaucius, filium ad ſe vocatum
primo examinavit : tum confeſſum peſſimis
verbis miniſque acceptum dimiſit. Et mox
minas in rem confert : ac triduo poſt, cum
aliquamdiu in pectore filius & Iuſtitia pugnaſſent, hac vincente, fauces Muſtaſæ nervo
arcus juſſit effringi, & morte Pudicitiæ
litare.

C A P.   I X.

D E   I V S T I T I A.

Quam Princeps erga ſubditos ſervet.

Q Vid enim potius faciat? prima inſtitutio & admiſſio regum ab hoc fine fuit.
Sine ? . . . . . vivere inter nos, id eſt in Societate,

tate, non licet : ergo aliquis , aut aliqui eli-
gendi , qui huic adminiſtrandæ præſint. Livius bene : *Multitudo coaleſcere in unius populi*
corpus, nulla re, quam legibus, poteſt. Plane nulla, hæc vinclum eſt, & ut ſic dicam , coagu-
lum : ſolve, diſſipamur, & ut feræ ſolitariæ,
vagamur. Homerus, qui omnia ſcivit, de Iuſtitia iſtud :

Η τ' ἀνδρῶν ἀγορὰς ἡ μὲν λύει , ἧδε καθίζει :
Quæ cætus hominum cogit, ſolvitque viciſſim.
Cogit & ſervat, ſi ſervas : ſolvit , ſi neglegis
& ſeponis . Mirum & breve, ſed verum eſt :
nulla re (ad uſum provoco) quæcumque
Reſp. magis florebit aut floruit, quam rigida
& immota Iuſtitia : nulla re magis ſlacceſcet
& deficiet , quam illa tali Hæc felicitas regnorum & ſtatuum , interna & externa. Interna quidem. nam quis neſcit ſcelera & ſla-
gitia per eam removeri , virtutes promove-
ri ? Externa. quia agri, viæ, maria frequen-
tantur , & ſecuritas ubique ac tranquillitas
regnant. Boëtius egregie: *Annum bonum, non*
tam de magnis fructibus , quam de juſte regnanti-
bus, exiſtimandum. Quid iterum Homerus ?

Ωςί τευ ἡ βασιλῆΘ· ἀμύμονΘ·,ὅςι θεοθὴς
Ανδράσιν ἐν πολλοῖσι καὶ ἰφθίμοισιν ἀνάσσων ,
Ευθμίας ἀνέχησι· φέρησιν ᾗ γαῖα μέλαινα
Πυρὲς καὶ κριθὰς, βρίθησι δὲνδρεα καρπῷ,
Τίκτη δ' ἔμπιδα μῆλα. θάλασσα ᵹ παρέχῃ ἰχθῦς,
Εξ ἰνεργεσίης· ἀρετῶσι ᵹ λαοὶ ὑπ' αὐτῶ :
Vt cum Rex bonus imperat , & metuens Dive-
    rum ,
In multis populis & fortibus, ille quoque idem
Iuſtitiam colit : obſerves & tunc ſola terra
Fructus ferre ſuos, & fruges fundere, itemque
Fœtificare armenta, & piſces exundare :
Nempe ex Iuſtitia populiſq, bene arrua ↄↄↄↄↄ eſt.

Si attendas, & dilates, quam laudationem
uberem Iuſtitiæ non ſcribas? Ergo felicia
regna reddit : eadem alia, ſi languet aut perit. O pulchrum, cum licet gloriari aut dicere, quod GVILIELMI quem *Acquiſitorem*
vocant, temporibus in Anglia : *Totum regnum
puellam onuſtam auro poſſe pervadere* ! Vt poſſit,
Iuſtitia

MON. I. *Severe adminiſtranda.*

I. Etiam in parvis rebus, aut injuriis. Quod
fecit ANDRONICVS *Comnenus*, Imperator Byzantii : qui nullo diſcrimine nobiles
aut novos ; tenues, divites ; ſuos, aut alienos, ſolitus culpæ convictos damnare. In his
Theodorum quemdam è ſuis caris, quem agricolæ detulerant, divertiſſe apud ſe cum ſer-
vitiis, nec in diſceſſu quidquam ſolviſſe. Res
erat (ut hodie) non nimis nova aut inſolens
Palatinis. Tamen Imperator hominem ſtatim
corripi, fuſti duodecies in publico cædi juſſit,
tum agricolis damnum largiter rependi.

II. Scripſit IDEM ad Præſides & Magiſtratus his ipſis verbis: *Aut injurias, aut vitam
relinquite. nam vos injuſte agere, & vivere, nec
Deo gratum, nec mihi ejus miniſtro ferendum eſt.*
Tu vero nunc vive Imperator, & mapalia noſtra ordina.

III. LEO ARMENVS ibidem Imperator, cum Palatio digreſſus adiretur à te-
nuioris ſortis homine, qui uxorem ſuam diceret à Senatore raptam, ſtupratamque : &
id ſe facinus ad Præfectum detuliſſe, nec jus
adhuc ſibi dictum : *Leo* confeſtim mandavit,
ut reverſo ſibi actor, reus. Præfectus ſiſteren-
tur. Quos deinde auditos, cum noxæ reum,
negligentiæ Præfectum comperiſſet : hunc
digni-

dignitate,illum vita exuit. O factum,Dei ho-
minumque favore dignandum !

IV. Neque aliter in caussa simili TOTI-
LA Rex : eo laudabilior quod barbarus patravit,& in militem, non sine metu seditionis
militaris. Accessit eum Calaber quidam , ac-
cusavitque è satellitio ejus militem filiæ suæ
per vim compressæ. Totila statim in vinc'a
hominem dat , pœnas sumpturus : qui tamen milites remorantur, miseratione, & cupidine similis licentiæ : atque agmi-
euntes petunt dimitti, & sibi donari,c .milo-
tonem notæ virtutis, & facinorum cl. um.
Totila auditos acri oratione castigat : *Quid
agitis parum providi , aut vobis vultis ? Si. stli-
tia rem civilem , aut militarem , stare ne posse,
satis vos Theodabadas rex docuisse debuit : pretio aut gratia eam largitus, quas clades ips sius
est , & per eum gens Gothorum ? Nunc m. rege,
& illa revixit , ac statim caput sustulit vetus illa gloria nostra ac fortuna: & vultis illam & hanc
iterum (nexa ea sunt) corruere ac labi ? Quo autem pretio , unus è vulgo scelus admisit : & placet
gentem totam luere. & vos venire, strenuos & inte-
gros,in communionem noxæ ? Nam venitis: & assi-
dent inter se,ac pane paria sunt, delinquere & tueri delinquentes. Paria ? imo majus hic peccatum
est , viam aperire & struere peccaturis. Sed de vobis , vos videritis milites : ego alta voce & corde
proclamo , non feram : & si ferre vultis, me aufer-
te. Ecce corpus & pectus. Moti sunt , & animos
ponunt,rem ei permittunt. qui hominem carcere eductum audit,ac capitis damnat : damnati bona vitiatæ velut in dotem donat.

V. ALFONSVS rex Hispaniæ, sed Imperator cognomento , quia huic dignitati de-
stinatus , insignis æqui justique cultor fuit.
M   Exem-

Exemplum, Nobilis quidam in Galæcia, ftirpe fua fifus,& temporum perturbatione con-
fifus, enmiculum bonis omnibus fpoliavit.
Prætorem ille adit, hic nobilem monet defi-
ftere & reponere : non audit, rex aditur. Iubet idem, nec obtemperat, in locorum lon-
ginquitate fpem etiam ponens. At rex, cete-
ris omnibus omiffis, privati habitu, quo res
occr'tior effet, Toleto in 'extremam Galæ-
ciam, pergit. Militis ædes obfidet, dilapfum-
que comprehendi è fuga,& pro ipfis foribus
laqueo fufpendi, & cum ignominia ftrangu-
lari mandavit.

V I. In noftra vero Belgica BALDVINVS
Septimus Comes Flandriæ, *Petrum* virum nobilem & *Orfcampi* toparcham, ob duos boves
pauperculæ viduæ reclamanti abductos, re
ad eum delata, fubito arripi jubet, & atroci
morte puniri. Forte lebes aquæ ferventis in
medio Brugenfi foro erat, monetario puniendo
do deftinatus : in hunc fine mora hominem
conjici jubet, fic ut erat,ocreatum,veftitum,
gladio accinctum.Quid ais ? fic calide, & an
non temere ? Nihil. nam inquifitio præceffe-
rat, & culpæ convictus, per aliam cauffam
evocatus, pœnas fic luit: meo animo, recte
& falubriter.

V I I. Ille IDEM undecim equeftris loci
viros, quod tres mercatores per viam bonis,
& deinde vita exuiffent, vocatos in Palatium
damnavit. Statimque fe coram laqueis inje-
ctis, deftitui fuper tabulam annexos ad tra-
bem juffit: ac manu tum fua tabulam fubdu-
xit, ac penfiles fecit fuffocauitque. Rem laudo, modum improbo : ac potuit debuitque
manibus hoc alienis.

MON.

MON. II. *Sine affectu vel aspectu admi-*
nistranda.

I. Quod nobili exemplo præivit C. MA-
RIVS, ille septimum Consul. Cimbricum
terribile Romanis bellum erat, & ei, postquam aliorum ducum pertæsum esset, Marius præfectus. Fecerat Tribunum in legione sororis suæ filium, militiæ fortasse fortem, libidinis impotentem. Amare cœpit in
legione sua *C. Plotium* tironem militem, & in
flore adhuc ævi: nam Romani ab anno deci-
moseptimo eos scribebant. Igitur aliquoties
tentare, & de stupro eum appellare: iste ad-
spernari, & convicio mox repellere. Tanto
flagrantior, & ad Imperii vim versus, noctu
adolescentem in tabernaculum vocat: & capitale erat non parere Tribuno. Venit, & solita audit, & flagitii tentamenta aut præmia:
quæ cum fortiter rejiceret, manus Tribunus
injicit, & vim parat. cum ille boni sanguinis,
gladio educto, *Virum me scito*, inquit: & Tribunum transadigit. Clamor in tabernaculo,
tumultus in castris: novum & atrox facinus
omnes concitat, Tribunum à manipulari occisum. Ducitur mane ad C. Marium, qui forte ea nocte non fuerat in castris. qui tribunali conscenso, voces & præjudicia militum
audit. disciplinam castrorum, & suam etiam
cognationem cogitat: atque omnia prædam-
nabant militem: sed ejus innocentia, & Ma-
rii firma æquitas, eripiunt. Nam cum ille
ægre & invitus; sed victo pudore denique,
rem explicasset: Marius nihil cunctatus, sententiam & infamiam in defunctum vertit, &
hunc noxæ absolvit. Absolvit tantum? imo
& laudatum corona donavit, cum elogio:

Quod

Quod pulcherrimum facinus eo tempore edidiſſ.
quo fortibus exemplis opus eſſet. Macte Mari! P
dicitia te amat, atque ipſa Diſciplina ama
quam ſolviſſes, niſi ſic ſolviſſes.

II. Talis ANDREÆ regis Hungariæ j·
ſtria, nec in cauſſa nimis diſpare. Ivit in t·
ram Sanctam cum copiis, religione impi
ſus, & curam regni *Bancbano* commiſit, hi
ejus & uxore *Gertrude* commendata. Qi ·
apud eum ſancta, non ipſam fuit. nam cu
frater Gertrudis, adoleſcens laſcivus & p·
tulans, abſente rege, viſum ad ſororem ·
niſſet: illa juveni gratificatura, uxorem Banc-
bani, pudicam ad id formoſamque fœminam, fraudibus & pellaciis ei ſubſternit. Quæ
poſt facinus pœnitentia ducta, rem omnem
marito exponit, & ſimul reginæ fraudes, &
iram à ſe in illam vertit. Qua juſtiſſima
Bancbanus accenſus, ut erat doloris recens,
reginam adit, exprobrat factum, & gladio
ulciſcitur. Cæde patrata Byzantium abit,
Andreæ regi occurſurus, illac in Syriam ten-
denti. quem mox reperit, & rem aperit: illum unum judicem, &, ſi meruit, vindicem
poſcit. Rex differt in ſuum reditum, & vultu atque animo compoſito: *Tu vero abi,* ín-
quit, *& in regnum redi: vicem meam, ut ante,*
functurus. Nam reduci mihi, ſi Deus annuit,
ſtat hanc cauſſam cognoſcere & decidere. Si inno-
cens es, tunc libens abſolvero: ſin autem nocens,
ne nunc quidem damnatum volo, nec expeditio-
nem hanc in hoſtes fidei ſumptam Chriſtiano ſan-
guine auſpicor & perfundo. Vterque abiit: ille
in Aſiam, hic in Hungariam: & cum rediiſ-
ſet, cauſſa ſerio inquiſita & cognita pronun-
tiat, *Vxorem ſuam juſte caſam videri.* O multa
& hoc facto inſignia! Quod nihil ſacræ expeditioni

ditioni anteposuerit ; quod suspectum, si non
convictum, iterum regno præposuerit : quod
amorem conjugalem Iustitiæ postposue-
rit. Salve vel hoc facto magne rex : & tu
CROYORVM inclyta familia, ramus ab illa
stirpe.

III. At OTHONIS *Tertii* Imperatoris
affectus, etiam in suo capite & salute, do-
mitus Iustitiæ cessit : si vera est narratio,
quam ab illo ævo plures scriptores tradunt.
Ajunt uxorem ei fuisse, parum casti corporis:
& hanc cum ad *Mutinam* Italiæ Imperator
esset, cuidam Comiti in iis locis copiam usu-
ramque sui obtulisse, sed repulsam tulisse.
Id perdolitum fœminæ (veteres ab eo iras
& calumnias scimus:) atque ausa est ipsa
crimen ultro struere, & tentatæ pudicitiæ
suæ Comitem accusare. Imperator calide
audit, credit, damnat, occidit. Comes tamen
ante mortem rei seriem uxori suæ aperit :
& rogat ut mortuum vindicet, & famam,
quoniam vitam non potest, servet. Dat consilium, ut judicio candentis ferri, Deo freta,
rem committat : qui mos tunc frequens, nuper & hodie merito exolevit. Ille ita moritur : & paullo post dies aderat, qua sollen-
niter Cæsar jus dicebat, viduis maxime &
pupillis. Vidua igitur Comitis, mandatum
exsecutura, venit ad tribunal, & caput mariti occultum in sinu gestat. Stat ante Cæsarem, & veniam præfata rogat : *Ecqua pæna*
dignus esset, qui vitam alteri injuria ademisset? Hîc
Imperator : *Id quidem, liquet mulier*, inquit:
morte. Tum illa, *Ergo pænam hanc tu, Cæsar, te*
judice subibis, qui innocentem maritum meum sustu-
listi. En caput, quod recidisti. Innocentem autem
esse, quoniam testes & alia desunt, tractatione

M 3   *ignita*

igniti ferri probabo. Dixit , & fine noxa fecit :
miraculum Imperatorem & adftantes commovit. fed hunc maxime , qui Deum etiam
vindicem timebat. Itaque permittit fe fœminæ , ut fua voce damnatum : fed veniam vi-
tamque quattuor caftrorum donatione rede-
mit. Ea funt in Etruria , Lunenfi tractu , &
Decimum, Octavum, Septimum, Sextum appellant : à numero dierum , qnibus prorogatio-
nem fupplicii à fœmina , ante plenam veniam, impetraverat. Haud negaverim , à fabula quam hiftoria hoc videri propius : fed
bonis tamen auctoribus fcripta , quæ culpa
eft defcribere ?

IV. Minus afpera, & ut fic dicam, Tragica funt, quæ fubjungam : fed in quibus affectus tamen egregie calcati. ARISTIDES
Athenienfis , qui merito , & à pluribus cauffis, cognomen *Iufti* vindicat, judex inter duos
captus fedebat : cum adverfarius , ut illum
adverfario fuo alienum redderet , fibi propitium ; multa dicere de hoftili ejus in Arifti-
dem animo , & documenta adjungere. Sed
ille interrumpens , *Quin tu,* inquit , *fiquid te
lafit , hoc dicis, & alia mittis ? nam huic rei nunc
fedemus.*

V. GRATIANVS Imperator Romanus le-
pide etiam hîc lufit , & ablegavit mulierem
ftulte importunam. Acceffit , & de marito
quefta eft,& afpera multa dixit. Ille placide,
Quid hoc ad me mulier ? At enim fubjecit ipfa,
etiam in te male animatus eft , & loquitur. Ille
iterum, *Quid hoc ad te mulier ?* & confufam ir-
rifamque fic dimifit.

MON

MON. III. *Subtiliter interdum vel saga-*
citer inquirenda.

I. SALOMONIS regis Hebræi factum innotuit, celebratæ subtilitatis in eruenda veritate : cui æquitas comitem se dedit.

II. GALBÆ Imperatoris. qui   ̃m de
proprietate jumenti quæreretur ,   ̇   ̇
utrimque argumentis , ita decrevit, ut ad ̇ ̇
cum, ubi aquari solebat , capite involuto duceretur : atque ibidem revelato , ejus esset
ad quem sponte se recepisset.

III. Sunt alia hujus generis : sed omnia
æquat aut superat RVDOLFI Austriaci
istud. Agebat Noribergæ,& rebus imperii ac
publicis intendebat : cum ad privatas eum
vertit leviter mercator quispiam , jus & vindictam petens in hospitem sive diversitorem
ibi notum , à quo grandi pecunia fraudatum
se ajebat. Nam bona fide deposuisse apud
eum in sacculo *ducentas argenti selibras* (Mar-
cas appellant :) quas ille impudenter abne-
gabat, injuriose retinebat. Imperator de fide
dictorum rogat : ille affirmat , sed sua fide,
nec aliis (ut solet fere in Deposito) argumentis. Igitur Imperator , re perpensa,astum ad-
hibendum censuit , & vestigiis verum indo-
gandum. Quærit ab homine,ille sacculus sive
vidulus cujusmodi esset ? Describit formam ;
nec aliud Cæsar, quam secedere eum in proximum cubiculum , & præstolari jubet. Habebat in animo evocare hospitem, sed Fortuna commodius instituit, & ultro ad eum mittit. Nam veniunt primarii urbis cives , ut solet, gratulatum Principi, & salutatum : inter
quos iste insidus hospes.Norat adeo jam ante
Cæsar,& ut comitas ejus erat,benigne & per
                                  , sace-

facetias appellat : *Heus tu, scitum illic pilleum habes, mihi dona , & permutemus.* Ille arrisit , pilleum libens dimisit , & honori hoc factum duxit. Cæsar secedit paullum , quasi publicum negotium avocaret : & fidum ac notum ejus opidi civem , cum ipso pilleo illo , *ad uxorem hospitis mittit cum mandatis.*

matrona , maritus jubet ut sacculum illum idem ad eum mittas. opus habet : & ecce tesseram fidei meæ hunc ejus pilleum. Mulier agnoscit pilleum, & sacculum descripserat : itaque nihil ambigens ascendit , tradit , quasi ad maritum deferendum. At ille recta ad Cæsarem. qui vidulum vocato tunc denique mercatori ostendit : & *Hicne est ? & agnoscis :* Affirmat, exsultat : tum & Hospitem Imperator adhibet , & *Hic,* inquit, *de te queritur , & perfidiam accusat : quid ais, & refellis?* Audacter ille , *mentiri eum dicere, aut dementire : nihil sibi rei cum eo esse , aut fuisse.* Denique Imperator sacculum profert : ad cujus aspectum ille confunditur, & animo ac lingua labitur. Quid multa? mercator pecuniam, hospes infamiam recipit, atque etiam damnum. nam grandi pecunia alia Cæsar eum mulctat. At Rudolfus omnium ore & sensu laudem : & decantatum in Germania satis hoc factum fuit. Sed quoniam nunc, & ante, Principes dedi, qui ipsi & suo ore, statim & de plano jus dixerunt, oriri pro moribus nostris potest

QVÆST. *An ergo deceat, aut expediat, ipsum Principem jus dicere, reddere?*

Ego putem decere, expedire, debere. Non alia res imperium magis asserit & ostendit , quam hæc in bona vitamq; nostram potestas : & cur Princeps cunctetur exercere? Expedit etiam. quia contra potentes sæpe caussæ aguntur :

tur : nec minores illi aut delegati judices, fatis in eos oris, aut roboris, femper habent. Severior igitur ita, fed & brevior Iuftitia: & tricis remotis fupremus ille decidit. Addidi, debere. quidni? In *Politicis* docui, reges juftitiæ fruendæ cauffa primitus inftitutos. Si hoc fine, cur munus fuum refugiant? Homerus audiatur :

Εἷς βασιλεύς, ᾧ ἔδωκε κρίνε παῖς ἀγκυλομήτεα
Σκῆπρον τ' ἠδὲ θέμιςας, ἵνα ζφίσιν βασιλεύη :
Vnus rex, cui conceffit Saturnia proles
Sceptrumque & leges, ut judicet & dominetur.

Leges & jura Deus in manu ejus, cum fceptro pofuit : hoc oftendit & præfert, illas aliis demandet? Non debet : & vel veteres ab omni ævo, in omni fere orbe, reges videat : jus ipfi dixerunt. Hæc & plura in ifta parte funt : fed & alia acres habet affertores Ajunt incommoda multa fuiffe, & effe, fi Princeps judicet, iifque animadverfis, ad hodiernam hanc rationem ventum. Primum ecce, da Imperitum Principem, qui par erit, qui non faciet recta curva? Item, da Ineptum in fermone, in geftu : quid nifi irrifui fe exponit? Amplius, crebra hæc oftentatio fui, & in populo locutio, nonne vulgat Principem, & detrahit majeftati? Quarto, vel fevere judicabit, & Odium pariet ; vel remiffe, & Ius violabit. Melius ergo res afperas, & fine bona gratia, in alios inclinari. Quinto denique, funt nunc Curiæ majores minorefque, & cuique rei ftata fua judicia : quid Principem in novas curas arceffimus, varie & affatim diftractum? Quin melius tutiufque nil novare, & fiquid in jam ftatutis labat, firmare & vincire. Ifta nec male, nec abs re prorfus

dicuntur, fateor : fed refponderi tamen poteft, & juftitiæ cauffa,debet. Primum de Im-
peritia . dico. plurimum & principem , &
quemcumque alium , natura duce in magnis
aut enormibus cauffis judicare poffe , nec
opus grandi fcientia (ad hanc rem) Iuris &
Legum. Da fimplicem,da probum,affectuum
expertem : audeo dicere, rara cauffa erit , in
qua verum, aut quod juxta verum, non vide-
bit. Imo Deus plerumque infpirat , & talibus mentem movet. quod facer ille fcriptor
voluit : *Divinatio in labiis Regis , in judicio non
errabit os ejus.* Et tamen fac interdum caliga-
re : quid ? nonne in aperto remedium, & ita-
mus eî Adfeffores ? damus , comitentur eum
ad hæc talia exeuntem , nec auxilii folum
cauffa , fed decori. Atqui in Sermone aut geftu aliquis ineptus eft. Scio effe , & tamen fi
alibi loqui eos deceat ; hîc vel maxime,in re
fevera , gravi , paucorum verborum. Itaque
aut Principem talem mutum, nifi forte in cu-
biculo, faciant : aut patiantur & hîc loqui.
Etfi talia exempla rara funt : cur adducimus,
aut infiftimus ? Ad tertium , Vulgat fe nimis
ita Princeps. Fortaffis , fi in rebus aliis : at
hæc per fe talis eft , ut reverentiam fui gi-
gnat , vel terrorem. Videmus in cottidianis
iftis judicibus , quam plebecula eos venere-
tur & timeat, etiam illa innoxia,& cui nihil
cum iis negotii eft aut fuit. Bene à Deo ita
facti fumus, vereri hoc numen & nomen i-
pfum Iuftitiæ,& quicumque ei adminiftrant.
Quanto magis in Principe, fi fe non mandare
tantum (in occulto id fit) fed exercere, cum
fumma poteftate, oftendat ? Et fane nihil hic
familiariter aut comiter fit : verba , geftus,
afpectus, apparatus,omnia triftitiæ aut feve-
ritati

ritati propiora. Ergo hoc faceffat : quartum
videamus, de Odii metu. Incurret in id , inquiunt , fi fevere judicat ; in Injuftitiam , fi
remiffe. Extrema accipiunt , & eunt extra
ipfas Iuftitiæ metas. Quid?an femper damna-
tionis materia ? fac effe : in ea ipfa certe alter
fic deprimitur, ut alter allevetur. Hunc lædis,
illum juvæs : ergo ab illo Odium , ab hoc
Gratia, paria funto. Sed nego etiam in feveri-
tate crebra , odia excitari populariter : &
contra eft in rectis animis , qui acclinant fe
magis ad tales & attrahuntur. In afpectu illa offendunt ; cogitata & cum ufu publico
collata , delectant. Videfne ut in medicina
quoque triftia & tætra fæpe propinentur, fed
falutis cauffa? itaque ab hoc fine , adeo non
odimus medicos, amamus & laudamus. Si-
millimum in Iuftitia : à cujus acerba fectio
ne aut uftione falus generis humani pendet
& quis id vel è plebe nefcit ? Iam de Remif-
fione, non abnuo naturas quafdam ad mitiora
femper inclinare : & quid mâli erit? imo fit
nobis talis Princeps. Nam hunc fic clementem ratio tamen reget, & norma juris & legum excitabit : nec deerunt , qui ad utiliora & triftiora , cum opus erit , flectent.
Aliqua vero interdum remiffio , plane ex
ufu erit , fi tamen terror ifte , & fub magno Iudice , præivit : Ignovit illi Princeps :
fed metu , fed ignominia perfufo. Ignovit
illi Princeps : fed Princeps , id eft fine
corruptela , aut affectu alio fordido , hu-
manitatis tantum amore. Hoc ipfum quam
Amorem omnium conciliet ? & verum eft ,
fi opportune adhibeatur. Vltimo , nobis
Mos opponitur , & Confilia ac Curiæ iam
definitæ. Equidem cum More haud temere
pugnem :

pugnem : fed quam vetuſto ? Avi vel proavi
noſtri aliter fecerunt: vide quam loginqua
repetamus.   Quin totum hoc de perpetuis
Curiis judicum, nuperum eſt, & è Gallia ad
nos manavit. Concludimus, & moderamur :
Principem decore & utiliter jus dicturum,
fed aliquando : id eſt, vel certis temporibus,
ut id fciri poſſit ; vel in cauſlis gravibus , ſive atrocibus ; vel denique , contra potentes
aliquos , & partibus graves. *Caroli Magni* legem , quæ exſtat , traxerim in exemplum:
Hoc miſſi noſtri notum faciant Comitibus & popu-
lo , quod nos in omni hebdomada unum diem ad
cauſſas audiendas federe volumus. Populo autem di-
catur, ut caveat de aliis cauſſis ad nos reclamare ,
niſi de quibus aut miſſi noſtri,aut Comites, eis juſti-
tiam facere noluerint. Ecce erant illo ævo paſſim in opidis & pagis etiam *Comites* ſive *Gra-*
viones , qui communiter jus dicebant : inter-
veniebant extra ordinem & *Miſſi* ſive Delegati à Principe , qui idem. At *Carolus* ipſe tamen audire cauſlas voluit , idque hebdoma-
datim : cauſlas ſcilicet graviores, aut in quibus læſio aut injuria intervenille ab ipſo judice videbatur. Si non alius in hac re fructus, quantus iſte eſſet ? Coercere hoc modo
judices , & vigilantes attentoſque reddere :
cum Principem cogitarent judicii fui judicem , & forte vindicem mox futurum. Sed
Exempla , pro inſtituto, hic addamus.

I. PHILIPPVS MACEDO , de communi
tunc more, crebro jus dixit. Sed cum forte in
via , & alio feſtinantem, mulier de re fua ap-
pellaſſet. negavit *Sibi vacare.* Tum illa audacter? *Noli igitur regnare.* quaſi admonens , ſive
exprobrans,regium hoc ita munus eſſe, ut ſine eo legitimus rex non eſſet. Admiſit , &
mu-

mulierculam statim audivit , & siquis alius
inibi vellet.

I I. Aliter DEMETRIVS *Poliorcetes* , in eadem Macedonia Rex : qui per proterviam illusit etiam supplicibus. Nam cum libellos ad-
euntium benigne in via accepisset , quasi lecturus, & cogniturus : mox cum ad pontem
Axii fluminis venisset , excusso chlamydis sinu , omnes in subjectam aquam abjecit. Non
impune. nam Macedones , qui talem *Philippum* suum non viderant sive audierant , mox
spreto illo ad *Pyrrhum* transierunt, & Iustitiæ
desertorem deseruerunt. Merito , merito, sic
habeant, & luant.

I I I. AVGVSTVS Cæsar, quam aliter ! *qui
jus dixit assidue* (ait Suetonius) *& in noctem
nonnunquam.* Quod si infirmior etiam esset, &
à corpore minus valeret ; lectica pro Tribunali posita, & in ea recubans , vel etiam domi, jus reddebat. Quid ad hanc diligentiam
addi potest, præter *Euge*. & *Belle* ?

I V. Iam CLAVDIVS Imperator item assiduus. imo & suis suorumque solennibus
diebus , atque adeo festis & religiosis , non
abhorruit jurisdictionem.

V. Omitto vetera. in ipsa Gallia vicina ,
CAROLVS *Octavus* patrum ævo rex , sub finem vitæ rebus jam attentior, omnibus septi-
manis binos dies destinavit juri in publico
reddundo : idque aditu tam libero , ut nemo
vel è fæce plebis regio conspectu & affatu
arceretur.

V I. Sed dixi, utiliter imo necessario (quid
enim si res subtilis , aut in legum ambiguita-
te sit ?) Adsessores adhiberi. quod plerique
Romani Principes , aut provinciarum Præsi-
des, fecere. imo A L E X A N D E R *Severus*

negotia & caussas prius à scriniorum principibus,
& doctissimis Iurisconsultis, & sibi fidelibus, quo-
rum primus tunc Vlpianus fuit, tractari ordinari-
que, atque ita ad se referri praecepit. Provide.
Ius ipse dixit, sed inquisitum prius & evo-
lutum. Sed alia hic etiam

QVÆST. *An Curias, & ordines Iudicum*
perpetuos esse conveniat?

Hodie sic habemus, nec cum Princeps intendit, & velut censuram interdum exercet,
improbemus. Tamen suæ etiam rationes sint
improbanti. Vt, quod tempore omissiores
segnioresque fiant: & assidua Iustitiæ tractatione, minus ejus reverentes. Redditur e-
nim cottidianum opus, & cum tædio aliquo
aut fastidio usurpandum. Secundo, factio
aut coitio facile oriri potest, & superba etiam quædam dominatio. quod Livius notat
in *ordine judicum perpetuo* apud Carthaginien-
ses: & *qui unum ejus ordinis, idem omnes ad-*
versos habebat. idque inter caussas lapsæ illius reipublicæ quidam habent. Tertio, corruptelæ interveniunt: & quibus ex diuturn-
nitate securitas adest, facile aures & manus
iis laxant. Itaque ut in aliis imperiis, brevia plerumque meliora, & peccare minus
obnoxia: ita quidam hic censent, & mutan-
dos esse. Romani ita. qui Decurias Iudicum
scribebant, ex honestissimis, & ex censu (ne
paupertas ad culpam impelleret:) sed non
eas omnes adsidue judicare volebant, dumtaxat quotannis certum & necessarium numerum sorte legebant, reliquis tunc feriatis.
Sed re tamen bene examinata, cum jam ad
hanc multitudinem legum, & ex ea tricas aut
contiunculas ventum: bonum est perpetuos
esse,

esse, eosq; juris bene peritos. Quod ad *Omis-*
sionem aut *Coitionem* : Princeps facile arcebit ,
si, ut dixi, iis intendit. Quod ad *Corruptelam*:
idem , si stipendia & præmia digna donat.
Operæ est ex Annalibus Turcarum inserere,
quod huc mire facit. B A I A S I T E S *primus,*
cum fraudes & injurias *Cadiorum* suorum (ita
Iudices vocant) sæpe jam audiret : commo-
tus denique *Neapolim* omnes ad se venire jubet, ibi in domum quamdam includi, & igne
injecto comburi. Faciendum erat : cum *Alis*
Bassa,vir prudens, rationem quæsivit,& repperit, Principis molliendi. Habebat Bajasites
Æthiopem puerum , garrulum & lepidum,
inter delicias : hunc instructum quid diceret,
faceretque, ad Principem misit. Venit igitur
in meliore veste , & ornatu omni : *Quid hoc*
rei ? inquit Princeps : *quid extra morem hic ve-*
stitus? Æthiops : *Vt peregre eam , & ableger à*
te ad Imperatorem Constantinopolitanum. Princeps : *Ad illumne hostem nostrum ? quid facturus?*
Æthiops : *Nempe Calogeros* [Sunt monachi
Græcorum, aut religiosi.] *aliquos arcessiturus ,*
ut nobis jus dicant : quoniam Cadios tuos omnes vis
occisos. Princeps : *At ô mi Æthiopille , num-*
quid isti periti legum nostrarum sunt ? Hîc Alis
Bassa opportune interloquitur : *Et non sunt ô*
Domine : cur peritos igitur tollis ? Nam , inquit ,
cur male judicant ? Iterum Alis : *Ego Domine*
caussam edim , hi nostri stipendium è publico nul-
lum accipiunt , copiunt igitur mercedulas à priva-
tis. Hoc corrige, eos correxisti. Placuit consilium
Bajasiti : vitam illis dedit , Ali potestatem in
hac re , quod ex usu esset, statuendi. Ille
decrevit (& postea mansit) *Vt cuicumque he-*
reditas tot millium Asprorum obvenisset , is in sin-
gula millena Cadio suo daret Aspros vicenos. Amplius :

plius: *Vt in matrimoniorum , & ejusmodi contra-*
ctuum , instrumentis , item vicenor. Ita inopiæ
subventum, & simul Iustitiæ quæ laborabat.
Alia munera nefas accipere, nec certe , quocumque colore aut velo , decet. Ægyptius
rex Iudices sculpi fingique jussit , relatis
oculis,truncos manibus: significans , nec affectu flecti, nec muneribus capi debere. Aliquid laxant quidam. ut dumtaxat levia munera, & cibaria : item , post sententiam latam :
quæ talia, quid nisi rimam primo,tum januam
patefaciunt corruptelæ?

C A P. X.

DE LEGIBVS.

Eas nec multas,nec item lites,probari.

Leges in republica, ut medicamenta, esse
debent : atqui nec hæc multa aut varia
probentur : non item illæ. Plato verissime :
Ὅτι παρ᾽ οἷς πλεῖσοι νόμοι , καὶ δίκαι παρὰ τύτοις , καὶ βίοι
μοχθηροί : *Quod ubi plurima leges, ibi & LITES,*
itemque MORES improbi. Deus bone , quam
rem tetigit ! & usus ubique gentium , aut
temporum, hoc affirmabit.Maneamus in Romana republica. paucas ea initio habuit :
paullo plures Decemviri addiderunt : & ita
ad Principes fere mansit. Tunc sane plures :
& à Iustiniano plurimæ, quibus utimur;
Lothario Imperatore, cum diu siluissent , eas
reducente Nam Gallia, Hispania,Germania,
earum ad id ævi fere expertes erant.Receptæ
igitur sunt: & quo fructu? Certe illo litium,
nemo negaverit : quæ ex eo nimium quantum succreverunt. Europam vide , & men-
tior , nisi maxima ejus pars circa istas occu-
patur.

patur. Alii judicant, alii inftruunt, alii agunt,
&, qui miferrimi funt, eas habent. Bone Lo-
thari, manes tui per me quiefcant : fed rofæ
aut lilia fepulchrum tuum non ornent, qui
tot tricas & fpinas nobis fevifti. Nam quæ
tam clara caufla eft, quæ non aliqua lege, lege ? imo interpretatione (nam & has admifi-
mus) obfcuretur? Quæ tam improba, cui non
dent colorem ? Ars enim facta eft Cauffidici-
na, & perite captare aut capere laudem habet. Atqui opus eft, inquiunt, multitudine :
ut varii factorum eventuumque velut vultus
& fpecies difcernantur. Nam fi paucæ leges,
quid? an judici libera pleraque relinquentur?
feneftram five oftium ad iniquitatem pande-
mus? Non ego cenfeo: fed neque fic judicem
coërceri. Obfecro, quæ illa copia eft, quæ
omnia comprehendat, aut diftinguat ? Ipfum
Iuftinianeum jus vide : hîc deficit, & multa
ex fimilitudine, aut obfcuris ex eo argumentis, judicantur. Imo ubi copia, plus intricati
erit : & femper argutia aut calumnia in finu
aut receffu hujus illiufque legis latebit, & fe
defendet. An non videmus cottidie ? præter
jus illud Romanum, Statuta & Decreta opi-
datim, pagatim, populatim habemus : clau-
dimur undique, & velut obfidemur, à legibus :. at litium tamen copia, quanto non alio
ævo, & controverfiæ affiduæ fuper ipfo jure. aut querelæ. Pulcherrima Strabonis nota
eft, & vel aureis litteris fignanda : *Zaleucum*
illum Thuriis olim P A V C A S *&* S I M P L I-
C E S *leges dediffe, fed fecutos, alias per fubtilita-*
tem & nimiam curam addidiffe : ex quo factum
fit, ut celebres magis quam boni redderentur. Additque dogma quantivis pretii. Εὐτομῶϑαι
γὰς , ὁ τὺς ἰν τοῖς νόμοις ἄπαιΤ φυλαττομίνυς ὶὰ-
τὼν

N

τῶν ζυπορετῶν , ἀλλὰ ἴσς ἐμμθνευξς τοῖς ἁπλῶς κειμλνοις ὰ
*Bonn enim uti legibus , non qui omnes iis fycophan-
tias aut calumnias cavent & excludunt , fed qui*
SIMPLICITER LATIS *firmiter inhærent* , O-
raculum eſt, oraculum. non multæ leges bonos mores, bonum jus faciunt: fed paucæ. fideliter fervatæ.Atqui interveniunt calumniæ.
Quid igitur ? quo fine judex ? quo fine Princeps eſt ? ille vir bonus , & os Iuſtitiæ ; iſte
potens , & viva ipſa lex. an non verbo uno
decidet? Et da; quod alibi male : quid magni
mali eſt ? primum in re obſcura , & in qua
haud valde interſit , Titius an Sejus vincat.
Deinde (vera dicam) in re parva ; in agello,
in prædiolo, in pecuniola; habeat, cui judex
donat. Abſit tantum aperta iniquitas : neque
aliter in maxima orbis parte hodie vivunt.
Alterum in Platone,de Moribus malis, palam
verum. Improbitas huic Cauſſidicinæ adhæret : excipio femper eos, qui ex dignitate &
veritate jus habent.Ecce, ubi lites,nonne diſcordia : nonne odia deinde, injuriæ , & fæpe
cædes? Platonem iterum advoco : Οὐκ ἄν ἐν
ποτε πολ ζ φίλοι, ὅπε πολλαὶ μὴ δίκαι ἐν ἀλλήλοις ἴεν , ἀλλ᾿
ὅπε ὡς ἔτι ζμικρόξς καὶ ὀλίγιςι : *Non fuerint concordes
unquam aut inter amantes cives , ubi mutua multa lites judiciales funt , fed ubi ea* BREVIS-
SIMÆ, ET PAVCISSIMÆ. Nota
hæc ultima : vult non Paucas folum lites, fed
Breves. Ego tecum : nunc ubi fumus? una a-
liqua lis Metonis annum tenet. Fit involucris
legum,fit fordibus advocantium : & comper-
endinationes iſtæ ad quæſtum & lucellum
eunt.Per Symplegadas,navigatur ad Colchos
& aureum vellus. Quid jam in ipſis litigan-
tibus ? pervicacia eſt,& fæpe impoſtura , aut
improbitas : *neque enim bona Confcientia* (ait fci-
te

te Celſus) *ſed Victoria, litigantis eſt præmium.*
Enimvero nec publice ſic expedit. nam quanta pars hominum in iſtis dedita ? in ſcholis, in
foris , in curiis : & pulchrius meliuſque ſit ,
in agricultura, in mercatu, in militia, & quæ
majoribus noſtris ſtudia fuere. Vt concludam
(& ſatis fucos irritavi) Princeps lites minuat,
Princeps & leges minuat, pro meo ſenſu. Vt
imputata vitis late ſe ſpargit , & infructuoſa
eſt : ſic Ius profecto illud vetus , & labru-
ſcas jam pro uvis gignit. *Iuſtinianus* ipſe olim
reformavit , & novavit ; ante eum *Theodo-*
ſius ; poſt utrumque *Carolus Magnus* , & tum
Fridericus , Imperatores ; denique in Hiſpania rex *Alfonſus.* Quid ? Principibus hodie
potentibus & magnis, non idem jus ſit ? habent , ſumant. His monitis robur ab exem-
.plis etiam demus.

    I. C. IVL. *Cæſar deſtinabat (* ait Suetonius)
Jus Civile ad certum modum redigere , atque ex
immenſa diffuſaque legum copia , OPTIMA *quæ-*
que & NECESSARIA *in paucißimos conferre li-*
bros. Fata inviderunt.

    I I. VESPASIANVS , poſt bella ci-
vilia cum *litium ſeries ubique majorem in modum*
excreviſſent (iterum Suetonius) *ipſe forte elegit ,*
qui judicia , quibus peragendis vix ſuffectura liti-
gatorum ætas videbatur , EXTRA ORDI-
NEM *dijudicarent, redigerentque ad* BREVIS-
SIMVM *numerum.*

    I I I. Et vero extra ordinem ſic eligi , ubi
reformatione opus, utile: ſecitq; IVSTINVS
Curopalates Imperator Byzantii. Cum enim
ipſe morbido corpore eſſet, ac raro jus diceret; injuria & lites creverant, adeo ut pro
deſperata res pæne (Byzantii præſertim) videretur. Ecce adit eum quidam, & ingenium

ope-

operamque obtulit ad coërcendum ea lege;
ut ipſe Præſectus plena poteſtate in tempus
certum eſſet. Annuit Imperator, ſumit poteſtatis inſulas, & pro Tribunali ſedet. ac primo accuſatur ex compoſito apud 'eum unus
ex illuſtribus Senator. in Aula ipſa gratioſus:
accuſatur, ſpernit ſe ſiſtere, & contemptim ,
præter ipſum tribunal, in Aulam pergit. Pergit exemplo & Præſectus, videt Principem
in convivio, & ibidem hunc reum. Nihil de-
territus : *Imperator*, inquit , *juri dicendo Præſe-*
cturam à te habeo : & ab ipſo te auxilium & præ-
ſidium merito ſperabam. Nunc quid? vides his ocu-
lis homines palam injurios , & legum non fractores
ſolum. ſed ſpretores aut illuſores; in tua domo , gra-
tia, menſa eſſe. Itaque inſignia hæc tibi habe irri-
ta poteſtatis : ego abdico. Imperator mirari , &
excitari : *Tu vero* , inquit , *quod es eſto : & jus*
tuum vel in me , quidni meos? exerce. Duc ſi
peccavi, ſequor : duc ſiquis hic alius , & ſequetur,
aut trahetur. Præſectus jam animi erectibr,
oculos & manus in illum Senatorem conjicit, per apparitores renitentem etiam trahit :
atque in judicio convictum damnatumque ,
primum verberibus afficit, tum & grandi pecunia mulctat. Hic ictus , qui tam validum
illum concuſſerat, multos terruit : & in paucis diebus vim & vitam Iuſtitia recepit.

IV. Sed de iis, qui lites aut leges minue-
re voluerunt, C A R O L V S etiam *Nonus* in
Gallia nuper fuit. is prurigini ſiſtendæ, ve-
ctigal judiciarium excogitavit , *Vt quicumque*
litem ordiretur , deponeret & dependeret in fiſcum
Regium duos aureos , recipiendos ſi jure ligitaſſe ju-
dicatus eſſet: ſi aliter , omittendos. Sed non diuturnum id fuit : & leve etiam remedium in
grandia & vetera mala.

V. Se-

V. Severius , & fortaſſe utilius, illud IA-
COBI Aragonum regis, qui litibus & litigi-
oſis ſemper infenſum ſe præbuit:& ex iis *Se-
menum Radam* , inſignem & primarium ea æ-
tate Iuriſconſultum , quod ejus argutia aut
malitia multi ſe alflictos quererentur , Præ-
varicatoris lege poſtulatum , regni finibus
ejecit.

V I. Quid G A L E A C I V S Dux Medio-
lanenſium? cum aliquoties audiſſet vafro ingenio Cauſſidicum eſſe , qui lites ſerere , &
ſatas producere atque alere,etiam in liquido
jure poſſet: hominem ad ſe accitum affatur,
Debeo, inquit, *Piſtori meo centum aureos, non lubet ſolvere : tu ecquid tueri me in jure , & rem
protollere potes?* Annuit largiter , & Principi
prompte ſe dedit : ſed iſte ei malum. Nam
fraudis ſic confeſſum , verbis prius increpi-
tum, laqueo publice necari juſſit.

V I I. Heu , percutiunt hæc aures rabula-
rum! deſino : ſi MAHVMETANVM ſive *Turcicum* judiciorum morem , & in iis brevita-
tem , explicaro. Qui alium in jus vocat, ne
lictorem quidem aut publicum apparitorem
adhibet ad vadandum : ſed ipſe adverſarium
adit , & coram teſtibus *ad Dei Iuſtitiam* (ſic
loquuntur) vocat. Hic nec verbo refragari
auſit , ſed ſtatim una ad Iudicem ſive *Cadium*
ſuum eunt. Ille autem ſemper paratus , totum diem ante ædes , ſub tecto aliquo ſedet , & copiam ſui facit. Iſti, nullo advoca-
to aut cauſſidico , quiſque rem ſuam narrat :
teſtes, ſi eos habent,adhibent: judex, ibidem
re penſitata , in hanc aut illam partem decidit. Quod poſtea aliud alleges , aut q u
bes , nihil eſt : arbor ea cecidit, reici t
erigi ultra non poteſt.Quid?inquies.non inter-

dum

dum Iudices improbe, aut improbi? credo
effe: fed in rebus humanis nihil finceri eft,
& eligenda quæ minus noxæ habent.

C A P. XI.

DE IVSTITIA DIVINA:

Atque eam rebus intervenire.

PRincipi Iuftitiam commendavimus: fed
ut magis, difcat à Deo interdum afferi,
fiquis violat, aut contemnit. Exempla míra,
& fupra fidem videantur, fed fidis, aut certe
p rifcis, auctoribus fcripta.

I. *Friderico Ænobarbo* Imperatore, Antiftes
Moguntinus fuit H E N R I C V S, vir pius,
tranquillus, fuarum rerum: & ideo Romæ
accufatus ut ineptus five inutilis muneri,
quod gerebat. Acceffit *Arnoldus*, qui poftea
in locum ejus venit, & fertur ab ipfo Henrico miffus ad purgandum, igni oleum addidiffe; & purpuratorum quofdam patrum cor-
rupiffe, & in fe vertiffe. Eo ventum, ut Car-
dinales duo Moguntiam miffi, de cauffa quæ-
fiverint, Henricum damnarint, abdicarint. Ar-
noldum illum fubrogarint. Henricus patien-
ter id ferens, hactenus queftus eft, ut diceret:
Injufte judicaftis: appello igitur ad IESVM CHRI-
STVM, *æquiffimum judicem. ibi me refponfurum
exhibeo, venite.* Illi joco eludentes: *cum præ-
cefferis, nos fequemur.* Profecto factum eft. nam
ille poft annum fere & dimidium fato conceffit: & rumore ad aures Cardinalium dela-
to, iterum illudentes, *Ecce præceffit,* inqui-
unt, fequemur. Secuti funt, & uno die u-
terque fubito obierunt. Addunt Annales de
genere mortis, quæ fileo: nec affenfum
huic

huic narrationi firmiter etiam dono.

I I. Firmius *Lumberto Schafnaburgenfi*, egregio, ut illa tempora tulerunt, fcriptori: qui narrat B V R C H A R D V M Epifcopum Halberftadienfem, iniquam diu litem cum *Abbate Herveldenfi* fovifle, fuper decimis Saxoniæ, quas Epifcopus monachis ereptum, fibi vindicatum manu magis, quam jure ibat. Neque fpes aut ratio erat valenti adverfario refiftendi: cum Abbas, paucis ante mortem diebus, Comitem Palatinum *Fridericum* ad fe vocat, & extrema hæc mandata ferre Antiftiti rogat: *Se quidem lite imparem, lege meliorem, cedere: atque etiam vita cedere. fed Deum judicem futurum, ad quem appellaret. Pararent igitur fe ambo, ut cauffam in Tribunali dicerent, ubi gratia & potentia fpretis, fola Iuftitia poffet polleretque.* Neque diu poft Abbas ipfe febri obiit, ftatimque Antiftes, cum equum confcendere vellet, ut fulmine ictus, concidit: defiitque in vocibus, *Abripi fe ad divinum tribunal, ibi judicandum* Hæc mira quamquam, fidem merentur à tradentibus, & ex ufu etiam vitæ eft credi.

I I I. Certiffimum vero habetur, quod CLEMENTI *Quinto* Pontifici Maximo evênit. qui cum *Templarios*, cœtum religiofum, & diu bonum atque utilem, Viennæ in Concilio damnaflet, & in fodales ferro atque igne paffim vel animadvertiflet, vel (ut alii, fævijflet: à pluribus eorum citatus ad Tribunal fuperum, paullo plus anno poft obiit, quafi ad vadimonium obeundum à fupremo Prætore arceffitus.

I V. Sub idem tempus (quod admirationem auget) in eadem cauffa PHILIPPVS rex Galliæ: cui bono damnationes illæ fuifle

N 4 pu-

putabantur, opibus ad eum tranflatis & con-
fifcatis. Si à cafu, miremur : fi à Deo, ve-
reamur.

V. At res etiam nota, & cognomine pro-
dita in FERDINANDO *Quarto* Hifpaniæ rege, ipfo illo ævo, fi non anno. Bello & pace
bonus habebatur, fed in judicando præceps
aut rigidus, & ad fævitiam inclinare videbatur. Fuit ut *Carvajahi* duo fratres *Petrus* &
Ioannes, fufpecti effent in occulta cæde *Bena-
vidii*, primarii viri inter nobiles. Sed fufpecti : neque teftibus, aut aliis probationibus
convicti, neque crimen fane, vel in vinculis, faffi. Tamen, ut rex erat, duci eos jubet,
& de rupe alta præcipites dari. Cum id fit,
clamant & vociferantur. *Innocentes fe mori: &
quoniam regis aures juftiffima defenfioni obftructæ
effent, fefe igitur ad fummum Iudicem provocare,
& regi diem dicere, ab ifto (qui fibi ultimus effet)
trigefimum.* Dicta nihil valuerunt, fententia
tenuit : etiam ipforum vadatio, nec tempore
nec die fallax. Nam cum rex, animi fecurus,
Alcaudetem in caftra abiiffet, contra Mauros :
ibi morbo ftatim tentatus, fed leve, *Gienni-
um* fe contulit : atque ecce VII Idus Septem-
bris, id eft, ipfo trigefimo à fupplicio die, in
lecto exanimatus repertus eft, in ipfo ætatis
flore, annos natus XXIIII, menfes novem.
Quis neget divinum, aut Geniale aliquid,
hîc interveniffe, fed fupremo Numine con-
fcifcente?

Difcite Iuftitiam moniti, & non temnere divos.

.

CAP. XII.

DE CLEMENTIA:

Eam quoque Principi decoram utilemque esse.

DEcet sane magnos animos & fortunam
lenitas & , quod notes , non nisi in eos
cadit. Barbari aut viles homines, ubi licentia
adest , plerumque sævi sunt : mites in ea &
moderati , ingenui sanguinis & stirpis. Sed
quid ? inquies: ad hanc ego Principes invito,
quæ adversa Iustitiæ , & solvere eam videtur ? Videtur : in re non facit. imo eumdem
utraque finem & scopum habet. Iustitia se-
veritate & metu emendat : Clementia benignitate & remissione. Illa pœnam , hæc veniam dat : sed cum judicio utraque , & ubi
debet ; & addam , à quo debet. Non enim
quorumvis est Clementia : sed eorum qui in
suprema potestate constituti sunt , & tempe-
rare aut flectere ex usu aliquo leges possunt.
Est, ut verbo dicam, Principum. Itaque de-
finitur à Seneca, *Clementia , lenitas superioris in
inferiorem, in constituendu pœnis.* Ais, *constituendu ?* in parte verum est : sed adde & partem
alteram, *in remittendu.* nam & Clementia hoc
solet. Sed est *superioris : & nihil pulchrius,* ait
idem Sophus, *in fastigio collocatis , quam multa-
rum rerum veniam dare , nullius petere.* Quarum
autem rerum ? nec enim omnium , & multas
lex adstringit non resolvendas: sed earum fere, quæ Principem ipsum tangunt, ut sunt Injuriæ, Calumniæ, Violentia: & quæ alia me-
ritam pœnam habeant, sed contentus potestate , remittit & donat. Cogitat publicum se
parentem esse , ut autem privati isti parentes

li-

liberos peccantes ſæpe caſtigant, interdum
virgas modo oſtendunt, & metum incutiunt
pro pœna ; ſic ille facit, & faciendo ſic e-
mendat. Mirum enim & varium ingenium
hominum. quoſdam benignitas, & ex ea reverentia, quoſdam ſeveritas, & ex ea terror,
meliores faciunt: Princeps utitur omnibus,
ad dictum hunc uſum. Eſt & communiter illud dogma veriſſimum : *Verecundiam peccandi
facit ipſa clementia regentis* : & in domo mea
ac familia ſum expertus. Plura ſuper hac
Virtute liceat : ſed pudor ſit poſt Senecam,
cujus aurei libelli duo, & Principibus merito legendi, ſatis eam revelant. Nos Exempla
pro more, demus: & quam multa ea ſunt ?
& nemo magnus laudatuſq; Princeps ſine iſtis.

1. Sed agmen ducat divinus ille dux M O-
S E S. Qui cum populum ex Ægypto cæleſti
voce & monito, claris miraculis adſtipulan-
tibus, eduxiſſet : iſti tamen idemtidem ingrati, refractarii, rebelles erant. Nunc carnem,
nunc panem aut aquam petebant : & ita petebant, ut voces protervas, & pæne lapides
ac manus in illum mitterent : ſed tamen illa,
& veniam etiam dedit. Nec vulgum modo
procacem habuit: etiam proceres, etiam pro-
ximos. & ecce *Aaron* frater, & ſoror *Maria*,
in mitiſſimum virum inſurrexere: qua cauſſa?
privata, & levi, quod Æthiopiſſam quæ animo ejus collibita eſſet, uxorem duxiſſet. *An
huic ſoli,* inquiebant, *Dominus locutus eſt? nonne
& nos cæleſtem vocem auribus his accepimus ?* Et
jam ſe Moſi non opponebant ſolum, ſed æ-
quabant : cum Deus pro *viro mitiſſimo ſuper
omnes homines* (ita Scriptura appellat) iratus
eſt, & Mariam vitiligine ac lepra ſubito
percuſſit. Quæ ſic cum fratre ad ſanitatem
men-

mentis reversa, ad Mosem respexerunt, ille
ad Deum : & post septem dies, precibus e-
jus sincera puraque à morbo apparuit. Quid
plures seditiones enumerem? fuêre enim
plures : sed Moses ille semper in mansuetudi-
ne constans, usque eo amans & ignoscens
suorum, ut Dei iram vel, hac voce sedaret,
Dele me, inquit, *de libro vita, potius quam ut
bos tollas*. O vere divine vir ! nonnisi ab æthe-
reo Spiritu hic spiritus : & venerari magis
in hac parte te fas ; quam imitari.

II. Tamen & D A V I D imitatus est: quis!
ille quoque Deo & cælo plenus. qui, cum
Absalomus filius fratrem *Ammonem* proterve
in convivio interfecisset, & triennio apud a-
vum maternum in Syria exsulasset, fractus
& misertus revocavit. Quid tamen ? Ille à
scelere ad scelus majus, quasi gradu facto,
properat, & regno patrem pellit : vita quoque, si potuisset. David arma necessaria capit,
Ioabum Præfectum militiæ cum dilectis viris
in illum mittit, sed cum mandato, *Servate mihi puerum Absalomum*. Adeo nec in iram, nec
in vindictam exarserat; ut tunc quoque, cum
ambiguo eventu arma caperet, solicitus de
venia magis, quam de victoria esset. At Deus
pro illo exarsit & vindicavit, & filius non filius interfectus est : scis quam invito & do-
lente ? Luctus ejus in publico, & istæ voces:
Fili mi Absalome, *Absalome fili mi ! quis mihi
tribuat, ut ego moriar pro te Absalome fili mi , fili mi Absalome?* Proh superi ! ubi Orientales
vos Reges, & hodie Turcici estis, qui patres, liberos, fratres interficitis, prompti li-
bentesque pro regno? iste nec insidiatorem
sceptri & vitæ, vita vult exutum: & exutum
veris lacrimis luget.

III

III. Exempla hæc pæne supra hominem :
at noftræ fortis PERICLES fuit. qui morti
jam vicinus, & fpiritu ac vita abeunte, cum
amicos affidentes queri & lamentari audiret, atque alium prudentiam, eloquentiam,
victorias, alium alia laudare : ille modice
erecto capite, *Et quid hoc eft*, inquit, *aut par-*
va aut fortuita laudatis: at illud maximum omit-
titis, quod nemo mea opera pullam veftem fumpfe-
rit. Mirum judicium ! hoc vir ille magnus in
fummis fuis laudibus ponebat, quod comis
in omnes & humanus, numquam acerbita-
tem aut vindictam exercuiffet. Macte Pericles ! vel hoc nomine cognomen *Olympii* me-
ruifti : qui fic extra iftos turbidos affectus, ut
nulla non dicam crudelitas, fed afperitas,
mentem tuam obnubilarit.

IV. PHILIPPVS Macedo, non major A-
lexandro : fed fortaffe melior, & certe mo-
deratior : is, inquam, Philippus famam &
immortalitatem vel fola hac virtute meruit.
Amici ftomachantur & deferebant, quod Pe-
loponefi tot beneficiis affecti, criminaren-
tur eum, atque adeo ludis Olympicis exfi-
bilarent : ille in jocum rem vertit, & *Quid*
*ergo,*inquit, *facient,fi læfi a nobis fuerint ?*
Idem, fuadentibus, ut feverius paullo cum
Athenienfibus ageret palam ingratis : *Nihil*
agitis, inquit : *an ego qui ad gloriam omnia refe-*
ro,theatrum gloriæ meæ evertam ? Sciebat Athenienfes ingenio & ftilo valere ; eoque (etfi
alibi humaniffimus) hîc magis effe voluit,
ut hanc quoque materiem & amandi & præ-
dicandi præberet.   At illud in hoc ipfo
incredibilis non clementiæ, fed & patientiæ.
quod cum iidem Athenienfes legatos fuper
aliqua re ad eum mififfent, atque ipfe benigne

nigne audiſſet atque indulſiſſet ; dimittens,
pro cumulo adjecit, *Ecqua alia in re gratificari*
iis poſſet ? Hîc Demochares è legatis,*Ita vero,*
inquit , *ſi te ipſe ſuſpenderis.* Hem , vocem &
convicium importunum , & ut rem dicam,
flagro aut cruce dignum ! Itaque amici &
aditantes exarſerant : ſed compeſcuit ſe &
illos Philippus, ac Therſitem illum nulla vel
re, vel voce acerbiore , læſum dimiſit. Tantum hoc ad legatos alios , *Nunciate Athe-*
nienſibus , impotentiores eſſe qui iſta dicunt , quam
qui dicta comiter audiunt.

V. Ad Romanos flecto. inter quos M.
MARCELLVS qui Syracuſas cepit , jamtum
cum cepit , clementiſſimi animi ſigna , in
medio furore Martis, miſit. Parci civibus, quà
potuit , juſſit : edicto, Nequis liberum corpus, manu, ferro. ſtupro violaret, ſervitia modo & pecuniæ prædæ eſſent. Sed vel ſic cum
multa ſævitiæ aut libidinis exempla editum
iri videret , ut in urbe per vim capta , con-
ſcendiſſe editum locum dicitur , & ſubjecta
ea oculis, caſum ejus , paullo ante ſic floren-
tis , humentibus illis defleviſſe. Privatim
etiam cum de *Archimede* ejuſque ingenio audiſſet , & vidiſſet ; mandavit incolumem ſer-
vari, & curæ hoc omnes haberent. Nõ mirum
in rudi adhuc ævo, & Romanis ad artes iſtas
parum factis ? Sed mandavit, etſi fruſtra, nam
miles diſcurrens, cum Archimedem repperiſ-
ſet in pulvere figuras deſcribentem , & tota
mente illuc verſa ignarum publici fati, interrogat gladio ſuper caput intento, *Quis tu?* Ille
nihil, niſi pulverem ſuum manibus tegens. &
Ore ne turba,inquit. Ita miles indignatus, & cõ-
temni ratus, occidit. Hæc in Sicilia. & victoria: poſt ipſam iſta. Siculi parũ grati, & ab ini-
micis

micis ejus impulfi , queftum ad Senatum fuper eo venerunt , fcilicet alienas etiam injurias adfcripturi. Confultum erat , & collega *Valerius Lævinus* forte in Senatu non erat.
Itaque facile ei turbare aut difturbare rem
& homines , & irritos illufofque dimittere.
Non fecit, & audiri voluit , fed cum collega
adveniffet : fedit in fubfelliis inferioribus ,
& finita accufatione, cum Senatus illos facef-
fere juberet; ille vero retinendos cenfuit , &
ut fuæ quoque defenfioni, non ut partes, fed
velut judices intereffent. Quo abfoluta exef-
fit curia , ut liberius fententiæ dicerentur :
fed quid ejus opus ? clara ejus innocentia , iftorum impudentia omnibus , atque etiam ipfis
fuit. Nam ftatim è partibus in fautores fe
transferunt , fiunt fupplices , atque adeo Patronum illum Siciliæ adoptant : & fufcepit ,
tam bona fide , ut præfentium oblitus , aliis
fuper alia beneficiis exornaret.

VI. M. etiam BIBVLVS , etfi fortuna
parum attollente aut profpera femper ufus ,
tamen virtute , & hac animi clementia , ex-
celluit. Duos filios præftantiffimæ indolis ,
cum in Syria Proconful ipfe ageret , Gabini-
ani milites in Ægypto per fævitiam , an proterviam, interfecerant. Eos *Cleopatra* regina ,
iram juftam magnatis viri verita , compre-
henfos ad ipfum mifit , arbitrio fcilicet ejus
puniendos : at ille, etfi in recenti dolore, patrem, & aliquis dixerit, hominem exuit , ut
humanitatem retineret. ac fepofita omni ultione, eofdem ad Cleopatram intactos remifit, vindicare potuiffe contentus.

VII. Quem autem *Bibulo* adjungam ? veterem collegam , IVLIVM CÆSAREM : in
omni quidem vita & propofito hoftes ,

fed

fed in hac virtute geminos , nifi quod copia
vincit , qui omnes vicit. Ecce jam adolefcens, in freto illo ævi , quam fuftinuit fe &
moderatus eft ? Captus à piratis , juraverat
fæpius, fe cruci omnes fuffixurum , fi in poteftatem redegiffet. Redegit, fed tamen æftuat.
Homines crucifigat ? crudele erat. Remittat?
religio adftringebat. In hac pugna naturæ &
fidei ; clementia viam repperit : & jugula-
ri prius juffit , deinde fuffigi. Item fub hoc
ævi, *Cornelius Phagita* quidam fuit , ex affeclis
& emiffariis Sullæ , homo nequam & ad bonorum cædem aut pericula factus. Is latitan-
tem in civili diffidio *Cæfarem*, tanquam Maria-
narum partium acriter & fagaciter indaga-
rat , & fubinde mutantem latebras ægre ,
pretio [*duorum talentorum*] accepto, dimiferat :
huic tamen in mutatione temporum , cum
poffet, fortaffe & deberet, nocere numquam
fuftinuit. plane quafi poft nimbum & tem-
peftates, non Æolo non Auftro ultra offenfus.
Ifta privatus aut impotens fecit : quid in imperiis ? mitior feipfo illo privato. Initio bellorum civilum , cum quæri terror & adhiberi confilio folet , ad reprimendum aut redu-
cendum : ipfe diverfiffima via veniam , libertatem, vitam omnibus non dabat folum , fed
ultro offerebat. *Corfinii* quid evenerit, dignum
memorari. Tenebat hoc opidum *L. Domitius*,
vetus & acer ejus inimicus , cum cohorti-
bus triginta. Inerant Senatores plurimi ,
equites Romani , & flos aut robur Pompe-
janarum partium. Ipfe obfedit : milites vim
non exfpectarunt , fed inclinatis in Cæfarem
animis , tranfire ad illum , dedere duces &
opidum parant : & jam colloquia erant.
Domitius fibi prætimens , & ex confcientia
dif-

diffidens, vitam ponere fuo, quam Cæfaris, arbitrio (heu, quam ignarus ejus animi ?) elegit. Itaque fervum medicum advocat, jubet venenum fibi dari. *Quid deliberas?* inquit : *dominus rogo. & armatus rogo.* Servus quafi paruit, fed aftu facinus difcuffit. nam foporem ei temperat pro veneno, & filio mox indicavit. Prævidebat fcilicet futurum, ut hominem pœniteret præcipitis confilii, maxime fi fpes veniæ à Cæfare effet. Atque ea ftatim affulfit. Nam ille vir omnes honeftiores ad fe in caftra vocavit, benigne affatus eft, ad pacem & pacata confilia hortatus, dimifit cum rebus incolumes : & quo ? ftultitiam rideat aliquis : plerofque iterum ad Pompejum. Sed hæc illorum, non Cæfaris culpa. Domitius interea cum audiffet, atque experrectus effet, torqueri & angi de veneno . donec famulus metum difcuffit, rem aperuit. atque ille quoque rectà ad Cæfarem, vitam, libertatem, pecuniam recepit.

Eodem bello, in Hifpania ad Ilerdam, cum hoftes ad pacis neceffitatem adegiffet, & jam conditiones ferrentur, milites fermones & convivia mifcerent, & ex binis caftris una facta effent : en *Petrejus & Afranius*, Pompejani duces, fubita pœnitentia, an perfidia, arma capiunt, Iulianos invadunt, occidunt : ipfe, cum facinus reponere poffet, & Pompejanos detinere vel item occidere, illorum diffimilis, fui fimilis, fumma diligentia conquiri omnes juffit, & remitti. In ipfa acie Pharfalica, medio ardore pugnæ, ita vincere voluit, ut perdere timuerit ; & vox ejus obequitantis paffim excepta, *Parce civibus.* Atqui non fecit, inquies. Imo ille fide optima : nifi in acie, nifi refiftens, nemo occifus eft : & fer-

& servare promptior, quam illi servari. O in-
auditam, nec nisi cælestem, clementiam! è
tanto numero, tam pertinacium adversario-
rum, non nisi tres (*L. Afranius, Faustus Sulla,
L. Cæsar*) interfecti post aciem, ejus jussu sive
permissu reperiuntur: atque ii sævi & crude-
les in eum, & venia, quam ante impetraverant, iterata rebellione, corrupta. Omnibus
etiam suæ partis nominatim unum, quem
vellent, servare & excipere ex hostibus con-
cessit : denique tandem uno Edicto, etiam
quibus nondum ignoverat; redire in Italiam,
ad opes, honores, imperia, permisit. In ipsius
Pompeii morte, qui alieno scelere & invidia
ceciderat, tantum à gaudio aut insultatione
absuit, ut lacrimas non tenuerit: & aversa-
tus homicidas, bello etiam mox persecu-
tus sit, & cæde ac sanguine manibus illius
parentarit. Quin & memoriam statuasque
ejus, disjectas à plebe, restitui jussit: caville-
mur aut interpretemur, ut volumus, magno
animo, & (ut ego censeo) vere miti & clementi. Verba ejus ex epistola quadam ad
Oppium & *Balbum* notavi & amavi, ista : *Gaudeo me hercules, vos significare litteris, quam valde probetis ea que apud Corfinium sunt gesta. Consilio vestro utar libenter, & hoc libentius, quod mea
sponte facere constitueram, ut quam lenissimum
me præberem, & Pompejum darem operam ut
reconciliarem. Tentemus hoc modo, si possumus,
omnium voluntates recuperare, & diuturna victoria uti. Hæc nova sit ratio vincendi, ut misericordia
& liberalitate nos muniamus.* Ex pectore sunt
ista verba ; & familiariter apud homines fa-
miliarissimos prolata. Ego te Cæsar, ob alia
tua & caussas belli, non nimis amo : in ipso
bello, & ob hanc clementiam, inter heroas nu-

O   mero,

mero,& meo calculo,hac quidem re DIVVS esto.

VIII. Aliquid ab hac ſtirpe aut multum traxit OCTAVIANVS CÆSAR , adoptione filius , ſanguine ejus nepos. Is in republica varium clementiæ ſpecimen dedit , adeo ut in theatro cum recitaretur. *O dominum æqum & bonum ?* univerſi oculos ad ipſum reſerrent, & voce geſtuque comprobarent. Sed in privata etiam vita (ubi natura maxime apparet , nec gloriam aut ſermonem ſibi proponit; præbuit inſignita exempla. Vt in *Diomede* ſervo ſuo diſpenſatore. qui , cum una ambularent , & repente ſerus aper in eos incurreret ; ipſe dominum objiciens , manibuſque propellens, poſt eum latuit. Atque Auguſtus quidem fato, aut animo ſuo, ſervatus eſt; ſed & hunc nihil læſit , timori potius factum, quam noxæ adſcribens. Idem cum in Hiſpania *Corocotta* quidam famoſus latro eſſet , & paci publicæ ac privatæ diu infeſtus , præmium propoſuit, ſiquis hominem vivum adduxiſſet , *decies ſeſtertium* [xxv M. Philippiûm.] At ille, ſpe evadendi aut latendi abſciſſa, magno animo ad Cæſarem ultro venit : & *Quæſitus tibi Corocotta* , inquit, *ecce adſum : facies, quod voles, huic capiti.* Cæſar ira omni depoſita , & memoria tot facinorum, non ſolum ignovit ei, ſed & præmium promiſſum (quia Corocotta Corocottam ſtiterat) appendit. Sed ſuperat priora, hoc de *M. Bruto:* cujus ſtatua ærea, adſabre facta, Mediolani erat : credo , monumentum virtutis & modeſtiæ, qua Galliæ illi Ciſalpinæ. ſub Cæſare , præfuerat. Hanc, diu poſt, tranſiens Auguſtus conſpexit, & repreſſo gradu ſubſtitit : vocavitque cum omnibus ad ſe magiſtratus, quaſi in re

gravi a

gravi : & cum veniſſent , *Quid vos*, inquit,
inimici noſtri eſtis ? & hoſtes meos apud vos habe-
tis ? Illi timidi , nec gnari quo accuſatio ſpe-
ctaret, negare, & mutuo ſeſe intueri. Cæſar
iterum , oſtenſa ſtatua : *Nonne hic ille eſt meus*
hoſtis ? Tum vero illi ſerio trepidare, & muſ-
ſitare: at Cæſar arridens , laudare etiam eos
benigno vultu & verbis cœpit , quod judicium aut animum cum fortuna non muta-
rent : & ut talis viri ſtatua maneret , porro
præcepit. Duplex clementia. & in defunctum Brutum, cujus memoriam honorat : &
in Mediolanenſes , qui rigide interpretanti-
bus deliquiſſe in majeſtatem Principis videbantur.

IX. An dignus eſt, qui inter hæc nomina
locum habeat NERO CÆSAR ? monſtrum
crudele, tætrum , ſed una voce meritum cle-
mentiſſimis accenſeri. Initio imperii , cum
duo milites deliquiſſent, & morte puniendi
viderentur; *Burrhus* Præfectus Prætorio, chartam de morte ad Imperatorem tulit , ut is
ſubſcriberet & mortem, & cauſſam. *Nero* al-
latam aliquoties rejecit & diſtulit : tandem
cum repeteret & inſtaret *Burrhus* , nec ultra
eſſet effugium, triſtis accepit. & cum hac voce : *Quam vellem neſcire litteras* ! O dictum
magnæ , utinam diuturnæ , lenitatis ! O dictum , quod laudes magni *Seneca* illius meruit , & libros de *Clementia* expreſſit! Ame-
mus laudemuſque, vel hoc nomine.

X. Diverſi ab iſto uterque VESPASIA-

splendidissime maritavit, dotavit etiam &
instruxit. Atque idem, cum sub *Nerone* inter-
dicta ei aula esset, trepidusque abiret; accurrit quidam ex Admissionalibus, qui aspere
eum compellans, & simul expellens, *abire*
Morboviam jussit. Hunc postea, & jam Princeps, vitæ suæ anxium & deprecantem, non
nisi joco aspersit, & pariter *abire Morboviam*
totidem verbis jussit. Denique communiter
hoc de illo Tranquillus : *Neque cæde cujus-*
quam unquam lætatus est , justis suppliciis illacri-
mavit etiam & ingemuit.

XI. At filius TITVS, amor & deliciæ
generis humani, nil nisi bonitas & lenitas.
Pontificatum maximum ideo se capere professus est, ut in summo sacerdotio, puras à
sanguine manus servaret : & re præstitit. *nec*
auctor posthac (verba Suetonii) *cujusquam necis,*
vel conscius, quamvis interdum ulciscendi caussa
non deesset, sed PERITVRVM SE POTIVS,
QVAM PERDITVRVM *adjurans.*
Duos patricii generis , convictos in affecta-
tione Imperii, satis habuit verbis monere,
ut desisterent. Principatus fato dari : a se siquid
aliud vellent, peterent impetrarentque. Et statim
etiam ad alterius matrem, quæ procul agebat, ne tristiore nuntio percelleretur, curso-
res suos ut sit, qui & periculum filii nuntia-
rent, & salutem. Fratrem *Domitianum* ex pro-
fesso insidiantem, & exercitus in eum solici-
tantem, nulla re læsit aut minuit : imo precibus sæpe egit, mutuo in se animo esse vellet,
& consortem successoremque imperii nihilo
cius semper nominavit. Non fregit improbum. veneno ejus paullo post periit, cum
publico generis humani damno.

XII. CAROLVS vero MAGNVS
inter

inter noſtros (nam ad propiora veniendum
eſt) gloriam & gratiam hac quoque virtute collegit. *Pipinus* ejus filius in patrem con-
juraverat, res clara erat, ignovit : fecit iterum, ignovit : at ne tertium tamen tam lu-
brica mens laberetur, adſtringendum religione cenſuit, & monachum eum fecit. Duplici beneficio, & veniæ, & viæ ad melius regnum oſtenſæ. Peccavit in eum & filia, ſed
ridicula narratio eſt, tamen expromenda. Erat
Eginhartus in aula *Carolo* ab Epiſtolis, vir, ut
illo ævo, doctus & prudens, ſed non in Amorem. Concepit eum in Domini ſui filiam, etſi
impar erat, & ipſa viciſſim arſit. Reſtrinxe-
runt, ut ſolent amantes, furtiva ſui copia &
congreſſu, qui aliquamdiu latuit : donec hie-
mante quadam nocte, cum in ſecretiore cu-
biculo *Eginhartus* fuiſſet, & ſub ipſam lucem exire vellet, videt multam nivem ce-
cidiſſe. Hæret, & timet ne à veſtigiis de-
prehendatur vir in gynæcæo fuiſſe. Conſilio
& aſtu ſubvenit amica, & illum in humeros ſublatum & pendentem, dulce onus,
aliquamdiu tulit. Ecce (ô ſortem iniquam
pariter, & æquam) videt hoc caſu *Carolus*,
& cum dolore ſuo & riſu ſimul utrumque
bene notat. Diſſimulat, die pleno conven-
tum Principum virorum habet, narrat joco-
ſum & fœdum factum : rogatque (ſed nomina tacuit) famulus qui ſic in dominum,
filia quæ in patrem peccaſſet, qua pœna digni
viderentur? Illi, *Mortis*, reſpondent. Tum igitur utrumque advocat, & coram ſe ſiſtit. *En*
inquit, *iſti ſunt qui peccarunt. Tu Eginharte, tu*
filia, qui auſi hoc eſtis? Nec negandi locus eſt : me
inſpectorem, accuſatorem, judicem, vindicem ha-
betis. Quid meruiſtis? iſti dixerunt, Mortem: ſed &

O 3　　　　　　ani-

animus vester vobis idem dicet. Tamen , *mitem tu*
Dominum, tu Patrem *videte : ignoscemus, hac lege*
quam dicam. Eginharte hanc tuam Latricem *uxo-*
rem ducei: concordes estote , & *mutuum deinceps*
quoque inter vos ferte. Dixerat , illi à summo
metu in summum gaudium translati , grates
agunt, gratulationes accipiunt : *Carolus* in gloria est, isti in fama.

X I I I. Nec nimis severum est, quod addam. CAZIMIRVS erat Dux Sendomirien-
sium, potens Princeps , idemque postea rex
Polonorum. Visum illi aliquando fuit tempus ludo fallere , & domesticum quemdam
suum, *Ioannem Conarium* Equitem , ad aleam
vocat. Ille paret, ludunt , alternat fortuna :
& tandem cum multa nox esset, atque inca-
luissent, placuit uno jactu de tota summa decidere. Is felix *Cazimiro* fuit : & pecuniam
totam ad se attraxit. Indignatus *Ioannes* , &
forti suæ iratus , per calorem Principem invadit , & fortiter os ejus depalmat. Clamor
& ira omnium , famulus Dominum , eques
hunc Principem ? Capitale erat : sed beneficio noctis elabitur , & mane tamen captus
reducitur, & *Cazimiro* sistitur puniendus. Ille
re bene considerata , in prudentem hunc ser-
monem erupit : *Amici, iste minus , quam ego,*
peccavit : imo quidquid peccatum est , est meum.
Calor & *subita ira (cui nec sapientes semper pa-*
res sunt) transversum eum egit , & *mentem ac*
manum movit : ego caussam cur præbui ? cur obli-
tus conditionis & *dignitatis meæ , quasi cum pari*
lusi ? Imo tu Ioannes, non veniam à me solum , sed
gratiam accipe. utili castigatione me docuisti , ne-
quid in posterum indignum Principe committam,
& *intra decoris ac gravitatis metas me sistam.*
Ita dixit, secitque. O clementiam , O patientiam,

tiam, ô prudentiam ! omnes hæ virtutes concurrunt, fed primas tamen prima, me judice,
ferat.

XIV. At in LVDOVICO *Duodecimo*, Galliæ rege, fpectabilis eadem virtus fuit Prefferat eum *Carolus Octavus*, rex, ut heredem
proximum : & qui doleret prolem, fibi non
effe. Ita prefferat, ut in cuftodiam etiam daret, & vitæ fuæ parum fecurus videretur :
plerifque procerum & vulgi pro præfenti
fortuna ftantibus, & adverfantibus, certe
averfantibus infelicem. Interea Deus in occulto alia deftinat: *Carolum* fubito tollit, hunc
ad regnum evehit : attonitis multis, & vultum fermonemque mutantibus, & ad gratiam novi regis fe acclinantibus. Erant enim
qui fuperbiebant, conftantes antea in ejus
cultu aut obfequio : è quibus unus magna fiducia ad eum accedit, & bonæ petit civis
cujufdam Aurelianenfis, qui trifti illo tempore inter acerrimos Ludovici hoftes fuerat.
Hîc rex, animo plane regio, effatur : *Tu vero
aliud a me pete, & meritis tuis gratia er.:. De
ifto, omitte : nam rex Gallia* (verba ejus funt)
non exfequitur injurias ducis Aurelianenfis. Optime. Dux enim antea, cum hoc titulo, fuerat : & fignificabat argute, dignitatem fe, atque etiam affectus cum ea mutaffe. Ille vero
eadem magnitudine animi (mater hæc femper Clementiæ) edixit publice : *Habiturum
fe eofdem confiliarios cum defuncto rege, miniftros,
ftipatores, eodemque honore & falario.* Deus bone, eofdem cum illo fic infefto, & iniquo ?
Fiducia virtutis hoc facit : & præftari fibi
fpondet, quæ fcit deberi.

X V. Tempora confundere liceat, fed re
eâdem. Quam enim geminum eft, quod olim

O 4   H A-

HADRIANVS Imperator cuidam, qui ante imperium inimicitias secum gesserat? Ille occurrit trepidus, & vix verba ad preces reperiens: cum statim Hadrianus: *Evasisti*, inquit. Benigne simul, & acute. *Perierat*, inquit, *si paret contendissemus: nunc superior omitto, & potentiam meam. non nisi beneficio. ostendo.*

XVI. Te autem ALPHONSE silebo? qui totus bonitas & beneficentia , *Titum* nobis , sed diuturnum, repræsentasti. Obsidebas Cajetam , pertinaciter in te rebellem. constabat obsessos inopia commeatuum premi : atque ipsi hoc sassi, senes, pueros, sœminas , & inutilem omnem turbam emittebant. Agitatum in consilio , ut rejicerentur & reprimerentur ; dedendam enim ita mox urbem. ille misertus, emitti eos maluit, & diutius assidere. Sed cum nec potitus ea esset, quidam ausi objicere, *Nisi tu illas emisisses, urbs jam tua fuisset* : ille constanter respondit , *At mihi pluris tot hominum incolumitas est , quam centum Cajeta.* Tamen nec ea diu defuit : & cives tam insigni virtute moniti & resipiscentes , ultro se ei tradiderunt. Simile in *Antonium Calderam* , potentissimum regni Neapolitani, & pervicacem hostem. Is prælio deinde magno victus , iterumque captus ; cum omnes suaderent de tollendo importuno homine, & Aragoniis semper infesto; unus restitit , atque adeo non vita solum , sed omnibus bonis redonavit. Quin & supellectilem atque instrumentum ejus, magnæ elegantiæ & pretii, quod in manibus habebat, totum uxori ejus dedit: unica modo patera cristallina sibi asservata Hæc facta viri , & consonæ item voces. Interrogatus, *Cur erga omnes, etiam malos , ita lenis esset?* Quia, inquit, *bonos justitia*

con-

conciliat, malos clementia. Iterum, cum de nimi
ejus lenitate quererentur miniſtri, nec decere Principem : *Quid ergo?* inquit, *vultu urſos ac
leones regnare? Nam hominum Clementia, belluarum
Feritas eſt propria.* Vera dixit. quo quis major,
& magis, ut ſic dicam, homo eſt ; hoc virtuti
huic pronior, quæ & *Humanitas* ideo eſt dicta.

CAP. XIII.

DE FIDE.

*Hanc quoque Principi convenientem, vel neceſ-
ſariam potius haberi.*

POſt Iuſtitiam & Clementiam , Fidem
commendamus : hanc quidem ex Iuſtitia
natam. Quid enim magis ea dictat, quam promiſſa præſtanda ? Et qui non facit , non ſolum injuſtum , ſed ignavum merito habea-
mus. Qui enim fallit & decipit, eo facit quia
potentiæ aut viribus minus fidit : conatur
igitur fidei ſpecie circumvenire, & hanc vili-
tati ſuæ prætendit , oſtentandam non ſervan-
dam. Turpe, & ſublimi omni animo indignum.
Imo & natura abhorremus. pueros vide.
Mendacium inter prima probra objiciunt; &
quamquam levitate quadam aſſumunt, tamen
judicii inſita rectitudine damnant. Admiranda Dei providentia , virtutes animo inferen-
tis , ſine quibus vita & ſocietas ſtare ægre
poſſit : quod in Iuſtitia, & Fide, palam videmus. Tolle iſtam, aut minue : raptus, cædes,
bella erunt : atque hæc , nullo fœdere aut
pace terminanda. Quid enim adſtringet? Cole
igitur , ô Princeps, *venerabile hoc Fidei numen,
qua dexteram ſuam , certiſſimum* SALVTIS
HVMANÆ PIGNVS *oſtentat.* Iunge

O 5   tuam,

tuam, si non dicam bonus, sed magnus &
felix esse exoptas. Hoc enim quoque ab eadem Providentia, quod callidi isti & impostores, quantumvis subtilibus consiliis, raro
aut numquam ad potentiam perveniunt: aut
si, in ea non sunt firmi. At aliter in candidis
ingenuisque mentibus, qui Deum, qui fidem
reverentur: hi crescunt, florent, & perseve-
rant cælesti favore prosequente & attollente. Q. Marcius hoc bene, apud Livium: FA-
VERE PIETATI FIDEIQVE *deos, per qua*
populus Romanus ad tantum fastigii venerit. Bene, & opportune ad Persem regem, qui spem
in alto & fallaciis ponebat, fœderum parum
constans. Vtilitas igitur fidem approbat: &
vel noxa à Perfidia possit deterrere. Nam, ut
sapientissime Homerus:

Οὐ μὲν σως ἅλιον πέλει ὅρκιον, αἷμά τι ἀρνῶν,
Σπονδαί τ' ἄκρητοι, καὶ δεξιαὶ, ᾗς ἐπέπιθμεν,
Εἴπερ γάρ τε καὶ αὐτίκ' ὀλύμπιος ἐκ ἐτέλεσσεν,
Ἔκ τε καὶ ὀψὲ τελεῖ· σύν τε μεγάλῳ ἀπέτισαν,
Σὺν σφῇσι κεφαλῇσι, γυναιξί τε, καὶ τεκέεσσι.

At non irritum erit jurandum, & fœdera pacta
Sanguine, nec dextra, quis credere suadebia-
mur.

Nam quamquam Deus haud pœnas in tempore
  sumit,
  At post sumet: & hi magno, mihi crede, re-
  pendent
Ipfi, atque uxores, & dulcia pignora, nati.

Audis vere vatem. semper mala Fides pœnas
statim aut postea, in violatoribus, aut sanguine eorum, luit. Et vis præsentis aliqua com-
modi specie adhærere? fuge: nam & Fama
sic te fugiet. & quisquis vel hanc amat, Fidem amet. Cujus multa vel testimonia sunt,
vel Exempla.

I. ÆGY.

I. ÆGYPTIIS quidem (& apud priscos illos multa præclara invenio) lex fuit, recitante Diodoro ; *Perjuri capite puniuntor, quia duplici scelere obstricti , & Pietatem in Deos violant , & Fidem inter homines tollunt* , MAXIMVM VINCVLVM SOCIETATIS. Recte de *Pietate*. quis enim perfidus, non & Dei numen,& advocatum nomen, spernit ?

II. AGESILAI Spartani regis factum & dictum subjungam. qui cum exercitum in Asiam trajecisset contra regem Persarum : *Tissaphernes* summus Satrapa , viribus imparem se videns, & celeritate præventum , sallere per speciem fidei quæsivit. Itaque de induciis cum Agesilao egit, adsimulans operam interea se daturum , ut Rex cum Spartanis componeret. Dedit *Agesilaus* trimestres. quas ipse quidem optima fide servavit : at alter copias cogere, loca munire, & bellum summa vi comparare. Quod ubi Laco sensit , & monitus est ; nihil moveri. imo multum in eo sibi profici dicebat , quod *Tissaphernes* suo perjurio & homines alienaret , & Deos redderet iratos. Vtrumque in se aliter esse. quod & milites fidentiores redderentur , Deorum ope fisi; & homines amiciores , qui iis fere studerent,quos conservare fidem viderent. Et res atque exitus ita fuit.

III. Ex eadem Græcia fuit ANDRONICVS quidam à *Demetrio* rege præfectus Tyro.Cum autem *Demetrius* gravi prælio victus à *Ptolomæo* esset ; iste loca & regiones passim invadebat atque occupabat , destitutas scilicet omni spe auxilii. In aliorum ignavia aut perfidia , constans mansit. *Andronicus* , & adventanti Ptolomæo, atque invitanti , fortiter restitit : donec à militibus , seditione mota,

deserdefertus & urbe ejectus est. Venitque in Ptolomæi manus. qui nihil ut in hostem & pertinacem fecit, sed fidem illam ipsam admiratus, quam oderat, donis cumulavit, & in cohortem amicorum transcripsit.

IV. Apud Romanos plura & fortiora exempla. Primum communiter in ipso SENATV, aut POPVLO. veluti, obsidione urbis à Porsena, cum jam pax coisset, & datis utriusque sexus obsidibus firmata esset: virgines, duce *Clœlia*, transmisso Tiberi, hostibus se eripuerunt, & Romanis suis restituerunt. Poterat excusatio esse, & qui in custodia habentur, fallere posse custodes: sed noluit Senatus, & bona ac vere prisca fide censuit obsides remittendos. Iterum. *Faliscorum* civitas aliquoties rebellis, dedere se tandem *Q. Lutatio* Consuli coacta est. in quam cum lævire populus Romanus cuperet, & asperius consulere; doctus à *Papiria*, Faliscos non potestati, sed fidei se Romanæ commisisse; statim destitit, & verbali religione motus, iram omnemque impetumque deposuit. Quam longe illi à cavillis, quos mala calliditas semper repperit? Romani etiam CONSVLES, bello Punico primo, speciose hac fide se ostentarunt. Victa erat circa Siciliam magna Punica classis, fractique duces consilia pacis agitabant. Sed ex iis *Amilcar*, negabat ire se ad Romanos, ne eodem exemplo sibi catenæ injicerentur, quo ab ipsis *Cornelio Afine* Consuli fuissent nuper injectæ. Sed *Hanno* melior Romani ingenii morisque æstimator, dixit fidenter se iturum, & ivit. Verba fecit, & facienti Tribunus militum qui circa Tribunal adstabat dixit, *Nonne tibi merito evenias, quod Cornelio factum?* Consules statim

tim Tribuno tacere juſſo, *Iſto te.*inquiunt, *metu Hanno fides civitatis noſtra liberat.* Verba gravia, verba veracia : & quanta gloria,nec ſpeciem violandæ fidei dare voluiſſe ?

V. Quod & P. SCIPIO *Africanus* fecit. qui cápta nave Carthaginienſium,in qua multi illuſtreſque viri vehebantur ; illi ad effugium commenti ſubito ſunt, Legatos ſe ad eum veniſſe. Apparebat mendacium, & argui poterat : ſed magno Romanoque animo maluit decipi fidem ſuam, quam accuſari. Idem. Carthagine jam obſeſſa, cum feſſi malis legatos pro pace in urbem miſiſſent,atque interea nares Romanas & commeatum diriperent, contra fœdus : *Scipio* nihil armis etiam tentans, ſuos Legatos in urbem miſit conqueſtum,& jus petitum. At illi vix retenti ſunt, quin manibus eos violarent : niſi quod ereptos tamen è turba, primores ad mare deduxerunt, & præſidium triremium dederunt, quæ proſequerentur redeuntes. Sed id quoque parum bona fide.certe abeuntibus triremibus, *Aſdrubal* ſtatim eos aggreſſus eſt, & in conflictu duo Legatorum perierunt, reliqui inter tela volitantia ægre ſe in caſtra & ad Scipionem receperunt.An non & hæc cauſſa ſolvendi juſte fœderis? non fecit : Legatos Roma exſpectavit. Sed ii cum re infecta diſcedere à Senatu juſſi eſſent, & ad ſuos ſtatim ſe recipere, ut hoſtes : ecce tempeſtas detulit eos ad ipſa *Scipionis* caſtra. Et cum Præfectus maris à *Scipione* petiſſet,*Quid iis facere deberet ? Nihil tale*, inquit, *quale nobis Carthaginienſes :* dimiſitque intactos. Hominem hunc fidum dicam, an ipſam in humano córpore Fidem ?

VI. Diſſimilis alia virtate,aut fortuna : ſed
hac

hac par fuit SEX. POMPEIVS, is qui Sicilia & Sardinia occupatis, grave bellum
fecit Triumviris, & populo Romano. Et
cum inedia atque inopia eos conficeret : co-
acti funt ad pacem venire, etfi parum fidam
aut diuturnam. Igitur *Octavianus Cæfar*, &
Antonius, colloquium cum eo inftituerunt,
circa Mifenum : quo ipfe claffe inftructa appulit, illi terreftribus copiis fuccincti Convenit tandem certis conditionibus de pace :
atque ur,illi firmandæ,inter fe benevole age-
rent ac cœnarent. Prima cœnæ fors *Sexto*
evenit : qui rogante *Antonio, Vbinam cœnaturi
effent ?* facere refpondit , *In meis carinis :* ad
navem fuam refpiciens , in qua paratum epu-
lum ; tum & ad domum paternam , quam
fitam Romæ in *Carinis* Antonius occupabat.
Igitur in navi convenerunt,& jam epulæ, &
fermones,& cavilli in *Antonium* & *Cleopatram*
ejus erant : cum fenfim à tergo accedens *Me-
nas* libertus , claffis Præfectus , *Sextum* clam
afflatus eft : *Vifne tu ut funes incidam. & navim
abducam, faciamque te non Sicilia modo & Sardi-
niæ,fed orbis terræ dominum?* Dixerat , & facere
poterat. pons tantum navim cum terra jun-
gebat : qui ea mora ruebat: & quis hominum
impedire , aut fuccurrere potuiffet ! In duobus autem illis capitibus univerfa tunc res
Romana nixa. Sed Deus & Fata noluerunt :
nec ipfa Fides , quæ Sexti mentem movit :
Et quidem,Mena, facere fortaffe oportebat ,inquit,
*non prædicere. Nunc autem præfentibus acquiefce-
mus :* NEC EST MEVM PEIERARE. Macte
Sexte ! quem vel ob hoc dictum factumque
(nam cætera degenerant)nec Roma abdicet,
nec pater.

Atqui & in fingulos fidei etiam exempla

pla funt. ut hoc LVCILLII , qui vir & Senator illuſtris , in partibus *Bruti* atque acie
Philippenſi fuit. Cum Brutus igitur altero
prælio victus fugeret, & equitum manus in-
ſectaretur, & jam in eo eſſet ut apprehende-
ret : ille ſtatuit vel morte ſua illum eripere,
ac paullum velut ſatigato equo ſubſiſtens,
Brutum ſe ſimulat & præfert , ac capi ab illis eſt paſſus. Qui ingenti gaudio perfuſi , ut
tam ubere præda', adducebant eum reflexis
habenis (nam id quoque petierat, quo magis
falleret) ad *Antonium* , non ad *Cæſarem.* quaſi
de ejus benignitate melius ſperaret. Interea
*Antonius,*per præmiſſos quoſdam jam certior
de capto *Bruto,* prodibat ſcilicet obviam ; ſed
& alii cum illo, partim miſerantes , partim
incuſantes quod vitæ cupidine eo deductus
eſſet. Iam propinquis ſubſtitit *Antonius* , incertus quo vultu verbiſque Brutum excipe-
ret. cum ſtatim *Lucillius.M.Brutum, Antoni,* inquit, *nemo cepit, aut capiet, ſpero, hoſtis : Dii me-*
liora, quam ut in tantum Fortuna Virtutem calcet.
Sed enimvero ille aut alibi vivus reperietur liber-
que; aut certe , ut illo dignum eſt, abivit. Ego vero
Lucillius ſam, qui militibus tuis impoſui , ut illi eſ-
ſet effugium : nec quidquam pœna hoc nomine re-
cuſo. Obſtupuerant omnes, præſertim milites,
qui ſic ſibi dolebant prædam ereptam: ſed ad
eos *Antonius : Commilitones,* inquit , *bone animo*
eſtote , nec putate vobis fraude vel errore iſto illu-
ſum. Imo uberiorem, certe gratiorem mihi prædam,
quam putabatis aut petebatis , ſcitote adductam.
Nam Bruto ipſo quid facturus fuerim vivo, ſum
incertus : nunc dum hoſtem quæritis, amicum reppe-
riſtis, & adduxiſtis : qui , tu Lucilli, ſemper mihi
eris. Abite, præmium exſpectate.

VIII. Laudabilis & ille Cæſaris CENTV-.
RIO.

RIO. qui captus in mari Africo, cum paucis veteranis, & ad *Scipionem* deductus, cum is vitam & pecuniam propofuiffet omnibus, fi militare fecum vellent : ipfe refpondit, *Proftus fummo beneficio*, *Scipio* (*nec enim Imperatorem appellabo, qui unus mihi Cafar eft) gratias ago, qui vitam offers belli jure capto*, *Sed huic beneficio quia fcelus conjunctum eft, non utor. Egone contra Cafarem, apud quem ordines duxi, viginti fex amplius annos militavi, adverfus armatufque confiftam? Ne fides hoc finat, aut virtus: & te magnopere hortor, ut de incepto defiftas. Contra cujus enim copias contendas, fi noffe vis; age, elige ex tuis cohortem unam, quam voles: ego ex meis, quos nunc habes, non amplius decem fumam: tunc ex virtute & fucceffu noftro intelliges, quid fperare de copiis tuis debeas.* Ita militariter Centurio. quem ftatim ante pedes fuos *Scipio* interfici juffit : quo crimine damnatum ? fidei, quod inter defcifcentes graviffimum eft.

IX. Sed nec fuperior aut noftra ætas hujus laudis ignara eft. ut in Hifpania cum rex *Ferdinandus Primus* tres filios reliquiffet, *Sanctium, Alphonfum, Garciam*, regna quoque inter eos divifit, fed voluntate aut pace non firma. Nam ftatim ab ejus morte *Sanctius*, ingenio violentior, fratrem *Alphonfum* bello aggreffus vicit, cepit, & monachum profiteri coëgit. Non diu perfeverat coacta pietas, abdicat, & clam cum *Petro Anfurio Comite*, ad regem Toleti, *Almenonem* confugit. Maurus is erat, & religioni hoftis, fed cum patre Alphonfi *Ferdinando* amicitia ei & pax fuerat : eoque electus à profugo, cui fe crederet : & ifte cum fide recepit, habuitque. Dum illic eft, evenit ut coram *Almenone* capilli ejus fubrigentur, & manu aliquoties compreffi non fub-

subſiderent : quod Mauri vates triſte prodigium interpretati ſunt , & hunc eſſe , qui ad
urbis Toletanæ imperium erigeretur. Itaque
de nece ſuadebant.non ſecit Rex & potior ei
metu fides fuit. Quod mirum in barbaro , ſa-
tiſque habuit , juramento *Alphonſum* adſtrin-
gere , ne ſe vivo regni ſui terminos inſeſta-
ret. Ecce autem paullo poſt interficitur ex
inſidiis , ad *Zamoram*, rex *Sanctius* : & ſoror
Vrraca benigne in hunc fratrem affecta , nuntios literaſque ſtatim mittit , quibus ad regnum evocat , & ſuadet aſtu aut celeritate
evadere barbaros fines. Æſtuabat *Alphonſus.*
faceret ? ingrati animi notam metuebat ; tum
etiam ne non celaret., & reduceretur merito non dimittendus. Non faceret, & rem aperiret ? ne vinclis , aut conditionibus adſtrin-
geretur ab eo , qui à tam vicino & potenti
rege haud fruſtra timeret. Vicit tamen fides
in honeſto animo , & gratitudo : ad *Almeno-*
nem venit. *Quod tibi glorioſum,* inquit, *mihi fe-*
lix ſit , ad regnum a meis vocor , ereptum in parte
a fratre nuper , nunc ejus fato univerſum relictum.
Culpare illum mortuum , pietas me vetat : eadem,
ut tuum beneficium prædicem , incitat. qui profu-
gum , ab hominibus & fortuna relictum recepiſti ,
foviſti : qua ſpe aut præmio,niſi quod ab ipſa virtu-
te eſt ? Et tamen animus agnoſcendi ſolvendique
non deficit, fortaſſe nec occaſio aut materies,ſi per te
mihi datur ea uſi. Age Rex magnanime , imple
tua beneficia, & procumulo, Regem me in regnum
remitte. Hactenus vita tui muneris eſt , fac ut ſit
& ſceptrum. Ita noſter : quem Maurus amplexus , incolumem regemque gratatur , &
promittit. *Neutrum,* inquit, *futurum, ſi me in-*
ſcio, non iter, ſed fugam tentaſſes. Nec enim te celo,
notam mihi mortem Sanctii fuiſſe , & tacitum ,

P   ex

exſpectaſſe tua conſilia , ut aut laudarem ea , aut
vindicarem. Iſtud facturus ſane eram, ſi fallaci &
ingrato animo te ſubduxiſſes : & exploratores ſub-
faſſoreſque viarum diſpoſiti a me erant , qui. ſed
taceo . & gaudeo opus non fuiſſe. Virum bonum fi-
dumque te , erga me talem , oſtendiſti : ſac & in
regno , quod omnes dii tibi fortunent . Nihil ſtipu-
lor, niſi illud vetus , Amicum te fore mihi & ma-
jori filio Hiſſemo. quamdiu vita utrique erit. Dixit ,
& pecuniam comineſque dedit , atque ipſe,
honoris cauſſa, aliquantum ſpatium deduxit.
Clariſſimum hercules exemplum Fidei in
Afro, quod miremur , religioniſque diverſo :
ſed & divinæ Providentiæ, quæ id regnum &
urbem ab eo voluit capi , qui perfugium ibi
habuerat & tutelam. Quod novem circiter
annis poſt evenit, ſed mortuo Almenone & filio majore.

X. Habet & iterum Hiſpania Fidei exemplum, in Luſitania, ſed in homine Chriſtiano.
Is ſuit FLECTIVS vir nobilis , arci Conim-
bricæ atque urbi à Sanctio rege præfectus.
Sed enimvero is Sanctius male & improſpere
regnum adminiſtrabat , aulicis quibuſdam
nimis credulus , & inprimis Mencia uxori
ſuæ addictus mancipatuſque. Igitur querelæ , & mox conſpiratio procerum in illum
ſuit : denique eo ventum , ut Pontifice ipſo,
quem adierant , (is Innocentius ſuit) auctore , curam tutelamque regni ad Alphonſum transferrent , Sanctii fratrem. Inde bellum , & plerique à Rege veteri alieni : ſed
conſtans pro eo Flectius iſte ſuit , & oppu-
gnationem & arma etiam Alphonſi , ac totius
gentis , excepit. Nec flecti potuit , donec ei
nuntiatum , Sanctium in exſilio Toleti mortem
ſſe : pro quo pugnaret ultra. aut fidem obtende-
                                                                  ret ?

ret ? *Daret se & verteret , quo Fortuna & omnes;
nec pulcherrimam laudem, titulo Pervicaca aut In-
fani mutaret.* Audit Flectias , nec fatis credit
petit veniam ab Alphonfo , ut ipfus Toletum
ire,& coram arbitrari poffit. Facile impetrat:
& interea ab oppugnatione ceffatur. Cum venit, Regem fuum fato functum, fepultumque
invenit: atque ut in animo fuo, non folum opinione hominum, liber effet, aperto fepulchro,
cum fufpiriis & lacrimis , ipfas claves urbis
Conimbricenfis in manus dat , his verbis :
*Quamdiu, ô Rex, vivere te judicabam , extrema
omnia fum perpeffus, coriu pellibufque famem tole-
ravi, fitim lotio : civium animos ad deditionem in-
clinantes, & conantes, erexi aut repreffi : denique
quidquid à fideli homine , & in tua verba jurato,
exigi exfpectarique potuit, id praftiti, & perfeve-
ravi. Vnum fupereft, ut clavibus tua urbis tibi traditis, folutum me juramento omnibus, & civibus te
vita ceffiffe, denuntiem. Deus tibi bene faciat , in
alio & meliore regno.* Ita abiit , & legitimum
jam alterum Regem agnovit, & adhæfit.

X I. TRIMVMPARA etiam in Orientali
India , qui rex *Cochini* erat , cum eo Lufitani
veniffent , fœdus pacemque panxit. Mox in
novam & fufpectam gentem confpiratio
omnium , & maxime *Calecutienfis* regis, qui
opibus & milite inter vicinos pollebat.
Ille igitur copias amicofque jungere , &
hunc inprimis *Cochini* regem pertrahere , &
fuadere ut ejectis aut potius traditis paucu-
lis Lufitanis, quos fidei fuæ creditos acceperat, fe culpa, omnes metu exfolveret. Ille vero obniti , & aperte dicere, *Omnia fe potius,
quam fidem amiffurum. Siquis è fubditis aut ami-
cu id fuaderent, eos vero magis hoftes fe ducere ipfo
Calecutienfe: quoniam ille regnum modo a^{uo}* ^{.} *^{ma}*

P 2

*eripere, isti pulcherrimam virtutum conarentur.
Et vita spatium breve ac definitum, perfidiæ maculam sempiternam esse.* Hæc & similia dicta factis affirmavit. oppugnat eum undique *Calecusiensis*, tandem & sui deserunt : vincitur, pellitur regno, in vicinam quamdam insulam se recipit, sed nullius rei majore cura, quam ut secum paucos illos Lusitanos servaret, quid ? ignotos & exteros ? cladem & pestem sui regni ? Tanti fides fuit.quinetiam cum *Calecutii* rex jam victo pulsoque, offerret veterem fortunam & statum, ea lege si illos traderet; abnuit, fortiter professus, *Sceptrum & vitam eripi posse.fidem non posse.* Hunc hominem barbarum ego dicam ? solo & gente fortasse, animo non possum.

XII. Haud magis quam SOLEIMANVM Turcicum Principem, cujus classis, ducibus *Lustibejo & Barbarossa.* in Salentinos exscenderat. Ibi *Castrum* opidum arcemque, vicinum Hydrunti, subito terrore in deditionem acceperant,incolis & ipso Domino *Mercurino* salutem & libertatem pactis. Sed barbari, & præsertim navales socii, nihil pensi habentes,omne maleficium inferre; & idoneæ ætatis captivos, cum ipso *Mercurino*, ad classem deduxêre. *Lustibejus* tamen, non dubiâ perfidiæ infamiâ, ad minuendam, *Mercurinum* liberavit : cæteros paullo post ipse *Soleimanus*. qui inter graviores curas, *Corcyram* Venetorum obsidens, audito rem parum bona fide cum *Castrensibus* gestam ; ingenuo pudore persusus, statim conquiri captivos omnes jussit, & in naves impositos, ad penates suos remitti. Ipsos quoque præcipuos auctores supplicio affecit, non hic tantum Fidei amator
'tor.

XIII. Nam

XIII. Nam & in Pannonia, cum Budam cepisset, metu vacuam, ejusque arcem oppugnaret, in qua Germanus miles, eique præfectus *Thomas Nadastus*, curabant : ille quoque metu perfusus, colloqui cum hostibus cœpit, & de arce dedenda pacisci. Quod ægre *Nadastus* ferens, ipse plenus animi & constantiæ, compescere conabatur, & diremptis colloquiis tormenta verti in hostem jubet. Enimvero hîc illi ignavi ad scelus etiam versi, ipsum in vincula conjiciunt, & frustra reclamante & minante, rebus corporibusque suis salvis, arcem dedunt. Intrant barbari, isti exeunt, ut pacti erant : sed cum *Nadastum* vinctum repperissent, & rem, uti erat, ex ipso auditam, ad Imperatorem suum detulissent ; ille perfidæ ignaviæ obiratus, statim immissis in abeuntes Genitzaris, omnes interfici jubet : ipsum *Nadastum* vinclis liberatum, & ad se adductum, laudat & liberali stipendio invitat, ac renuentem dimittit.

XIV. Claudamus inclito exemplo, quod magnus rex Galliarum FRANCISCVS nobis donet. Ille *Carolum Quintum* nostrum, sola fide regis & sua fortuna nixum, in Belgas & turbidos tunc *Gandavenses* properantem, sine copiis, pæne sine comitibus, comiter & regaliter excepit, apud se habuit, deduxit. Sermones inter eos varii, & de pace etiam fuerunt, donando ducatu Mediolanensi (uti injectum erat) *Carolo* Regis filio Sed cum Cæsar jam apud suos, pacatique domestici motus essent; tardior in hanc rem videbatur, sive quia nec ante serio cogitasset. Tum igitur vapulare multorum sermonibus regia comitas, aut credulitas. *cur non hominem, in quo rerum omne momentum, tenuisset ? ecquando*

tam

iam bella umquam occasio? & invidia aliquid aut infamia, pro tam spectabili utilitate, subeundum fortiter fuisse. Saltem leges firmiores certioresque ei dixisset: nunc, quid nisi inanem gloriam apud vulgus, apud prudentiores risum quaesitum? Neque nesciit *Franciscus*: & in conventu procerum celebri, cum alia in purgationem sui dixit. tum haec ipsa in clausula: *Etiam si Fides toto orbe exsularet, tamen Regibus tenendam esse, qui ea sola, & nullo metu, cogi adstringique possent.* Notabile dictum, & res sic habet. nos alios Lex aut Poena coërcet, Principes solus Pudor aut Fides.

XV. Quid claudam? Gallus rex alium ejus gentis, & vetustiorem subjicit, IOANNEM *Primum*, qui ingenti clade ab *Eduardo* Walliae Principe victus, captusque, in Angliam abductus fuit. Ibi quatuor annis in custodia liberiore habitus, ad suos rediit, certis conditionibus cum hoste depactus.quae tamen cum graviores subditis viderentur, nec civitates Anglis dedendae, facile novum jugum praesidiumque admitterent; ipse placando hosti, & fidei testandae, iterum in Angliam trajecit, ibique ex morbo decessit. Clade accepta famosus, sed sic lata clarus, & fide clarissimus.

XVI. Sed heus vos, date veniam boni Reges & Principes, ac liceat illustri choro vestro servile nomen inserere: non maculam, sed lucem & splendorem merum, quatenus hic quidem spectabuntur. Nam & Fidei illorum in dominos aut patronos mirifica exempla sunt, nec nisi cum virtutis damno silenda. *Hasdrubal* in Hispania res gerebat, & magnam ejus partem vi aut astu subegerat: sed cum nobilem aliquem Hispanum interfecis-

fet,

fet, SERVVS natione Gallus id non tulit, &
mortem Domini certa fua morte vindicaturus, *Hafdrubalem* occidit. Rapitur, torquetur,
cruci affigitur : inter omnia mala eo vultu,
ut ridentis etiam fpeciem præberet, expleta
ultione, fui fecurus.

XVII. *M. Antonius* inter Romanos orato-
res, & in dignitate viros, nobilis fuit : atque
is fœdo crimine (puto falfo) incefti publice
poftulabatur. Accufator SERVVM maxime
in quæftionem flagitabat, quem dicebat præ-
luxiffe herò fuo ad flagitium eunti, & later-
nam prætuliffe. Aderat ipfe fervus, cum hæc
in judicio dicerentur, & videbat rem ad
fuam pellem, quod dicitur, fuofque cruciatus pertinere. Addo, quod juvenis erat, im-
berbis, & in ætate adhuc minus aut patien-
ti, aut conftante. Tamen cum domum ventum effet, & herum fuum animi anxium videret : *Quid diffidis here?* inquit. *In meo robore
& conftantia, fi vis & expedit, fpem audacter
pone. nullus metus, cruciatus, mors me adiget, ut
te & honorem tuum prodam. Minus arcte vinculo
anima hac corpori illigata eft, quam affectu tibi:
nihil dividet, nullus dolor aut carnifex vocem læ-
dendi tui ex ore ifto extorquebit. Adeo non diffu-
gio, depofco hoc certamen, in quo tibi annis tiro,
animi veteranum robur probem.* Erexit, & fiduciæ implevit *Antonium.* qui iterum po-
fcentibus fervum, præbuit. atque ille flagris
virgifque laceratus, eculeo impofitus, l. ignis aduftus, mira patientia perftitit, & o-
mnem vim accufatorum fregit atque elifit.
Acceffit facundia *M. Antonii:* fed heus, quæ
tanta, ut hunc conditione fervum, animo he-
roem fatis celebret?

XVIII. Quid ille *Vrbini Panopionis* SER-
VVS?

VVS? qui cum proscriptus in villa sua Rea-
tina lateret, nec satis lateret alii servi prodi-
derant :) ecce advenientibus militibus, ipse
vestem heri subito induit, suam illi dedit, annu-
lo etiam in digitum inserto : atque ita, hero
per posticum emisso ipse in lectulum se reposuit, & pro illo occidi fortiter passus est.
Cito id dictum : non tam cito suscipi, aut sus-
ceptum fieri, verus judex dicet. Magna fides,
quæ ultima est, & postquam nec gratiæ, nec
vitæ, ultra locus est.

XIX. *Amicus* vero *Rectinii* SERVVS
(qui & ipse miserabili illo Triumviratus tempore, inter proscriptos erat) ad fidem ingenium quoque adjunxit. Nam fugientem suum
herum, & ut putabat, ignotum assecutus est,
& apprehendit : primo territum, quoniam
hic erat stigmatum perpetua injuria ab eo
affectus, eoque in re trepida vindictam timebat. At ille primum confidere eum jussit. &
Ego te lædam, inquit, qui tot annos aluisti, benigne
fecisti? absit. nec ista stigmata plus apud me pos-
sint, suo merito imposita, quam vetera tua benefi-
cia in nec meritum collata. Quod servivi, & servio,
fortunæ injuria est: tuum beneficium, pressum non
oppressisse. Divinitas hunc ordinem rerum dispo-
nit, & pareo: tu confide, tibi quoque parco. & scis
quomodo? vel vitæ hujus periculo tuam servabo.
Dixit breviter fideliterque, & herum in speluncam abduxit, atque ibi ex operis & mercede diurna aliquamdiu aluit. Sed cum milites,
omnia ob præmium rimantes, ad speluncam
quoque, aliquid suspicati, tenderent : ille subito senem viatorem abreptum occidit, &
exstructo rogo superjecit. Supervenientibus
in re militibus, & ferociter rogantibus *Quid*
agerem? Eum, inquit, *scelestum meum horum*
inter-

interfeci, & crudelitatis hujus ab eo ↓ ſtigmata oſ-
tendcbat↓ *pœnas exegi.* Perſuaſit , & herum
ſervavit.

Singulorum hæc fides , plurium illa ſimul
in eadem proſcriptione. Nam *Pomponius* , audaci aſtu , arreptis inſignibus Prætoriis, ipſe
in prætexta , ſervi inſtar lictorum, & cum fa-
ſcibus exculti, urbem mediam tranſiére : ar-
ctius dominum ſtipantes, ne ab obviis poſſet
agnoſci. Ad portam ſumpſit conſcenditque
vehiculum publicum , ut Prætor , & per totam Italiam ſic inceſſit , quaſi legatus à Triumviris ad Sex. Pompejum iret : itaque &
triremi publice præbita in Siciliam , certiſſimum miſeris tunc portum tranſmiſit. In tot
hominibus, tot occaſionibus & locis , admiranda plurium fides , & mente magis quam
ſtilo penſanda.

X X. Addatur his non ſervus , ſed cliens
Roderici Davali, Magiſtri equitũ in Hiſpania.
Is *Rodericus,* cum aliis aliquot, poſtulatus ma-
jeſtatis fuit , & litterarum ad *Ioſephum* regem
Maurum ſcriptarum , quaſi patriæ prodendæ.
Plura exemplaria prolata , & res in conſilio
Regis cognita , atque ipſe aliique damnati.
Hæſit in hereli iſto crimine A L V A R V S
N V N N I V S F E R R E R I V S , Cor-
dubæ natus : qui Præfectus aulæ & domui
Davali erat. Sed is ſtrenue ſe herumque de-
fendens , non prius quievit , quam falſas
literas oſtenderet , earumque auctorem *Ioannem* ▪▪ſiam convinceret ac damnaret.
Et ipſe quidem ſe expedivit , ſed magni illi manſêre exſules : cu ▪▪▪cce *Ferrerius* , ad
heri egeſtatem ſublevandam , omnia bona
ſua (quæ beneficio patroni accepe ▪▪) di-
vendidit , & *octo aureorum millibus* confectis ,

tex-

textrinæ lignis excavatis ea indidit ; atque
afino impofita , agente in viliore vefte filio ,
clam ad *Davidum* mifit. Dignus , quem illu-
ftriffima ea gens etiamnunc in memoria &
laude habeat, & pofteros, fiqui exftant.

C A P.   X I V.

DE MODESTIA IN SENSV.

Hanc Principi decoram , & utilem effe.

Dıximus tres virtutes & commendavimus , plane Regias,& quæ in publicum
fpectant : funt aliæ velut Privatæ,quæ magis
ipfum. Inter eas Modeltia, quæ vario adfpe-
ctu Principi adfumenda. Primum , quia omnes homines decet fubmitti , & ab Arrogan-
tia fugere,(copulo virtutum. Sed magis Principem, qui in alto eft , & cauflas plures five
occafiones Superbiæ habet. Natura quidem
hæc corrupta eo vocat , & vani aut tumidi
per eam fumus : quid cum Fortunæ ille ventus obfecundat , & vela implet ? auferimur.
Adde educationem , quæ in aulis. molliter,
indulgenter , fplendide habentur ; obfequia
& demiffio omnium , etiam apud pueros :
qui non inftentur ? Denique Adulatio accedit , ô Aulæ certa peftis ! blandiuntur affidue , & laudant , honoribus ac titulis affici-
unt, id eft dementant. Non jure fic loquar ?
vide *Alexandrum* illum, à tali patre, tali præ-
ceptore : faftidit homo effe, nec :-.. *Philippi*,
fed *Iovis* filius audit. *Iulius Cæfar*, ille animi &
ingenii magnus ' .. ingit: & omnium victor,
Adulationi fuccumbit. Voces emittit, *Debere*
jam '. *-ines confideratius fecum loqui , ac pro le-*
gibus habere qua dicat. Itane pro legibus
omnia

omnia dicta? difficile est credere, virum talem sic elatum & ablatum. *Caligulam*, *Domi-*
tianum, *Commodum* omitto, & hæc portenta:
qui palam salutari & haberi, *Dominus Deus-*
que noster, volebant. Vide an temere ad Modestiam vocem: & quæ hodie peccentur, non
dicam. Cave, cave Princeps: & cogita supra
homines te, sed hominem esse. Quamdiu autem esse? mors imminet, & æquabit. Quamdiu etiam esse? tristis aliqua sors imminet,
& demittet. Regnas? potes subjici. Domina-
ris? potes servire. Quidquid alte se sustulit,
opportunum est ad casum. Seneca noster:
Nulli Fortuna minus bene, quam optima creditur;
alia felicitate, ad tuendam felicitatem, est opus.
Videsne histriones in scæna, personam Aga-
memnonis aut Priami gerere: & mox, cum
fabula peracta est, ad habitum & sortem veterem redire? Date veniam Principes, tales
estis. Deus personam in orbis theatro hanc
imposuit: sustinete, agite sed qui introrsim &
apud vos sitis, cogitate. Choragus ille est qui
dedit ornamenta: & nisi refertis ad eum, au-
fert. Huc vocant magnorum regum Dicta,
vel Exempla: & utraque ex magna copia,
cum dilectu quodam, habe.

I. SARDANAPALVS rex Assyriæ à deliciis, & purpurata, ut ita loquar, vita innotuit: tamen idem ab ebrietate longa sobrius,
sepulchro incisi curavit symbolum, quod ad
Modestiam altissimos vocet. Erant digiti duo,
qui collisi inter se crepitum edebant: signan-
tes, omnia regna, omnia votiva aut magna,
NEC TANTI esse.

II. Sine aliis verbis ille hoc docuit: at
ARCHIDAMVS Spartæ rex paucis, &
pro Lacone. *Philippo* enim Macedoni, post
victo-

victoriam ad Chæroneam, qua libertas Græciæ concidit, infolentius fe efferenti, fcripfit:
Metire umbram tuam, nihilo reperies auctiorem. O
fapienter! Quid attollis te in hoftibus victis,
in finibus propagatis ? tibi nil acceffit. Numquid animo ? curæ majores, aut metus. Numquid corpori ? *metire umbram,* videbis.

    III. Senfit ipfe PHILIPPVS, cum ali-
quando in palæftra, inter luctandũ, prolapfus
furrexiffet, & corporis veftigium in arena
vidiffet: *Papæ,* inquit, *quam parvam terræ partem fortiti, orbem appetimus!*

    IV. SEVERVS Imperator Romanorum, diu
in ambitione, & ob eam bellis, fenio confectus ac moriturus, urnam ad fe deferri juffit,
in qua cineres (prifco illo more) erant re-
condendi. Et diu contrectans & contempla-
tus, vocem mifit: *Tu virum capies, quem orbis
terra non capit.* Ita, ita ——— *mors fola fatetur,
Quantula fint hominum corpufcula.* Attollere in
vita, manus & fpes ab Oriente ad Occafum
mitte: illa contrahet, & te intra te coget.

    V. *Severus* hoc fub mortem : diu ante eam
MAXIMILIANVS *Primus* Imperator *Auftria-
cus.* Nã ille memor fragilitatis hujus, triennio
(alii biennio) ante morbum, non folum mortem, capulum funebrem è querno ligno, arcæ
viatoriæ inclufum, circumferri fecum juffit :
cavitque reftamento, ut exanimum corpus
fuum, rudi linteo involutum, fine ulla exente-
ratione, illi imponeretur, naribus, ore, auribuf-
que viva calce oppletis. Quid fibi voluit magnus vir? nifi monumentũ illud affidue in oculis habere, quod diceret, *Cogita mors.* quod amplius diceret, *Quid te dilatas & extendis ? quid
multa poffides, plura appetis?* *Quem tot provincia
& regna non capiunt, loculus ifte capiet.* Cur autem
& cal-

& calcem cavis illis partium immisit? en aromata quibus conditetur! Sed hoc spectavit, ut corpus putredini natum, ea quoque exedente & consumente materie, citius consumeretur,& iret in suam terram. *Maximiliane*, magnus fuilti! & res tuæ dicunt, tum & hæc circa mortem.

VI. Sed amplius, ille idem, pluribus diebus ante mortem nil nisi *Maximilianus* appellari voluit.quod imitatus nepos ejus CAROLVS, cum raro & miro exemplo, Imperio se ultro abdicaffet, & in filium, jam validum ævi & animi,curas contuliffet.Seceffit enim inHispaniam, & in Divi *Iufti* monafterio, feptem à *Placentia* milliaribus, fe abdidit, cum duodecim dumtaxat familiaribus,Deo & quieti vacaturus. Interdixit autem, aliter fe quam *Carolum* appellari; *Cæfaris* atque *Augufti* illa nomina, cum rebus animo exuens,& totum hoc honorari contemnens.

VII. Sed inter mundanos iftos externofque Principes,fas fit locum dare & Ecclefiæ Principi ac capiti, CLEMENTI *Quarto* natione Gallo:qui incredibile eft,quã fe in fummo illo culmine modefte gefferit & temperanter. Antè Pontificatum Iurifconfultus fuerat,& filias ex uxore fufceperat duas. Harum uni in monafterium collocatæ,non nifi *triginta libras* Turonenfes femel dedit: alteri quæ maritum habebat,*trecentas*,loco dotis;idq; hac lege,nequid ùmquã plus peteret.Nepoti quoque tria Beneficia,ut loquimur,habenti, optionem detulit unum retinendi,cætera ftatim dimittẽdi. Mirantibufque & inftantibus amicis,ut & illa permitteret,& alia daret;in claram hanc vocẽ erupit, *Non effe dignum Petri fuccefforem,qui plus cognationi,quàpietati largiretur.*Exftat epiftola vi-

ri ſancti ad nepotem quemdam ſuum , ab Antonio Auguſtino provulgata , in qua & voces
& ſenſus videre eſt , ab ipſa modeſtia con-
ceptos.

VIII. Sed CANVTI etiam Anglorum regis inſigne ad Modeſtiam documentum eſt,
qui cum obſideretur ab Adulatoribus , id eſt
corvis aulicis & ſortem ejus attollerent, di-
cerentque omnia ſervire,& *ad nutum ejus vul-*
tumque (verba Annalium) *converti :* ille fœ-
dam adulationem ſic expreſſit. Spectantibus
iis, ſedem regiam in litore maris poſuit , in
ipſo acceſſu ejus & fluxu. Tum dixit : *Tu*
mare ditionis mea es ; & terra , in qua ſedeo , eſt
mea. Impero tibi & denuntio , ne in terram meam
aſcendas, nec membra , nec veſtem domini tui ma-
dore perfundas. Ille dixerat , mare tenorem
ſuum tenebat, veniebat , alluebat. Tum reſi-
liens : *En* , inquit , *quam ego omnibus imperito* !
Qain ſciant omnes , qui terram incolunt , vanam
& falſam eſſe regum potentiam : atque unum eo
nomine dignum , qui vere imperium inhibet cælo,
terra, mari. Neque intra verba Modeſtia hæc
ſtetit. in omni actione talem ſe præbuit , atque adeo coronam ultra in caput non admiſit.

IX. Hæc invitent & excitent , ſed Muta-
tionum exempla quæ addam , fortius etiam
percellant. Quot enim ea ſunt ? & quam
paucis Fortuna currum à carceribus ad metam , ſine offenſa aut everſione, perduxit ? In
omni ævo, & in omni orbe occurrent. In Æ-
gypto SESOSTRIS rex hoc didicit , & imbibit. Victor erat vicinorum , & imperium
longe protenderat : ſed & animum evexerat,
& quatuor reges , equorum vice, currui ſuo
ſubjungebat, quo vehebatur. In eo cum ſubli-

mis federet , regum illorum unus capite re-
flexo identidem rotam currus afpiciebat , &
capi ac pafci videbatur. Quid rei fit, Sefoftris
rogat : ille libere, *Intueor volumen hoc affiduum
rota, in qua vicifim ima fumma , & fumma ima
fiunt : quod exemplum capio , & applico noftra fortunæ*. O bene ! potuiffet tamen addere, & tuæ.
fed Sefoftris ipfe fecit,& ftatim illos à jugo,
fe à faftu liberavit.

X. SOLONIS etiam monitum tale , fed
non apud talem : neque doceri,nifi malo fuo,
aptum. Apud CROESVM erat Lydiæ divi-
tem illum regem. qui Solonem comiter , ut
peregrinum, excipiens, & gazam omnem atque opes oftentans , *Et quid videtur ? habes dicere hominem me beatiorem ?* Habeo , inquit Solon : & *Tellum* quemdam , hominem modicæ
fortis , fed in ea quietum, nominavit : tum
& duos alios , qui vita bene acta effent defuncti. Rifit Crœfus : *& nos quo loco fumus?
Haud dixerim , ait Solon. nec fas beatum etiam
cenfere,qui in his vita fluctibus jactatur , donec fit
in portu. Nonne tempeftas intervenire poteft , &
turbo qui evertat ?* Nec fic hominem docuit,
fed fecit mox Cyrus. Nam ille acie victum,
& vinctum, rogo impofuit exurendum. cum
Crœfus clamare incepit , *O Solon, Solon !* Miratus Cyrus , rogari jubet , *Quem in extrema
illa forte hominum deorumve invocaret ?* Dixit,
Solonem fibi in mente effe. qui fapienter monuiffet,
*non fidere præfenti fortunæ , nec beatitudinem ante
finem vindicare*. *Rifi* , inquit , *nunc probo & miror*. Probavit & Cyrus. ftatimque ad modeftiam etiam ipfe flexus , liberari Crœfum
juffit & in amicos tranffcripfit.

X I· Addamus quamquam ævo diffitum,
fenfibus exemplum affitum. GILIMERIS
regis

regis in Africa Vandalorum Diu felix fuerat,
opes, terrafque victoriis quæfiverat : vertit fe
Fortuna , & *Belifarius à Iuftiniano* Imperatore
miffus, cum exigua manu , hominem evertit.
Acie igitur victus , fugit in Numidiæ excel-
fum montem *Pappam* , atque illic obfidione
aliquamdiu tolerata, defperans ad *Pharam* mifit, qui mandato Belifarii obfidebat, actum fuper deditione , fimulque petitum , *Panem fibi
mitti, fpongiam, & citharam.* Pauem, faini rele-
vandæ; fpongiam, ficcandis oculis; citharam,
leniendo animo. Dedit ea Pharas , & mox fefe Gilemer, qui ad Belifarium deductus , nil
nifi rifit. Defipere eum è cladibus homines
cenfebant : vera fapientia erat , qua incerta
hæc rerum, ufu edoctus, ridebat. Idque apertius in ipfo triumpho oftendit, cum per pompam Byzantii, ad *Iuftinianum & Theodoram* conjugem in fublimi folio fedentes adductus ,
hoc tantum effatus eft , *Vanitas vanitatum , &
omnia vanita.* O bone Gilemer, felix tua infelicitas , quæ mentem hanc dedit ! nec uita
deinceps infelix, quam in Galliæ angulo privatus quietufque duxifti.

XII. In eadem Africa, fed vetuftiore ævo,
non alium regum video vinci, capi, triumpha-
ri? IVGVRTHA is fuit, Mafaniffæ nepos, opibus & ingenio validus, fed tamen à Mario
devictus. Romam ducitur, & poft triumpha-
lem illufionem in carcerem conjectus , vefte
fpoliatur, inaures, quas more gentico ferebat,
detrahuntur , fic ferociter ; ut partem imam
auris fenferit avelli. Tum denique nudus in
carcerem infimum abjectus, tætrum & hor-
ridum, *Papa.* inquit , *quam frigidum eft veftrum
balneum !* atque inibi fame obiit.

XIII. Quid Rex è Macedonia PERSES? is
quo-

. uoque victus à Romanis, & animo fractus,
...d religionem templi in Samothrace confugit : quasi sacra tueri posset, quem non arma. Intutum igitur asylum : fraude vel vi
eductus est , & cum uxore & liberis ad *Æmilium Paullum* Consulem perductus. Ibi solutus in lacrimas, & humiles preces , ad genua etiam se submisit : miserante Paullo , &
simul indignante , quod homo sic vilis & degener victoriæ suæ decus delibaret. Triumphatus deinde est, cum duobus filiis,& filia :
ipse in carcere , & duo mortui : tertius servatus,quid nisi iterum ludibrium ? Regia illa
stirps primo fabrili arte vitam toleravit ; &
usu jam Latini sermonis aliquo, scriba & assecla magistratuum fuit. Vbi es Confidentia,
aut Superbia ?

XIV. Ante illum , & major illo PHILIPPVS , ejusdem Macedoniæ rex,& *Magni* pater , quam sensit infidam sortem ? Græciam
ferro vel auro suam fecerat, spes in Asiam
mittebat: & jam conventus indictus erat,ubi
caput & Præfectus ejus belli legeretur.
Quem ut celebriorem lætioremque faceret,
nuptias in eum contulit filiæ suæ *Cleopatræ*,
cum *Alexandro* Epiri rege. Ludi & theatra parantur, etiam sacra & duodecim Deorum statuæ in pompa ferendæ: quibus ipsius(ô cæca
mortalitas !) decimatertia adderetur. Quid
lætitiæ aut gloriæ abest ? diuturnitas & dum
securum se putat , & theatrum ingreditur ,
Pausanias ex amicis (& hoc inopinatum)à tergo consecutus interficit. Vis iterum inopinatum? conscendit ille celerem equum,& evaserat , nisi pes ejus in vite adhæsisset : ubi à
satellite Philippi confectus est.

XV. Sed quid ego talia memorem ? una
Q   illa

illa Græcia, præfertim à *Conftantino Magno*, qui imperium in eam tranftulit, tot exempla cafuum iftorum det, ut non fit opus alio theatro. Quid in Italia? ab *Augufto* ad eumdem *Conftantinum* numerantur IMPERATORES *quadraginta tres*. Difpice. vix decem ex iftis certo dabis, qui fua morte fint defuncti. Alios ferrum, venenum, laqueus abftulit: à filio, fratre, uxore, amico, inimico: quid nifi fingulos juftæ tragœdiæ argumentum?

XVI. Jam & fati alia genera miferanda. POLYCRATEM in cruce mori video, BAIASITEM in cavea, DIONYSIVM in fchola, BOLESLAVM Poloniæ in culina. Quid ANTIOCHVM Syriæ, nonne à latronibus occifum? PYRRHVM à fœmina? HENRICVM nuper Galliæ à monacho?

XVII In fola Hifpania tria hæc demus: & quartum alii HENRICVS *Primus* puer fceptrum ceperat, nec diu tenuit, poft biennium miro cafu, & vere cafu, fublatus. Nam dum Palentiæ, in area domus, cum æqualibus ludit, tegulæ lapfæ ictu repente caput comminutum. & ex vulnere undecimo poft die obiit. IOANNES itidem primus, in flore rerum & ætatis (annum *trigefimum tertium agebat*) dum æquum juveniliter calcaribus incitat, & ad curfum admittit, cum eo labente lapfus, inibi exftinctus eft. Magis tragicum eft de PETRO: qui cum aliquamdiu fæviter, & multa procerum cæde, regnaffet, *Henricus* fratergerma in eum cepit; & auxilia è Gallia etiam conduxit. Pugnarum acriter, quam odiis pertinacibus, exitos docuit. nam victus *Petrus*, cum in confpectu Henrici captus adductus effet, ifte pugione faciem ejus percutit: atque alter dum vindicare parat, fœde colluctati,

uter-

uterque ad terram profternitur. Sed aliis quoque fuppetiantibus Henricus fuperior, fratrem multis vulneribus conficit, & regnum capit. Nonne hoc Thebanum vetus illud par fuit? Quartum exemplum in mente habeo, nondum in ftilo:

XIII. In ifto, quintum. & eft SEBASTIANI nuper Lufitaniæ & Indiarum regis, *Indole, proh, quanta juvenis!* fed Fata eum everterunt, & ipfum regnum verterunt. Iuvenis erat, animorum plenus: & accedebant, qui etiam Pietatis fpecie illos tollerent, & arma in Mauros, exque iis victorias, fuaderent aut fponderent. Acrior ftimulus *Mahumetes Abda'a* filius, profugus è Feffæ regno; qui ius fuum & amicos oftendebat, & largiter promittebat, exfulam ingenio & more. Ergo excitatur, & omnia parat, naves, milites, commeatus; præter confilia, quorum inops tunc & poftea fuit. Vetus regnum, & alta pace, commovetur. infolens armorum nobilitas, & facta majorum facilius, quam fua oftentans. Additur & mercenarius miles: Dux nufquam, nifi in titulo & fplendore regis. Mare tranfeunt, regna Feffæ & Marocci, ut deftinant, occupaturi: fed rex illorum ex adverfo prodit, *Molejus Moluccus,* corporis æger, animo melior. Difponuntur acies, pugnatur, *Molejus* intereft, etfi per ægritudinem vix in æquo hærens. videt autem fluctuare fuos aut fugere, & generofa ira in hoftem ipfe equum concitat, exemplo aut terrori futurus: fed proximi retinent, gnari virium. Qua re ita excanduit, quafi in ordinem redactus, aut proditus, ut gladio eos petierit; & mox animo linquens, in lecticam repofitus; illic in ipfa acie obiit. Sed mira fides aut provifio amicorum

Q 2   s fuit.

fuit. silentium de morte, cursus & recursus
ad lecticam ejus, quasi à vivo mandata pete-
rentur: quæ res victoriam parti illi dedit.
Nam Christiani pauci in plures paullatim fa-
tigari aut cedere, multi cadere : postremum
ipse rex, qui in mediis hostium pugnabat,
cum videt omnia adversa cinctum se sine spe
effugit, verba de pace aut de ditione facere :
ah. quam sero ! Hostes invadunt, & occidunt,
sive inter plures ignotum (& quidam ajunt
regia insignia sibi detraxisse:) sive cognitum,
sed rixa inter ipsos orta, quorum præda esset,
per iram interemptum. Addunt, equestri sellæ
cadaver impositum. & in tentorium novi regis Afri (frater defuncti erat) delatum abje-
ctumque ostentui fuisse, donec à captivis bona fide agnosceretur. Ita ille obiit : & simul
rex tertius *Mahumetes* exsul, qui fugere &
fluvium vadare conatus, vorticibus sive vora-
gine haustus mersusque est. O acerbi sati adolescens, quæ tulisti, & quæ dedisti ! nam tecum regnum corruit, & quod seorsim diu
luxit splenduitque, velut radius rediit ad
suum Solem.

XIX. Assiduus hic ludus: & ideo non sit finis narrationum, nisi reprimam. quod facio:
sed unicum insigne exemplum Mutationis es-
fatus, in qua & manus carnificis intervenit.
CONRADINVS imperatoria & regia stirpe
juvenis, ultimus Ducum Sueviæ fuit. Pater ei
Conradus, rex Neapoleos & Siciliæ ; mater è
Ducibus Bavariæ; avus, *Fridericus Secundus*
Imperator; avia, *Constantia* filia *Ferdinandi* Hispaniæ regis fuit. Quam amplum, & illustre
hoc stemma ! quos animos non faciat ? quæ
fata non promittat ? Sed spes undique desti-
guit : & statim à puero adversa sorte, regna

Nea-

Neapolitana & Sicula, jure debita, *Manfredus* patruus fraude invasit, vi tenuit. Cum ille abiisset aut pulsus esset, auctoritate Pontificia (*Clemens quartus* tunc erat, Gallici sanguinis, & genti fautor) *Carolus Andegavensis* advocatur & invadit. Quem *Conradinus* dum pellere conatur, copias contrahit, è Germania in Italiam venit, multa nobilium manu: inter eos, *Friderico* Duce Austriæ, cognato suo. Sed & Itali se jungunt, quidam jus ejus, plures commoda vel affectus suos spectantes. Pugna cum *Carolo* commissa, primo victor, denique vincitur: & fugit cum eodē *Friderico Austrio* per ignotam Italiam, trepidi & agasonum habitu se occultantes. Ita Asturam ventum. ubi consilium capiunt navis conscendendæ, & Pisas dirigendæ, sociam & fidam urbem. Conveniunt cum naviculatore, & jam in navi erant. sed panis & commeatus deerat, quem mittunt eumdem illum præstinatum. Pecunia etiam deerat: ergo annulum alter è digito detrahit, sive pignus naviculario, sive pretio ab eo permutandum. Is annulus gemmam raram & æstimatam habebat: itaque aurifex miratus à sordido homine deferri, & suspectans, *unde habeat?* quærit. Ille candide, *A duobus juvenibus, ingenui vultus & sanguinis, sed habitu & veste squallidis: neque ultra se scire.* Defertur res ad Dynastam urbis (qui tunc illi proprius erat) *Ioannem*, è gente *Frangipanum*: atque is ex eventu prælii, & fama, tale suspicatus, navem instrui jubet, adolescentes retrahi, & ad se duci. Dictum, factum: sistuntur, agnoscuntur: & putabant extra periculum se. quia extra hostile solum erant, esse. Aliter accidit pravitate, sive avaritia Dynastæ. nam is *Carolo* indicat: qui statim cum copiis terra marique advolat, & captivos suos

Nea-

Neapolim abducit. Quid exfpectas ? aliquid
regiam! pudor eft Andegavenfis ftirpis aut
macula, quod dicam. Diu deliberato conclu-
ditur, tollendos adolefcentes, & publice capite minuendos. Quid ? ut ficarios aut prædo-
nes? qui jus fuum repetierant? qui bellum
palam intulerant , & jure ac more gentium
adminiftrarant ? Omnia in hoc facto fævitiam
& barbariem habent : etfi Pontificem etiam
obtendunt, atque illum confenfiffe, aut fuafif-
fe. Alterum poreft, vix alterum : fed æftima-
tio aliorum etiam efto, in re autem iftud. Pro-
ducuntur in fcænam publicam, concurfus ad
tale fpectaculum è tota Italia , plerique omnes miferantur & illacrimantur; fed nemo, nifi
inani favore, juvat. *Conradinus* animofe loquitur, *Carolum* accufat, fe excufat : Deum vindicem invocat , & jus fuum in hæc regna *Hin-
rico Caftellano*, amitæ fuæ filio, donat Huic rei
tefferam, chirotecam exuit, abjicitque. Tum
Fridericus primus ingeniculare jubetur , &
caput inciditur : quod fublatum è tabulato
Conradinus (quis fine motu audiat ?) pectori
appreffum , deinde ori applicuit : & fortem
miferam ejus deflevit , cui auctor ipfe effet.
Tum & ipfe in genua provolvens , fortiter
carnificem exfpectat : qui caput amputat. &
cum feciffet , ftatim alius hunc interficit , ne
exftaret qui jactaret generofum illum fanguinem à fe fublatum. Hoc unum *Carolus*
magno in fpeciem animo : cætera feritatem
habent. etiam illud. quod ipfe fpectator fupplicii effe fuftinuit , in alta quadam turri occultus. Illi obierunt : nec diu victoria aut regnis *Caroli* pofteri gavifi funt, & Hifpani (an
non morituri voce & voto?) ejecerunt.

CAP.

CAP. XV.

DE MODESTIA IN CVLTV:

Et hanc convenire, elegantiam aut pompam non convenire.

ET præcipuum quidem est, animum sic affectum esse : sed ut corpore idem prodatur, quidni decorum sit ? Aurum, gemmæ, serica, non digna sunt ornamenta magno Principe : & negotiator aliquis aut mango ea usurpet. Quis etiam nescit, Principi in mundo hæc esse ? habet gestatque, si velit ; sed majoris animi est, seposuisse. Sane egregios aliquot Principum sic factitasse video, & plebi virtute eminuisse, cultu consensisse.

I. AVGVSTVM apud Romanos : de quo Suetonius. *Instrumenti ejus & suppellectilis tenuitas apparet etiam nunc, residuis lectis atque mensis, quorum pleraque vix privata elegantia sunt. Ne toro quidem cubuisse ajunt, nisi humili, & modice instrato. Veste non temere alia, quam domestica usus est, ab uxore, sorore, & filia neptibusque confecta.* Vt alia omittam, vide an vestis illi trans mare petenda, qui non nisi domo sumptam, & confectam, gestavit.

II. ALEXANDER *Severus.* plane inter bonos Imperator, gemmas lapillosque omnes, quos in Palatio repperit, vendidit : addens, *Gemmas viris usui non esse.* Idem nec apparatu, nec pompa multum utebatur, hoc usurpans : *Imperium in virtute esse, non in decore.*

III. Quod sensit sane AGESILAVS, Sparta dignus rex. qui jam senex in Ægyptum *Tacho* regi suppetias ivit. Navibus vehebatur, & cum appropinquaret, ingens Ægyptiorum turba in portum se effudit, ad celebrem

ducem

ducem spectandum. Præceperant animo magnificum virum, veste, comitatu, ipso corpore spectabilem: at ille prodiit cum vili palliolo, par gregalibus, & nec aspectu verendus, nisi siquis nosset. Itaque palam cœpit contemni, aut irrideri : *Hunc esse, qui res lapsas instauraret? anchoram suæ spei ? Omnino jactatum illud in eo verum conspici. Montes parturire , murem nasci.* Hæc & talia plebecula: sed plebecula. virum & ducem se mox exhibuit, non parem famæ, sed majorem.

I V. Talis in eadem Græcia PHILOPOE-MEN, quem scite & vere dixit aliquis , *Vltimum Græcorum.* Post eum, vix sane alius magna virtute , & laude fuit. At hic & corpore parum decens, & cultus omnis negligens fuit : ac dedit sane modestiæ hujus (sed apud fœminam) pœnas. *Megara* ibat, & præmiserat nuntiatum amico cuidam, affuturum se vespere, & hospitem convivamque ei futurum. Gavisus ille, ut cocti aliquid esset , recta ad forum properat, uxori denuntians , ut domi interea paret, verrat, sternat: & quæ tanto hospiti conveniant. Illa satagit: & *Philopœmen* opinione maturius adest, & comites post se reliquit. Salutat hospitam. illa resalutat : & de cultu ejus & corpore suspicata antecursorem aliquem esse, & ex famulitio: *Heus tu,* inquit, *festinamus. adde manum & adjuta, atque hæc ligna mihi scinde.* Vna porrigit securim : & facit opus sedulo *Philopœmen,* donec amicus de foro supervenit , & attonitus , *Quid hoc rei est Philopœmen ? ita te & me dedecoras ?* Ille subridens, *En pœnas,* inquit, *vultus & cultus mei tui:* Adeo non indignatus pro servo se habitum, ut ultro jocatus in se sit: & credo materiam bellarum sermonum ea die, hoc factum fuisse.

V. RV.

V. RVDOLFO noſtro Auſtriaco non aliter Moguntiaci evenit, & à pari cauſſa. Nam
veſtitu, nihil à plebejo differebat. Mane igitur egreſſus ſolus (& aura frigidior erat) videt in piſtoris domo carbones de fornace re-
centes, ignitoſque. Intrat fidenter, adſiſtit, ca-
lefacit : cum mulier eum aſpicit, & ex veſtitu æſtimans, *Heus*, inquit, *mi homo parum decet*
vos ad mulierculas, & in alienam domum ſic veni-
re. Rudolfus, *Mea mater, miles ſum , qui meas*
res in obſequio & comitatu Imperatoris contrivi :
at ille parum benigne me nunc habet, nec pro ſpe
aut meritis numeratur. Mulier ad illud Imperatoris nomē cœpit ſtomachari, & multa mala in *Rudolfum* dicere: *Quin iſte vir eſt*, inquit,
qui nos & noſtra perdit, pauperum ſcopulus & exi-
tium Merito hæc vobis eveniunt , qui adhæretis &
ſequimini: atque ut plura eveniant, opto. Rudolfus
delectatus procacia mulierculæ. *Sed mulier,*
inquit, *de me miſſum face: vos proprie qua re læſit ?*
Ibi mulier exclamare, *Illene ? qui omnes pictores*
hujus urbis, lautos ſatis antea, fortunis evertit : nec
facile reſurgemus. Ac tu bone vir fabulari deſine,
nec ultra moleſtiæ aut impedimentum nobis eſto: abi.
Aliquid voluiſſet etiam Rudolfus, ſed illa A-
mazon vas aquarium in prunas accenſas jecit,
& fumo, vapore, cinere perfuſum ejecit.

VI. Sed iſte cultus ejus privatim, & non
publice ſortaſſe ſuit. Publice ? Quis dies læ-
tior, & magis pompæ aptus , quam cum victum *Ottocarum* , Boemiæ regem, ad ſe vocatum excepturus , erat , & fidem ab eo (Ho-
magium dicimus) accepturus ? Ille venit cum
magno & ſplendido comitatu : viri & equi
auro, gemmis , ſerico nitebant. Dictum Rudolfo, adventare: & ſedulo à quibuſdam addi-
tum : *Pararet ſe, veſte & cultu ornatiore & Impe-*
rato-

Q 5

ratorio, talem regem admissurus. Rudolfus reni-
dens : *Imo rex Boemia* , inquit , *griseam* [*Leuco-
pha.m* Græcis : *cineream*,aut *murinam* Latinis]
meam vestem (verba fuerunt) *sape derisit : nunc
ipsum vestis mea grisea deridebit. At vos arma &
tques expedite , & accincti instructique , ut ad
pugnam, stato. Decus Teutonicorum armorum , non
vestium,advenis istis offendite: hoc me vobisque dignum est.*Dixit *Rudolfus,* neque aliter fecit. Ottocarus illi vili cultui fe & aurum fuum fub-
mifit, & ad genua acceffit : non fine ludibrio
etiam, cum Imperator juffiffet tentorium, in
quo res gerebatur , fubito pandi & revelari,
ut ab omnibus geniculans *Ottocarus* confpici
poffet.

VII. CAROLVS *Quintus* Imperator , ut
fanguinem ab eo,fic hanc virtutem traxit. In
omni vita modicus,vel potius tenuis,in cultu
fuit.quod notarunt Itali,& mirati aut calum-
niati funt , in primo ejus & follenni ingreffu
Mediolanum , Infubrum urbem. Cives novo
domino omnia inftruxerant , plateas aulæis,
tabulis , frondibus , fefe quifque veftibus
exornaverant : umbella aurea parata,quæ in-
gredientem tegeret.cum ille & Imperator,&
non femel Rex ac Princeps, in lanea atra pe-
nula,& vili pilleolo, fub eam fe dedit.tVide-
bant eum , & requirebant : matronæ præfertim, & virorum vaniores. qui trabeas,& illu-
fas auro veftes,& fulgentes in capite & collo gemmas exfpectabant.

VIII. O quam difpares ifti à Græcanicis
Imperatoribus , quos luxus & deliciæ ad
cultum vix virilem traduxerunt ! In qua re
lepidum eft,quod *Nicetas Choniates* denarrat de
ALEXIO ANGELO , Principe Byzantino.
.. .in Italia tunc *Henricus Quintus* Imperator,

tor , filius *Frederici Ænobarbi.* qui Sicilia &
Neapoli fubjecta fpes fuas longius porrige-
bat,& Græciæ imminebat. Mifit igitur legatos,qui magnum auri pondus pofcerent,velut
tributi nomine: aut fi negaretur,cauffam belli. *Alexius,* quem dixi,audito adventu exterorum , ut opes fuas & fplendorem iis oftende-
ret, & oculos veneratione aut metu præftrin-
geret; juffit fuis omnibus quam ornatiffimos
adeffe auratos , gemmatofque : ipfe autem à
capite ad calcem nil nifi fplendor , & nitor
erat, rarum vel in exemplo aliquo fpectacu-
lum.Veniunt legati, fed Germani, id eft viri.
qui tantum abfuit (ait Nicetas) ut fpectaculo
eo ad metum moverentur, ut contra ad cupidinem:& nihil magis vellent,quam cum iftis
quamprimum ad manus venire,effœminatis,
nec nifi ad prædam natis. Cum interim Græculi etiam accedentes eos cubitis tangebant,
& digitis præibant , ut *Imperatoris veftem &*
gemmas afpicerent : quibus ille, ut floridum aliquod
pratum, aut Alcinoi hortus, varie nitebat. En, aje-
bant, vel in media hieme,Veris opes & gratias ufur-
pate , & oculos iis pafcite atque hilarate. O belli
parafiti ! & quid ad hæc Germani ? *Nihil capi*
aut affici fe iftis muliebribus fpectaculis aut orna-
mentis. atque adeo jam tempus effe, ut his fepofitis
Graculi ferro aurum commutarent. Nam fi irriti
legationis fua redirent ; pugnandum iis cum viris
effe, qui non ut prata lapillis niteant, neque veftibus
variegatis, ut pavones, glorientur: fed qui veri Mar-
tis alumni , flammas nitoremque ex oculis in acie
jaciant, & quorum fudor fplendidis guttis defluens
referat margaritas. Hæc noftri Germani ad
Græcos, jam verbis terrefactos: quid fi ad rem
ventum fuiffet ? Et fuiffet, nifi *Henrici* mors
fubfecuta confilia hæc & incepta turbaffet.

CAP.

C A P.   X V I.

DE MAIESTATE.

Et salva Modestia posse assumi.

Eque enim inter se hæc pugnant, &
convenientia est etiam inter specie dis-
pares virtutes. Appello autem *Majestatem*, ve-
nerationem aliorum animis insitam, cui à
magnitudine est origo. Et ipsum etiam nomen
Majestatis est à magno. Ovidius decenter
aperit :

> *Donec Honos placidoque decens Reverentia vultu*
> *Corpora legitimis imposuere toris.*
> *Hinc sata Majestas.*

Proles igitur est Honoris & Reverentiæ, sed
& matrem siquis horum dicat, non aberret.
Origo ei præcipua ab interna magnitudine,
id est virtute : etsi externa etiam species, ge-
stus, cultus, aliquid addunt. Orientales in his
talibus magis curiosi aut affectati minus Eu-
ropæi, & veteres Principes diademate & purpura fere contenti fuêre. Hodierno ævo, illis
abolitis, sceptrum & corona successerunt. Parum est, arbitraria sunt : leve adjumentum ad
majestatem, nisi aliunde ea adsit. Sunt & insignia quædam novitiæ inventionis, ut Aurei
velleris, Conchæ S. Iacobi, & talia : è quibus
primum, omen habuisse videtur aut præsa-
gium plusquam Iasoniæ navigationis, qua novus orbis, & in eo aurum, sunt retecta. Aliquid & Aulæ pompa, & ministeriorum varie-
tas aut copia, item satellitium huc faciunt:
& *Iulianum* Imperatorem, vulgo *Apostatam*,
culpatum in his memini, qui sustulit aut reci-

τοῖς πολλοῖς ἐγγινομένη κατάπληξις ἐυκαταφρόνητον ἐποίει τὴν
βασιλείαν : *quoniam ceſſante admiratione opum &*
potentia, quæ plebeis animis hoc aſpectu inſeritur,
vilem & contemni facilem reddidit Principatum.
Plebejum judicium eſt , nec magni hæc mo-
menti : magis mores, ſi ii compoſiti & graves. Talem *Periclem* Plutarchus deſcribit, *vul-*
tu ſerio, nec ad riſum facili ; inceſſu moderato, voce
& ſermone ſedato. Alacritas illa nimia vix convenit, ſed nec dicacitas, etſi ingenii notam dicas. Livius in *Philippo* ultimo Macedone hoc
notat : *Et erat dicacior natura, quam regem dece-*
ret, & ne inter ſeria quidem riſu temperans. Iam
corpus & ſpecies ſi adeſt, valde juvant. atque
ita de *P. Scipione. Africano* idem Livius : *Præ-*
terquam quod ſuapte natura multa majeſtas in-
erat, adornabat promiſſa caſaries , habituſque cor-
poris, NON CVLTVS MVNDITIIS , *ſed vi-*
rilis ac vere militaris. Poſtremo, ſeceſſus & ab-
ductio juvat. Vt enim ille ait, *Parit converſa-*
tio contemptum , raritas conciliat ipſa rebus admi-
rationem. Sed nimia ne ſit: aut tollit munus &
officium regis. Neque enim Perſæ laudandi,
apud quos perſona regis, ſub ſpecie Majeſtatis , oc-
culitur. Non item qui eos imitati , *intra ſecre-*
tum Palatina domus incluſi , tamquam aliquod Ve-
ſtale ſecretum conſuluntur : tumida & odioſa
ſunt, niſi gentium aliquis receptus mos (nec
is bonus) ita habet. Quid tamen de regibus
dicam ? ecce olim libertum , qui huc ſuperbiæ & faſtidii devênit. Is fuit *Pallas* Claudii,
qui venerationi aſſerendæ, *numquam domi ali-*
quid, niſi nutu aut manu, ſignificavit; vel ſi plura
demonſtranda eſſent. ſcripto uſus, ne vocem ſociaret.
Examina hoc , & ride ſervilia illa portenta
tam impotenter regnaſſe.

CAP.

CAP. XVII.

DE CASTITATE.

Quam Princeps extra connubium, & in eo
pro parte servet.

ADdidi denique alias virtutes, quæ ex de-
coro aut usu sunt : & quattuor præsertim, *Beneficentiam,Castitatem,Patientiam,Animi*
magnitudinem. De prima,alibi dicendum commodius : nunc de Castitate , digniſſima Principe : cujus proprium est, alta & seria cogitare. Non facit libido , quæ in sordidis cogi-
tationibus & cœno suo hæret.Bene ille veterum : *Nihil est tam mortiferum ingeniis,quam li-*
bido. Nec animi solum,sed corporis robur minuit: & perplacet illud Augustini,*Pudicitia est*
virtus, quæ comitem habet fortitudinem Omitto
pericula ex ea & contemptum,alibi dicenda .
Habeas igitur ante matrimonium:neque enim
ab eo te arceo. imo *quod honestius* (ait ille) *Im-*
peratoriæ mentis levamen , quam assumere conju-
gem , prosperis dubiisque sociam ? cui cogitationes
intimas,cui parvos liberos tradas ? Cogitationes,
nec tamen omnes. Illæ de republica,non bene semper infirmo, & interdum infido sexui,
committuntur , Spernimus . qui referunt ad
istas pleraque omnia,& qui audiunt: etsi Aristoteles notat , *feroces & militares sæpe populos*
ita subjici, & nominatim Lacedæmonios. Quod
idem de istis Plutarchus, scribitque : *Lacedæ-*
monios uxoribus suis semper addictos esse , plusque
eum his,de negotiis politicis, quam has eum illis, de
privatis communicare. Turpe est, ne fiat. Quis
Claudii imperium non novit , hoc nomine fa-
mosum,quod semper aut *Messalina* aliqua, aut
Agrip-

Agrippina regeret; aut una cum his, quispiam
è libertis? Quis & *Alexandri Severi*, boni alias
Principis, non mifereatur : qui per pietatem
nimis matri fe addixit, & fe fic evertit ? He-
rodianus obfervat : *Quippe illi mater fupra mo-*
dum imperabat; atque is dicto audiens femper fuit,
idque aliquis folum in Alexandro reprehenderit,
quod manfuetudine nimia , & reverentia majore
quam oportuit, matri etiam in iis qua difplicebant,
obfequeretur. Atque idem fcriptor proprium
muliebre vitium tangit, quod inftillant. *Ale-*
xander , inquit , *ipfe ad pretium cum Partho non*
venit, incertum metune proprio, an quia mater reli-
nuerit, fœmineo pavore. Omnes enim illius (hæc nota) GENEROSOS SPIRITVS *retundebat,*
fuadens alios potius periclitari pro fe fineret , quam
ut ipfe in acie confifteret. Talia fœminæ, & deteriora , folent : ac bonarum rara exempla,
animofarum pauciora funt. Mihi vero, fi quæ
Principis fœminæ partes in republica effe
poffunt, eæ fint quas Homerus in *Arete Al-*
cinoi defcribit : *quam* , inquit , *maritus honorat*
& cives : Quid ita?

Οὐ μὲν γάρ τι νόυ γε καὶ αὐτὴ δίευ) ἐσθλῶ ,

Οἷσίν τ' ἰῦ φρονέησι, καὶ ἀνδράσι νείκεα λύψ.

Nam neque mente animoque ea deficitur fa-
pienti ,

Atque inter cives & amicos jurgia folvit.
Hoc bonum germanumque fœminæ opus,
pacare, mitigare: amplius, ex eodem Homero , afflictos juvare. Ita enim Ninerva *Ulyßi*
fuadet, adire in primis & blandiri *Aretæ*: quia
per eam in patriam reftituendus effet. Plura
quæ facit, plurimum male facit, & pulchrum
elogium de *Maria Emanuelis* Lufitani uxore,
quæ (ait fcriptor ejus gentis) *erat moribus &*
vita gravis, humanitate comis; otii inimica, & ipfa
MANI-

manibus suis opera muliebria, è lino aut serico, faciebat ; & virgines suas eodem ducebat. NEGOTIIS PVBLICIS numquam se admiscebat, summum mulieris decus in modestia ponens , & vita perturbationem censebat , munerum confusionem. Hæc magnanimæ illius *Isabellæ* filia fuit : sed non in virilibus curis ei par: & ut verum dicam, *Isabellæ*, ut Phœnices, vix quingentesimo anno gignuntur. Siquis tamen talem nactus, utiliter audiat : vel minorem ea , sed audiat, non semper auscultet. Exempla porro *Castitatis*, atque etiam deinde *Charitatis* inter conjuges, demus, ac primum illud, quod de

I. CYRO Xenophon, sive vere sive decore, scripsit. Cum, inquit, *Panthea* formosissima fœminarum capta esset, atque ad eum adducenda, vetuit : ne vel oculis scilicet castitatē matronalem, & suam, violaret. Atque *Araspo* ex amicis suadenti adire eam, & alloqui: *esse enim mulierem insigni forma , & Regis plane oculis dignam: Ob istuc ipsum*, inquit, *magis est ut abstineam. Etenim si nunc illam adiero, cum vacat; fortasse illa efficiet ut adeam, etiam cum non vacat, eique assideam neglectis rebus seriis.* Bona oratio, & ratio. ac sane si non alia noxia in usu fœmineo ; ista certe est, avocari à melioribus curis.

II. Itaq; jure PERICLES, cum Atheniensibus Prætor, collegā *Sophoclem* poëtam haberet; atque is in cōmuni officio forte districtus, prætereunte egregium puerum intentius intuitus esset, impensiusque laudasset ; gravissima ista voce corripuit, *Oportet, ô Sophocles. Prætorem non solùm manus à lucro; sed oculos à libidine habere puros.*

III. Quod fecit rex ANTIOCHVS tertius. qui Epheli in sua urbe , conspectā Dianæ sacerdote, supra alias forma decora , continuo illinc solvit: veritus scilicet , ne amor aspectu
paulla-

paullatim auctior audaciorque , eo impelleret, unde pius caſtuſque non rediret. Lauda-
ri meritiſſimo poſſet, & contra impios quoſdam Principes : quibus Deo dicatas virgines
violare aut inceſtare , idque ſub velo (ô nefas)ſacrorum & religionis, ludus jocuſq;fuit.

IV. At ALEXANDRI *Magni* in hac re continentia, cui non innotuit ? Is magno prælio
Darii victor, ejuſque gazam, conjugem , &
filias etiam potitus : non ſolum benigne &
regie habuit , ſed ſic caſte, & ſancte , quam
ſi eodem , quo ipſe , parente genitæ forent.
Darii quidem uxorem, exſuperanti forma
fœminam, nec oculis attingere umquam voluit'; quod ipſe de ſe in epiſtola quadam ad
Parmenionem ſic ſcripſit : *Ego enim non ſolum non*
vidiſſe inveniar Darii uxorem, aut VIDERE CO-
GITASSE , *ſed nec verba facientes de ejus forma*
audire ſuſtinuiſſe. O raram in ea fortuna, & æ-
tate, laudem!quam factum ſequens cumulat.

V. Cum aliquando enim IDEM, natura in-
citante , uſum fœminæ voluiſſet , & miniſtri
formoſam noctu adduxiſſent, ille rogavit ,
Ecquid tam ſero veniſſet ? Ibi mulier excuſare
mariti vigilias,& exſpectaſſe donec cubitum
iviſſet. Quod cum audiſſet, quaſi telo ictus ,
& calore omni remiſſo , mulierem omiſit :
vocatiſque miniſtris, *Reducite,* inquit , *iſtam,*
& quam pæne imprudentem me adulterio illigaſti?

VI. Iam quæ verba EIVS & ira, adverſus
Philoxenum quemdam , maritimæ rei Præfectum ſuum? qui ad eum ſcripſerat,*Eſſe apud ſe*
Theodorum mangonem, & venales habere duos pue-
ros forma eximia,ecquid eos emeret? Quibus lectis
valde indignatus , & idemtidem exclamans

inureret ? Sed & in epistola ad ipsum , multis
eum probris scidit, jussitque *Theodorum* illum
cum mercibus suis in malam rem ablegari.
Quod si sic alii Reges & Principes ; faxo ,
ut talium rerum conciliatores & interpretes
pauciores in Aulis essent.

VII. Quid autem Romanus SCIPIO? nec
robur ejus in hostes magis , quam in libidi-
nes suspexeris : quas an non supra *Alexandrum* domitas habuit & compressas? Nam
ille oculis suis parum credidit , & veritus
est capi? iste cominus congressus , & vidit ,
& vicit. *Carthago nova* ab eo capta erat , ubi
præter aliam affluentiam rerum, pueri virgi-
nesque nobiles reperti: & inter eos una, quæ
ad *Scipionem* deducta, oculos , quaquá ibat ,
omnium in se splendore formæ vertebat. Donum dabatur juveni Imperatori,ut putabant ,
gratissimum : sed ille oculis libatam modo ,
abnuit : & *Acciperem* , inquit , *fruererque* , *si
privatus, & non cum Imperio essem. Nunc respu-
blica occupatum hunc animum tenet. Accipio tamen quasi depositum , reddendum cui ratio & humanitas suadebunt.* Simulque virginem per-
contari de patria, parentibus, & sorte cœpit:
agnovitque principe loco natam., & principi
item suæ gentis adolescenti (cui *Lucejo* nomen) desponsam esse. Igitur parentes , &
hunc, advocat : cumque venissent. statuta a-
pud se virgine, sponsum ex iis priorem alloquitur : *Ego, ut hac virgo ad me deducta à militibus nostris, ac donum data est ; & formam ejus
libens vidi , & dotes animi corporisque laudavi.
Nec enim caecos , aut ignaros talium , Natura genuit : hæc quoque pectora amor tangere potest , sed
non nisi honestus , & quem tempora resque mea permittunt. Hæc igitur etsi jure belli mea erat : tamen
non*

non lubet inter arma hos ludos ludere ; nec deceat
fortaſſe præripere , viro forti jam deſponſam. Hoc
enim ab ea didici , & ideo te evocavi : ut coram
viderem, coram tibi hanc traderem (numina teſtor)
caſtus caſtam. Sic pudice cauteque mea cura habi-
ta eſt, ac ſi apud ſoceros tuos, parenteſque ſuos fuiſ-
ſet. Non .ſi-t me teque dignum donum , ſi aliquid
ex ea vis aut occulta fraus libaſſet : intactam , in-
violatam accipe , & fruere. nec aliam mercedem ,
quam te volumus, id eſt animum tuum Scipioni &
Romanis addictum. Attonito juvene , & præ
gaudio vix mentis aut linguæ compote ; parentes intervenerunt , gratias agentes haben-
teſque. & ad pedes Scipionis ſatis grande
auri pondus depoſuerunt , quod pro redi-
menda attulerant : rogaruntque , quoniam
gratis redderet, ipſe hoc munus ab ſeſe haberet. At ille beneficentiam alia cumulans ,
ſponſum tollere hoc aurum totum juſſit ; &
ſuper dotem , quam parentes daturi eſſent ,
hanc quoque à ſe habere. Quid laudes potius ? libidinem victam , avaritiam victam ?
cum laude privata, cum publico fructu? quia
uno hoc facto magnam Hiſpaniæ partem ad
Romanos & ad ſe traxit , certatim cupientes
tali virtuti ſubeſſe.

VIII. Iam in IVLIANO quoque Princi-
pe , etſi à pietate & religione noſtra abiit ,
admiranda hæc continentia fuit. quem fides
certa habet , mortua *Helena* conjuge , nihil
umquam venereum attigiſſe : celebrantem
ſæpe & recolentem Bacchylidis poetæ illud
dictum : *Vt egregius pictor vultum ſpecioſum eſ-*
ſingit , ſic pudicitia celſius conſurgentem vitam
exornat.

IX. Libentius & Chriſtianos hîc inſero ,
& laudo. primumque inter eos BALDVI-

NVM, ex Flandriæ Comite Byzantii Imperatorem: qui annos x x x 1 1 natus, in ipso illo
ætatis æstu, sic continuit se & adstrinxit , ut
toto illo tempore quo ab uxore abfuit , nec
impudicis quidem oculis mulierem sit intuitus, quod de illo totidem verbis , hostis ejus
alioqui , *Nicetas* in historia consignavit. additque , etiam in aliis hanc castimoniam ex-
egisse, & *bis quaqua hebdomade, sub vesperam ,
proclamari jussisse. Nequis qui alienam mulierem
gisset, dormisse aut cubuisse in Palatio suo vellet.*

X. MAXIMILIANVS *Primus Austrius* ,
quam castus à libidine fuisse censebitur, qui
sic verecundus à contactu aut aspectu fuit ?
Inter alias dotes , corpore & omnibus mem-
bris pulcherrimus describitur : sed eorum
quæ natura occultari voluit , ita celans , ut
nemo vir aut fœmina nudum eum viderit, aut
retectum. Subducebat se surtim , cum naturæ purgationes vocarent : ad lectum iturus ,
nec cubicularium quidem ad exuendum, de-
ponendum , collocandumque se admittebat.
adeo ut nulla virgo magis teneri pudoris
fuisse videatur. Quid, quod testamento cavit,
caligas & feminalia mortuo sibi induci ?, ut
& tunc cura pudoris esset , cum jam non
esset.

X I. Sed & CONSALVVM *Magnum* , Hi-
spana stirpe , merito celebraverim , qui tot
bellis, cum regnum Neapolitanum suo Regi
vindicaret, consensu traditur , nullam matro-
narum aut virginum temerasse , imo & obla-
tas aut offerentes se (nec novum in tali potentia) comiter rejecisse. Atque adeo cum pater
quidam, vir nobilis. sed pauper, duas filias, sci-
tas & lepidas, ipse ad eum perduxisset, ratus
ad opes posse venire : admisit q..

dem, sed cauſſa facti cognita, ut ſuas filias,
dote data nobilibus viris elocavit. à ſe tam
integras, quam à parente.

XII. Addi fortaſſe meretur, etſi in uno facto, continentia. quam alii FRANCISCO
Sfortic. alii CAROLO *Octavo* regi Galliarum
adſcribunt. Sed hujus nomen uſurpemus, ut
dignius : & potuit tamen hoc ſimile in utroque eveniſſe. Igitur *Carolus*, in reditu à regno
Neapolitano (quod quæſivit fortius, quam tenuit) cum oppidum aliquod Italiæ expugnaſ-
ſet; in militum direptione & diſcurſu, virginem perhoneſta forma ad pedes ejus accidiſ-
ſe ferunt, tutelam à vi militum & cuſtodiam
pudicitiæ ſuæ rogantem. Atque illum à militibus quidem ſervaſſe; ſed ut juvenem & talium rerum ſatis liberum, ſtatim oculos &
cupidinem ad eam adjeciſſe, & ſeductam
in lectum abjeciſſe, jam imminuendam. Ibi
ea toto animo anxia, videt tabulam in parie-
te ſuſpenſam, in qua Diva virgo puerum, mundi ſervatorem, ſinu geſtabat : & ea oſtenſa,
Per intactam hanc virginem, inquit, *oro, adjuro,
virgini mihi parce.* Movit ita regem (non ſine
Divæ illius numine) ut libidinem jam exſi-
lientem coerceret : & lacrimis etiam profu-
ſis, ſolo amplexu profecutus liberam dimi-
ſerit, cum dote quingentorum aureorum.
Sed & propinquos, aut affines, captos, ei
donavit.

XIII. Hæc exempla in regnis, aut imperiis : quis carpet unum alterumque prodi,
in fortuna privata ? SPVRINA adoleſcens
in Etruria, excellenti pulchritudine, ma-
tronarum virginumque in ſe oculos, ſed &
virorum trahebat. Illæ potiri avide, & in occulto aut palam, ſuſpirabant : iſti æmulatione

R 3 *tan-*

tangebantur , & in fuis quifque fœminis timentes, aut fufpectantes. Optimus juvenum
vidit. & ut fe aliofque metu vel moleftia li-
beraret, faciem illam fic emendatam , plagis
fciffurifque totum ipfe deformavit. Quid addam? ludibrium poftea , non irritamentum
vixit.

X'IV. Addatur, addatur ille DAMOCLES,
adolefcens Atticus , tam infigni facie & corpore, ut vulgo ei cognomen *Formofi* effet. I-
taque eo ipfo proditus *Demetrio* regi , qui
tunc Athenis lafciviebat , poftulatur ad ftu-
prum : impelliturque donis, promiffis, minis.
Nihil horum valuit , & vim aut infidias veritus, abftinere etiam cœpit gymnafiis publicis, & palæftra. Quod rex cum advertiffet ,
pofitis obfervatoribus , evenit ut in balneas
privatas lavandi gratia iviffe cognofceret ;
ftatimque eo properans nudum deprehendit ,
quid nifi certam , ut putabat , prædam? Et
jam ira quoque accenfa libido irruebat: cum
ille non nifi in morte effugium videns , hanc
elegit , referatoque aheni operculo , in a-
quam ferventem fe demerfit , & exftinxit.
Trifte fatum , etfi forte factum! fed juftius
undique laudandum, quod adjungam,

XV. PELAGIVS in Hifpania fuit. qui in
clade à Mauris accepta ad *Iuncariam* , fub Or-
donio rege, cum obfes datus effet, five pro a-
vunculo *Hermogio* Epifcopo Tudenfi , ut plures certiorefque volunt ; five pro patre Ga-
liciæ Principe , qui captus Cordubam trahebatur? fed pro utro, tamen obfes *Abderami-
ni* regi Mauro datus : ecce forma ejus captus
Barbarus, florem hunc fibi deftinat , & allu-
dere cœpit, contrectare , & tentare. Il-
at ille rejicit, atque id fæpius : donec vim eti-

iam

iam parat amator. cui iste , ingenua ira , pu-
gnum impegit : & *Tolle canis* , inquit, *vitam* ,
non pudicitiam mihi extorquebis. Hic quoque in
iram ferio jam datus , juffit ut fundæ machi-
nali impofitus , trans Bætim fluvium viemif-
fus , rupibus illideretur. Quod factum : fed
Pudicitia ipfa , opinor , alumnum fuum tuita
eft, & cum miraculo vivus evafit. Non mutavit tamen Barbarus , nifi fupplicium : &
forcipibus membratim difcerpi lancinarique
juffum , in flumen projecit. Vnde Chriftiani
noftri extraxerunt, coluerunt : nomenque e-
jus in Divorum numerum ab Ecclefia merito eft relatum.

Satis fit jam talium : videamus & CARI-
TATIS inter conjuges exempla. Nam ea ca-
ftitati fere femper comes.

XVI. *Vefpafiani* ævo turbæ aut rebellio
in Gallia fuit, & dux partium *Iulius Sabinus* ,
cui uxor EPONINA. victis Gallis , dux ad
fupplicium quærebatur : fed is in fpeluncam
aviam fe abdidit , & famam mortis fuæ fpar-
fit , quafi veneno fponte eam fumpfiffet : ac
rei fidem, villam , tamquam fuper fe , juffit
incendi. Ipfa uxor hæc ignorabat , eratque
in multis & mœftis lacrimis : foli duo liberti fciebant. qui miferati mulierem, mori certam , & cibi jam triduum expertem , marito
indicant , & fuadent amanti fubveniri. Factum, & illa refcifcit *Sabinum* fuum fic vivere : venitque ad eum , fidem & filentium coluit per totos novem annos , & liberos etiam
in fpelunca concepit ac peperit, fola Caritate
obftetricante. Denique res evulgata eft , capti funt. Romam deducti : an non venia do-
nati ? laudem & præmium merebantur. certe ifta. Sed *Vefpafianus* (ah meo animo hic fæ-

vus; juffit interfici. quamquam illa prolatis
oftenfifque liberis : *En Cefar*, dixiffet, *quos ego
in monumento peperi atque alui, ut plures fupplices
haberes*. Indignor , non vel di&o huic indul-
gentiam donatam : fed nihil illa: & læta, opinor , cum marito periit , cum quo tot annos
jam ante fuerat fepulta.

XVII. Fuit & CABADIS Perfarum regis
uxor, ignoto nomine, mira in eum fide. Is regno fuo fpoliatus à fubditis , quibus durius
imperaffe vifus , & in cuftodiam datus erat.
Blazes frater in ejus locum fubftitutus, confilium babuit, quid captivo faciendum ? atque
ibi *Chanaranges* (magiftratus & præfe&uræ
præcipuæ nomen) oftenfo cultello , *Hic*, inquit, *tam exiguus ftatim peraget quod poftea viginti millia hominum non efficient*. Significans, tolli
ex facili nunc poffe ; vivum , daturum mole-
ftias aut clades , uti evenit. Nam cum mitior fententia in virum fanguinis & loci regii obtinuiffet , utque in carcere cui *Lethe*
nomen , perpetuo adfervaretur : fuit ibi aliquamdiu, uxore idemtidem invifente , & fo-
cillante. Sed fors ita tulit, ut Præfe&us car-
ceris confpe&am jam fæpius mulierem ada-
maret : quod illa ad maritum retulit : atque
hic eam juffit obfequi, vel falutis fuæ cauffa.
Non volens paruit: fed volentior deinde Præ-
fe&us, & mulieri , cum vellet , ad maritum
acceffus fuit. Itaq; opera tandem *Seofis*, veteris & fidi amici, equi parati in propinquo ad
effugium: atque ipfa carcerem, de more, in-
greffa, viro fuam veftem induit , illius accepit: qui egreffus fic fefellit. Iam plures dies
abierant, & *Cabades* in tuto, & apud *Euthalitas
Hunnos*: cum fraus deprehenfa, & mulier juffu
regio pœnas dedit. Infelix hac parte, nec *Ca-*

badi fuo profperorum futura focia. qui uxore alia ducta, filia regis *Euthalitarum*, grandes à focero copias impetravit , regnum recuperavit, & *Blazen* in cuftodiam dedit,oleo fervente fuper oculos infufo prius excæcatum.

XVIII. Simile eft SANCTIÆ Hifpanæ facinus. quæ foror *Therafiæ* reginæ Legionenfis , aut ejus ex fratre neptis (nam diffentiunt) fidem & affectum erga fponfum,& mox maritum, oftendit. Is erat *Ferdinandus* Caftellæ Comes, cui infenfa *Therafia* ob patris mortem , ulcifci eam fœminea fraude apparabat. Itaque nuptias *Sanctia* fororis offert , quæ apud *Garfiam* fratrem, Vafconum regem , educabatur. Placuit Comiti conditio , it modico & pacis in fpeciem comitatu, ad fponfam capiendam , & fruendam & deducendam : cum *Garfias*, infidiarum gnarus & particeps , in vincla eum condit. *Sanctia*,audito fua cauffa & amore id eveniffe, etfi amoris antea expers ; honefte eum concipit : occulte in carcerem věnit , nuptias pacifcitur , & cum eo in Caftellam, elufis cuftodibus, abit. *Therafia* nec fic mitior aut quiefcens , aliam iterum fraudem ftruit: idque per filium *Sanctium*,Legionis regem. Qui conventus regni indicit , quafi de magnis publicis rebus , & eo Comitem, de more vocat. Hæret nonnihil ifte , & dubitat : fed ut folent generofi animi, in fidei partes inclinat. Tamen cum veniffet , immitiore ftatim vultu & fermone exceptus , in arctam cuftodiam datur. Quid facis *Sanctia* ? in fororem, in nepotem , pro marito quid ftruis? fraudem iterum,fed piam. Simulat voti fe ream, velle ad Divi Iacobi proficifci: facit iter per Legionem,& fatis benigne (quidni à nepote, matertera?) excipitur. Orat in-

primis , vifendi obiter mariti copiam fibi fieri : atque impetrat, fed in noctem unam. Ibi
complexus , ibi lacrimæ ; & domo allatum
confilium exfequitur, ut vefte permutata, vi-
cariam fe daret pro marito. Ita ille luce du-
bia emittitur pro *Sanctia* , equos ex compo-
fito repperit, infcendit; evafit. Ipfa Sanctia ,
cum nepoti indicium fraudis factum , educitur : & quamquam ftomacharetur primo, &
dèlufum fe doleret , tamen impetu ad rationem revocato , pietatem & robur fœminæ
veris laudibus tollit , & honefto comitatu ad
maritum remittit.

XIX. Firmus etiam fundatufque ille a-
mor , qui in BLANCA SCARDEONIA , Ita-
lica matrona, ad ftuporem apparuit. Captum
Baffianum erat, in agro Patavino municipium,
ab *Actiolino* immanis fævitiæ tyranno : atque
ibi dum fortiter repugnat maritus *Blancæ* , interficitur ; ipfa etiam in armis virilibus marito juncta , & fimul pugnans , capitur. Addu-
cta igitur ad tyrannum, & armis exuta , for-
mofiffima mulier apparuit ; & accenfus libidine potius , quam amore , potiri ftatim voluit. Illa abnegat. precibus, minis, & terro-
ribus immobilis:donec ad vim tyrannus fe pa-
rat.quod intelligens,aftu ad feneftram fe fubducit, & præcipitem ex ea jecit. Non tamen
vel fic obiit,ad aliud facinus fupervixit,quod
fuit tale. Cum enim fanguine fœdata & fe-
mianimis, fublata *Actidini* juffu effet , & in
lecto repofita , curataque : poft dies aliquot
iterum tentata recufavit,& eumdem animum
vitæ potius , quam pudicitiæ perdendæ , fibi
effe teftata eft. Ab irato igitur conftringi li-
garique juffa , violata. non contaminata eft
illxci } enim poffet illa caftitas ?) fed tamen de-

de-

decori huic fupereffe noluit, & fortius qua
aliqua *Lucretia* , cum ad mariti fepulchrur
iffet, allevato & fuffulto lapide , fuper fœti
dum cadaver fe projiciens , atque id ample-
xa, *Teneo te,* inquit, *mi anime : quis tyrannus ul-*
tra avellet ? Maneo, accipe fidam tuam Blancam ,
corpore & funere nunc junĝam. Dixitque , &
fulcrum revellens, caput fibi contrivit & fp-
ritum tenuem & exiturientem emifit.

XX. At hæc in fæminis funt , quarum ad
honefta aut prava major fæpe impetus : fed
nec viri deftituimur hujus Caritatis exemplis. Omitto vetera. fub rege *Emanuele* Lufitaniæ , in Africa bellum gerebatur : & *Atai-*
dius ejus ibi Legatus, cum fatis magna manu
prædatum in agrum Marochienfem iverat
Inopinantibus fupervenit, atque ita RAHVM
BENXAMVTIVM repperit , claro nomine
inter Arabum duces : qui caftra illic & , de
more. familiam habebat. Igitur ingens à Lufitanis cædes edita, præda item hominum pe
corumque parta. Ipfe *Rahus* tamen evaferat
& cum Chriftiani, onere graves, tardius it
facerent, collectis ad LXX è fuis equitibus , a
tergo obequitabat minitabundus. Plures in
terea accedebant : & ipfe tum fuos coho-
tans , tum Arabas excitans (qui cum Lufite-
nis fœderati militabant) ut eos defereren
proderentque : *En egregiam occafionem,* inqui-
bat, *Deo, Mahumeti , gentilibus placendi , fi if*
canes & alienigenas , facto agmine ac nobifcum
juncti , invaditis , & cinctos undique trucidat
Præda erit veftra, gloria æterna erit veftra, pat
liberata muneris erit veftri. Agite fratres , ag
commilitones , expiate fœderis dedecus honeftiffin
tranfitione. Clamabat, non movebantur : ir
copia, quo fidem fuam magis noftris appr-
                                    bare

barent, in primum agmen cum præda se con-
ferebant: Iam parabat , ut impar , discedere
Rahus : sed uxor illius *Hota* nomine , singula-
ri specie mulier , amata unice & amans , ex
agmine nominatim eum inclamavit. Substitit
ille, & vocem agnovit, simulque sæminæ sa-
tum: atque ipsa à ducibus petito brevi collo-
quio & impetrato, *Rahe*, inquit , *Benzamutie,*
ubi promissa & fides sunt ? Quoties jurasti , capti-
vitatem meam & discrimen ipsa morte tua depelle-
re? En trahor captiva, & pateris, perfide dicam an
ignave ? Nec utrum probum viro indignius sit, scio.
Ubi autem de robore tuo vaniloqua verba? pudet &
fama, qua sic est mentita. His vocibus , & ipsis
amoris furiis, incitatus *Rahus* : *Dies*, inquit ,
longa est , victoria in Dei manu, virtus in meo bra-
chio , confide. At illa pulverem manu è terra
tollens , & in altum projiciens , *Sic*, inquit ,
verborum tuorum fidem aura dispellit. Abi ingrate,
alia fruere, quam mihi, ut video , prætulisti. Sed
Rahus statim, ut in more gentis est , calceum
sibi detractum. in illam jecit : quod signum
& pignus sanctum erat servatæ servandæque
fidei ; & simul ad equites suos conversus. *Si*
umquam amor vos tetigit, inquit, *mei atque hujus*
miseremini, & adjuvate. Per sacra nostra, per glo-
riam gentis, per vitam hanc meam obsecro, quæ diu-
urna esse non potest, si hæc aufertur. Insilite, dii au-
entes & amantes juvant. Fecitque ipse & alii
mpetum quem egregie sustinebant nostri ,
onec *Ataidius* in extremo agmine propu-
nans & sustinens , cum guttur ejus casu arma nudassent, hasta *Rahi* transfixus occubuit.
Duce amisso, confusio; & ea major, quod æ-
mulatio etiam erat & certamen de loco. Alii
unc, alii istum sufficiebant, & id tanto certamine , ut pæne (ò fatalem insaniam!) ad manus

nus inter se, relictis hostibus venirent. Quod
Arabes foederati conspicati , & simul miseratione nobilis illius Ducis tacti , arma in no-
stros verterunt, & puncto temporis dissipata
acie, caesi pleriq; omnes aut capti sunt. Rece-
pta ita *Hota*:quam secum ducens victor *Rahus*,
omnium oculos, voces & laudes in se vertit,
fidem & robur praedicantium,& utriusq;feli-
cem affectum.Nec diu sane post,mulier pro se
fidem quoq; testata est: cum marito in praelio
quodam mortuo illa funus ejus cum multis lacrimis magnifice curavit : & inedia deinde
novem dierum se vita exuit, & marito junxit.

XXI. Haec tragica. mitius exemplum est,
quo claudam , nostri PHILIPPI *Boni* cognomento: qui praecipuus auctor fuit magnitudinis hujus , quam domus Burgundicae appella-
mus.Is igitur annos natus viginti tres,patrem
Ioannem Burgundiae Ducem , scelere & perfidia (res dicenda est)*Caroli Delphini* interfectum
amisit. Atque ut erat dolore & ira recens,ad
uxorem venit , quae ipsa soror *Caroli* erat : &
O mea Michaela,inquit (id mulieri nomen) *fra-*
ter tuus patrem meum occidit. Mulier statim in
lacrimas & clamores. (nam mirifice viri a-
mans erat.) & discidium non frustra verita ,
sine solatio ingebat:nisi quod ipse eam erexit,
multisq; verbis affirmavit , *Nihilo sibi viliorem*
futuram, ob hanc propinquam quidem, sed alienam
tamen culpam. Reciperet animum , & metum po-
*neret, viro aeternum fide boneque futuro.*Et fecit.vi-
xit triennium cum ea, omni amore & honore
solito prosecutus : etsi ipse aspectus ejus ,
scelus fraternum & triste parricidium sensibus ingerebat. Accedebat,quod sterilis esset.
quae sola caussa divortii , quoties apud Principes valuit? Sed nihil apud istum: qui amorem

rem & primam copulam, niſi morte, noluit
ſolvi.

XXII. Vere claudebam, ſed SCYTHI-
CA mulier intervenit, & oſtendi poſtulat in
hoc theatro. non illa magna, nec in re ſpeci-
oſa aut magna, ſed ſi ad calculos revocetur,
magni mirandique amoris. Sub *Andronico Pa-*
leolo • Iuniore, Scythæ incurſionem in Græciam Thraciamque fecêre, & late populati
magnam prædam avexêre. In ea captivus
quidam Thrax fuit, qui cum aliis ante ſores
Scythicæ hujus trahebatur: viditque & mi-
ſerata eſt, & emit eum, imo & mox nupſit.
Sed juramentum tamen prius exegit, non
deſerendam ſe ab eo in ulla fortuna, tempore, aut loco. Mulierem autem hanc jam ante
acre deſiderium habebat capiendæ noſtræ religionis, & ut ſalutari aqua tingeretur:
quod marito indicat, atque ille approbat,
& una conſtituunt hoc ſine in Chriſtianos fines demigrare. Sed dum ſe apparant, & op-
portunitatem quærunt, annus elabitur, & binos interea liberos marito ſuo, alterum peperit, alterum in utero geſtabat. Ex quo &
crevit amor mutuus, & jam firma nexio videbatur. Ecce autem interea évenit, ut iterum Scythæ incurſione facta, priorem uxorem hujus mariti ſui abducerent, & præter-
euntem cum captivis ille agnoſceret & videret. Itaque, pro veteri affectu & conſuetudi-
ne, illacrimavit, & cauſſam uxori ſuæ Scythicæ dixit. Illa nec indignata marito eſt,
nec odio aut æmulatione (pro muliebri ingenio) in alteram illam tacta; ſed ſtatim eam
quoque emit, tum ad domeſtica miniſteria,
tum ut aſpectu ipſo dolorem marito levaret.
Et jam tempus migrandi viſum; migrant,
Con-

Constantinopolim veniunt : mulier baptismate tingitur : altera illa (ausim ingratam , si non iniquam, dicere?) statim ad Patriarcham accurrit , clamitat per injuriam maritum sibi ereptum , & à Scythica possideri. Illa quoque venit, & auditur, & rem totam exponit; nec quisquam damnare eam sustinuit, ut quæ amborum domina esset , eosque ex servitute & immanibus illis belluis liberasset. Tamen hæsitantibus illis , ipsa sententiam hanc ultro tulit : *Marito meo , si prior uxor cordi est , habeat: cui etiam ob consuetudinem, & susceptos ex eo liberos, pretium redemptionis condono. In ipsam hanc autem fœminam uti eadem liberalitate cupiam , sed cum in terra aliena sim , & aliarum rerum inops, haud possum. Itaque illa , pretio reddito, cum marito abeat : ego cum duobus meis liberis benigni Dei manus exspectabo.* Dixerat mulier , & mirati omnes æquanimitatem sunt ; cui Deus sane mox adfuit. & cum altera illa in Thraciam ivisset , ad pecuniam corrogandam ; ecce iterum à globo Scytharum abripitur, nec ultra visa est, & maritus jam tuto in Scythicæ illius conjugio acquievit.

CAP. XVII.

DE PATIENTIA.

Ab ira & vindicta alienum esse debere, præsertim in conviciatores.

P**Oterat** sub Clementia hæc virtus contineri ; sed educere malui , & seorsim ostendere , quia valde Principem decet , & sæpe in ea fortuna locum habet. Quis non alta illa sermunculis aut judiciis petit? Gravamur imperari ; & quamvis bene atque utili-

ter aliquis faciat, tamen hoc illud, carpimus:
& femper aliquid eſt quod non omnibus placet. Inde voces. ſed ſpernat Princeps, & ſciat
*Nullum eſſe argumentum magnitudinis certius ,
quam nihil poſſe , quo inſtigeris , accidere.* Sicut
ſuprema Mundi pars ventis, fulminibus, plu-
viis non turbatur: non item debent apices iſti
rerum. Hic aut ille in te jocatus eſt ? convicio aſperſit ? calumnias diſperſit ? contemne. *Ille magnus & nobilis eſt , qui more magnæ fera , latratus canum ſecurus exaudit.* Potentia tua
ſupra læſionem eſt, gloria (ſi bene agis) ſupra
infamiam. Sed Mecænatis verba & conſilium,
quod *Auguſto* in hac re dedit, digna adſcribi :
*Siquis conviciatus tibi fuerit , aut in occulto detra-
xerit; neque deferentem audire debes , neque delatum punire. Turpe enim ſit, facile te id credere, cum
cauſſam non præbeas , eſſe tamen qui convicio pe-
tant. Atque id fere non niſi mali Principes credunt,
quos ad fidem inclinat conſcientia. Deinde autem
iniquum ſit, hæc iraſci aut punire, quæ ſi vera ſunt,
praeſtat non admittere ; ſin falſa, diſſimulare. Nam
ultione iſta , quid niſi plures ſermones & plurium
provocabis?* Sunt ſaluberrima monita ; ſive rationes: & ultimam iſtam nota. Ne move, quod
motum magis exhalet : nê move , quod mo-
vendo ponſedes. Quod ſi omnes puaitum i-
his, quis finis erit ? neque aliud agas , & aſſidue in iis occuperis. Contemne igitur, &
Senecæ hoc imbibe: *Contumeliarum patientiam,
ingens inſtrumentum eſſe , ad tutelam regni.* Et, ut
ad Exempla veniam.

I. LACONES appoſite in publicis ſacris
apprecari ſolent, *Vt poſſent injuriam pati.* Ne
propere ſcilicet exſilirent ad vindicandum,
& ſtatum ita ſuum turbarent. Tum etiam,
Quia parum idoneos judicabant ad res ge-
ren.

rendas qui injuria aut contumelia statim ab-
riperentur. Sedatio animi & frigus decet
imperantes.

II. In qua parte DAVID, rex Hebræus.
mirificus. qui pulsus à filio *Absalomo*, & profugus, cum manu tamen fortium virorum, ut
ad montem *Bahurim* venit, ausus est *Semei* à
Saulis cognatis, petere virum conviciis; tantum? imo & lapidibus, quos ex alto in eum
jecit. Indignati comites, & ex iis *Abisai?*
Itane hic canis Domino meo & suo male dicat? id-
que impune? Ibo, mi rex, & recidam ei caput, do-
micilium proterva hujus lingua. At mitissimus
virorum David, *Mitte, ut male dicat. En filius,*
quem genui, sanguis meus, sanguinem istum quæ-
rit: & indignamur si convicialur alienus? Cælestis quædam hæc patientia: quid mirum in
viro cælesti?

III. Magis in tyranno PISISTRATO.
cujus uxore petulanter & injurie habita à
quibusdam adolescentibus ebriis, idque in
publico: malum illi timentes, mane ad Pi-
sistratum supplices veniunt deprecatum. Ille
autem: *Quid vos vultis? mea uxor heri nusquam*
prodiit. At in posterum date operam, ut sobrii sitis.

IV. Quid in ARTAXERXE Persarum rege, in qua gente superbia domicilium habere visa? Apud quem legatus Spartanus *Eucli-*
das libere pro ingenio gentis, & pro suo ferociter locutus; hoc responsi retulit: *Tibi li-*
cet, quæ libet, apud me dicere, mihi & dicere & fa-
cere. Salva majestate modestia inserta fuit: &
ad hanc ivit, ab illa non abivit.

V. Sed in hac virtute Macedonum aliquot
reges eximii. Quid enim PHILIPPVS *Alex-*
andri pater? qui plura ejus dedit exempla. V:
in *Nicanore.* qui circumiens male de *Philippo* qui-

S   *David*

nabatur, & detractabat: nec defuit, ut folet delator *Smycithas.* Amici igitur advocandum, & plectendum cenfere: ille contra , *Et Ni-* *camor* , inquit , *non eft peffimus Macedonum, vi-* *dendum igitur , numquid per nos admiffum aut* *summiffum , cur male dicat.* Et ferio quærens , repperit pauperem virum effe, bene meritum, nec adhuc habitam ejus rationem. Itaque Ita-zim munere eum affecit : qui & ipfe, mutata mente & lingua , laudare ubique *Philippum* & attollere. Quod cum idem *Smicythas* ret-tuliffet: *Videtifne ô amici*, inquit, *in noftra manu* *effe, bene vel fecus audire?* Factum dictumque penfitandum Regibus, qui cupiunt famam.

V I. Iam iterum IDEM , de petulanti quo-dam & procaci conviciatore, cum fuaderent exfilio plectendum : *Nequaquam.* Inquit , *r-* *oberrans apud plures de nobis male loquatur.*

V I I. Nec vero in abfentes folum lingula-eas talis, fed in præfentes, & qui in os infui-tabant. Vt ille *Demaratus Corinthius* , cum ad-veniffet ad eum , tunc forte cum *Olympi.ide* conjuge & filio *Alexandro* diffidentem: roga-returque à Philippo , *Ecquid confentirent jam* *inter fe Graci?* ille ore libero , *Scilicet tibi con-* *venit de Graecorum concordia agere , qui diffides à* *proximis tuis.* Senfit eum vere dicere Philip-pus : ad fe rediit, & cum fuis in gratiam.

V I I I. IDEM cum pro tribunali fublimis, fub hafta captivos venderet , ac parum décore , vefte reductiore , federet : quifpiam è ca-ptivis clamare cœpit, *Injuria fe affici, effe enim* *paternum fe Philippi amicum.* Quod cum mira-retur Philippus, & dicere eum ac docere ju-beret : *Apud te folum,* inquit. accedenfque ad tribunal, in aurem infufurrat, *Heus tu , veftem* *...ste. nam fic parum honefte fedes.* Rex ''

or.

offensus, gratiam imo rettulit: *Et vere*, inquit, *iste mihi amicus erat, mittit hominem*, simulque aliter se composuit. En, fructum etiam suum alienam libertatem fecit. & solet
ipse dicere: *Gratias se debere Atheniensium ora-
toribus, quod conviciis suis reddent se meliorem:
dum illos factis conatur refellere.*

IX. At inter successores ejus ANTIGO-
NVS, æmulus, & pæne par fuit in hac laude.
Qui in castris aliquando, cum duo è vigili-
bus, juxta ipsum Prætorium, de rege male
dicerent, atque ipse omnia audiret, nihil ultra quam tentorii velum concussit; & *Heus
vos*, inquit, *paullo longius secedite, ne Rex vos audiat.* Quid istuc est? ne dissuadet quidem ma-
lè loqui, sed cautius loqui.

X. IDEM cum exercitum in tenebris aliquo duceret & molestum ac salebris interru-
ptum iter esset, milites ductorem passim ex-
secrabantur Antigonum. At ille ad singulos
quosque accedens ignotus,& explicans *Nunc*,
inquit, *bene dicite ei, qui vos eripuit.*

XI. Iam PYRRHVS qui Macedoniæ regnum aliquamdiu tenuit,idem hanc virtutem.
Iuvenes aliqui Tarentini, cum in Italia ipse
esset, inter pocula male de eo & minaciter
locuti, deferuntur: adductique postridie, *An
dixissent?* interrogantur.Vnus facete & libere:
*Diximus, atque adeo te interfecissemus, nisi lagena
defecisset.* Vini culpam, non animi ostendit:
& Pyrrhus sic accepit, atque ipse arrisit.

XII. Inter germanos Græcos PERICLES,
conviciis petitus in foro, à protervulo quodam, nihil reposuit, & placide res suas egit.
Actis, domum ivit, illo prosequente & linguæ tela idemtidem ejaculante. Nihil sensit,
nihil dixit *Pericles*: hoc tantum, cum ad ædes

jam

jam veniſſet, & nox eſſet, miniſtro ſuo , *Abi
puer, & facem accende, & huic redituro præluce.*
Vah, non patientiam ſolum , ſed benignita-
tem! qui adjytum ivit in ipſo improbitatis
freto æſtuantem.

XIII. PTOLOMÆVS *Lagi* filius , Ægypti rex, in Grammaticum cavillans, & inſci-
tiam arguens, *Quis eſſet Pelei pater?* rogavit. Cui
ille, *Expediam, ſi tu mihi prius dixeris, qui Lagi.*
Genus obſcurum aut ſordidum regi palam
objeɗabat: & id indignati omnes qui aderant,
præter regem. Qui ad incitantes: *Niſi ſerre di-
ɗerium regium eſt, nec dicere,* inquit. Idem jus
volebat ferulæ, quod ſceptro, in iſtis eſſe.

XIV. Sed Romani quoque Principes huc
ducant , & primus eorum CÆSAR. Ille *C.
Calvo* oratori , qui famoſis epigrammatis pro-
ſciderat, cum de reconciliatione ſignificaſſet,
prior & ultro ſcripſit, tamquam ipſe læſiſſet.
Idem *Catullum* poetam, qui famæ ejus perpetua ſtigmata (& nunc leguntur) verſibus inuſ-
ſerat , ſatisfacientem eadem die adhibuit cœnæ. Nihil ſtipulatus eſt , aut injunxit, ſola
pœnitentia pro pœna contentus.

XV. At AVGVSTVS vere & hîc ſucceſſor,
cum in judicio quodam inter alia crimina reo
objiceretur , quod male loqui de Cæſare ſo-
leret: interrupit, & ad accuſatorem, *Velim hoc
mihi probes, faxo ſciat Ælianus* (id rei nomen)
& me linguam habere. Bene , & benigne quid
aliud ſignificabat, quam diɗa diɗis ulturum?
Etſi nec fecit, nec ultra quidquam inquiſivit.

XVI. IDEM in *Timagene* , hiſtoriarum nobili ſcriptore , plus ſemel patientiam oſtendit. Multa in ipſum, etiam in uxorem , in filiam & familiam ejus dixerat: arqea ut argu-
ta, & ab homine doɗo, excipiebantur vulgo

& circumferebantur : Cæfar tamen nihil, nifi
monuit eum ut modeftius ingenio & lingua
uteretur : idque in domo fua. Nam & (vide
ingratitudinem) Cæfar eum alebat. Sed cum
nec fic defineret , tandem domo ei fua interdixit: & quis accufaffet , fi urbe , fi toto imperio ? At ecce , qui velut in invidiam Cæfaris excipiat: & is fuit amicus ejus *Afinius Pollio*,nec ideo defiit effe.Fovit hominem,& ejus
exemplo alii:vifitur,colitur.& quis? priora o-
mitto, fed qui tunc quoq; tamquam profeffas
inimicitias cum Cæfare gereret. libros Hifto-
riarum de rebus ejus fcriptos combuffit. Non
hoc erat dicere , *Indignus es de quo fcripferim ?*
falfa cenfeo, quæ prædicaverim! Tulit & hæc Cæ-
far:tantum Pollioni femel dixit: Θηϱικτϱοϛᾶς, id
eft, *Serpentem nutris*. Et paranti exculationem
obftitit,addiditque,*Fruere mi Pollio,fruere*. Cum
hæc lego & examino , dicam Romam tunc
ferviffe ? Aut fi; addam quod publice in theatro acclamatum, *O Dominum æquum & bonum!*

XVII. Nimirum confirmatus in hac patientia animus jam erat , & contra concuffio-
nem omnem ftabilis. quod etiam Tiberio oftendit. conquerenti fuper ea juveniliter , &
exftimulanti. Refcripfit enim in hæc verba :
Ætati tua, mi Tiberi,noli in hac re indulgere, &
nimium indignari, quemquam effe, qui de me ma-
le loquatur. SATIS EST ENIM *fi hoc habemus,*
nequis nobis male facere poffit.

XVIII. Et haufit ab eo TIBERIVS. qui
adverfus talia firmus, fubinde jactabat , *In ci-*
vitate libera liberas linguas effe debere. Idem in
Senatu, cognitionem fuper iis flagitante: *Non*
tantum habemus otii P.C. ut implicare nos pluribus
negotiis debeamus. Si hanc feneftram aperueritis ,
nihil aliud agi finetis: omnium inimicitia, hoc pra-

textu, ad vos deferentur. O pulchra, ô adver-
tenda! etſi ipſe non tenuit, & poſtea ſe mutavit.

XIX. Vnum propioris ævi exemplum etiam, & finio. FRIDERICVS Imperator conviciis petitus, & ab amicis ad vindictam excitatus: *Minime*, inquit. *an neſcitis Principes,
quaſi ſcopum, expoſitos ad has ſagittas?* Ita eſt. alta livor & calumnia petent: petent, ſed non
tangent, ubi animus quidem eſt altus.

CAP. XVIII.

DE MAGNITVDINE ANIMI.

*Famam & immortalitatem Principi propoſita,
& expetenda eſſe.*

HOc enim nunc appello Magnitudinem
animi, alta & honeſta proponere, &
nunc, ac magis olim, in fama bona ac gloria
eſſe. Vt ſol in aurora tenuior, aſſurgit & in-
clareſcit; ſic ex virtute & meritis fama cum
ævo ipſo augetur & creſcit. Hoc velim equidem amare Principem, & ut trahat illum *ſax
mentis honeſta Gloria*, ut poeta ait. Quid enim
aliud in externis? Τὸ μὲν ἀργύρεον, ait Polybius,
ἐςὶ κοινόν τι πάντων ἀνθρώπων κτῆμα. τὸ ᵹ καλὸν, καὶ
πεὶς ἕπαινον καὶ τιμὴν ἀνῆκον, Θεῶν καὶ τῶν ἐγγιςα Ιϛοις
ϕιϛυνῶταν ἀνδρῶν ἐςι: *Argentum quidem & pecunia eſt communis omnium hominum poſſeſſio; at
honeſtum, & ex eo laus & gloria, Deorum eſt,
aut eorum qui à Diis proximi cenſentur.* Dictum
egregium. alia aliis communia, & adipi-
ſcenda: at bona & magna fama magnis con-
vrnit, & quos Deus vicem ſuam fungi voluit in terris. Vellejus de *Pompejo Magno:
Quo viro nemo alia omnia minus, aut gloriam ma-
ſ᷉ concupivit.* Egregie. illud eundum eſt, ad
honeſtam ambitionem & nomen: quod non
τε᷉ θελω voces, ſed ſeria Annalium teſtimo-

nia celebrent & posteritati commendent. Ita
ad Virtutem (etsi per se appetendam) ducitur:
nec potest quidquam abjectum & humile cogitare,
qui scit de se semper loquendum. Studia hoc donant, & rerum memoria : Princeps foveat,
sed cum modo & judicio, ut nec passim ea
vocet, nec argumentum se cuicumque stilo
velit. Augustum videat. qui *ingenia saculi sui*
(ait Tranquillus) *omnibus modis fovit : componi*
tamen aliquid de se, nisi & serio, & à præstantissi-
mis, offendebatur. Serio, non per ludos & mimos : à præstantissimis, non ab ingeniis passi-
vis aut plebejis, sed quæ Genium aliquem
æternitatis à se haberent. Hanc laudis cupidinem summi viri prætulerunt : ut,

I. THEMISTOCLES. qui in adolescentia
solutus, & aliarum rerum, post *Miltiada* de
Persis victoriam, honesta æmulatione percul-
sus, depositis nugis seria agitare cœpit, & totas noctes insomnis agitare. Rogatus caussam,
reddidit : *Miltiada se trophæis è somno excitari.*

I I. Idem in theatrum iturus, cum roga-
tur. *Cujus vocem libentissime audiret ?* alio rettulit. & *Ejus,* inquit, *à quo laudes meæ optime cele-*
brabuntur. Numquid dissimulavit? professus
est gloriæ cupidinem, & ejus aliqua mercede inductum se res gessisse.

I I I. I D E M tertio, in conventu celebri
Græciæ, ludis Olympicis, cum plerisq; spe-
ctaculis omissis oculos in illum verterent, e-
umque mirabundi & faventes exteris etiam
ostenderent: dixit alacer animi & lætus, *Illo*
die se laborum, quos pro Græcia tulisset, fructum
maximum cepisse. Ad rigidam Sapientiam si examino, non sapientissime. quid enim adje-
ctum est? vox modo & laudatiuncula: sed virtuti aliqua oblectatio, cum & gratos istos
videt, & posteros sperat.   S 4   IV, At

IV. At ALEXANDER hîc vel nimius. quî patrem crescere & inclarescere, interpretabatur se minui & obscurari. Cumque nuncii identidem venirent, hujus illiusque victoriæ: inter æquales ingemiscens. *Hem! inquit, quid tandem pater nobis vincendum relicturus est?* Mirus vehemensque affectus, qui vel innatam pietatem vicit.

V. Et quid quereris ô ALEXANDER? ecce Asiam, & Africam, & reliqua Europæ, tibi palæstram. Sed nimiam ambitionem jure dixerim, cui & orbis fuit angustus. Nam differente *Anaxarcho*, plures esse mundos: suspirasti, & *Me miserum! qui nec unum subjeci,* subjecisti.

VI. An non simile alterius *Alexandri*, imo majoris, id est IVLII CÆSARIS? qui in Hispaniæ *Gades* cum venisset, ibique imaginem *Alexandri* illius vidisset, diu intuitus in vocem & gemitum erupit; *Heu, nihil etiam memorabile a me gestum in ætate, qua iste orbem terra vicit!* Non gestum, sed gerendum: acquiesce. astatim Deus & fata materiem gloriæ tuæ dabunt.

VII. Idem in Alpibus, cum iter illac faceret, & comites rustica tuguria, & pauperes illos coetus riderent: *Atqui malim hic primus esse,* inquit, *quam Roma secundus.* Quid hæc vox, nisi tuba & classicum belli civilis est? nolo secundus esse, vapula libertas.

VIII. Sed magis honestiusque se affectus hic prodit, cum posteros, & monumenta iis futura, cogitat. ut in PERICLE: qui in concionem ab iratis Atheniensibus vocatus, quod tantam vim pecuniæ in opera & ornatum urbis contulisset: ille placide. *An ergo civis pænitet? conditionem fero, meum mmen in inscri-*

inſcribatur, & privatim mihi feram expenſa. Re-
clamatum à tota concione : hortatique ultro
ſunt, *Cum bonu diu pergeret,nec impendiis tali fine
abſtineret.*Ecce in toto populo honeſtum amb-
itum , & certamen à nullo , in gloria ad po-
ſteros, vinci.

IX. TRAIANVS hoc quoque, *Optimus* ſuo
jure Imperator, quæſivit : & paſſim nova ac
vetera opera cum faceret , aut reficeret ; nomen ſuum etiam minimis inſcripſit , adeo ut
quidam ſubſannantes *Herbam parietariam* eum
appellarent.

X. Sed fidelior in libris ſcriptiſque memoria : & ALEXANDER jam dictus ſcivit. Is
Calliſthenem ab Ariſtotele acceptum , eloquentia & ſapientia clarum , ſecum circumduxit,
rerum ſcriptorem , & famæ propagatorem.
Sed heu ! præpropera ira vitam abſtulit , à
quo æternitatem ſperabat.

XI. IDEM Ariſtotelem quam fovit hoc fine,& produxit? felicius.nam ille nomen ejus
ſecum perenne fecit , in operibus quæ ex-
ſtant.Sed non ſine præmio. & in unam *Hiſto-
riam Animalium* ſcribendam, certum eſt Alexandrum contuliſſe *octingenta talenta* , noſtræ
pecuniæ *quadringenta & octoginta milliaPhilippi-
corum.* Quid dicitis hodierni Principes? com-
pello excitandos ?

XII. IDEM ejuſdem ardoris ſcintillas judicio jecit , in vate *Homero* Et cum ad tumu-
lum Achillis in Sigæo conſtitiſſet , è pectore
vocem emiſit:*O fortunate adoleſcens,qui præconem
Homerum repperiſti!* Certe , fatemur. tantum
enim neſcio an ipſe ſe,ſed tantus ille fecit.

XIII Ab eodem judicio IDEM,in accurſu
tabellarii cujuſpiam res , ut videbatur, lætas
ferentis : *Et quid,* inquit, *nuntias ? an Homerum*

S ɩ *revi-*

revixiſſe? Nec feriunt, aut capiunt, ſcio , hæc
dicta vulgares animos : ſed altos mirifice : &
quid ille, niſi ſummum votorum , æſtimavit,
Homerum reviviſcere , idque in ſuas (huc
ibat) laudes ?

XIV. Græciæ etiam colonus HIERO rex
Syracuſanus, animum Græcanicum habuit, id
eſt , ut cum Venuſino dicam , *laudis avarum.*
Nam cum poëta quidam *Archimelus* , epi-
grammate haud inſcito, ſed brevi (octodecim
modo verſuum fuit) navim, quam ingentem
fabricarat, celebraſſet: ille delectatus, & porro provocans , in alia navi *mille modios tritici*
Athenas, donum poëtæ miſit; idque in ipſum
Pyræi portum, omni ſuo ſumptu. Si quis in-
ſtructam navim, & ſocios navales euntes red-
euntesque , cogitet : mirabitur regiam plane
liberalitatem.

XV. At nec Latini expertes hujus ambi-
tus, etiam ſæculo adhuc rudi. En P. SCIPIO
Africanus poëtam *Ennium* , à quo res ſuas ce-
lebratas videbat gaudebatque , & vivum be-
nevolentia omni complexus eſt, & mortuum
ſtare in effigie juſſit in ſuo & *Corneliorum* monumento. Quid aliud, quam dictum voluit?
Per me in imagine vivat , cujus ſcriptis ego
mortuus etiam vivo?

XVI. Nec degeneravit alter SCIPIO *Africanus* , qui (verba Velleji Paterculi) *tam ele-
gans liberalium ſtudiorum, omniſque Doctrina , &
admirator & fautor fuit , ut Polybium Panætium-
que , præcellentes ingenio viros , domi militiæque ſecum habuerit,* Macte Scipio ! dignus tu comite
Polybio, dignus ille te amico & patrono.

XVII. Iam POMPEIVS *Magnus*, apud ſe
habuit *Theophanem Mitylenæum* : quem Græcum & exterum, in concione militum, civi-

tate donavit. Qua caussa & titulo? scripto-
rem rerum suarum.

XVIII. Sed in unum benignus *Pompejus*, in
totum genus IVLIVS *Cæsar*. qui rerum jam
potens , *omnes liberalium artium doctores* , qui
Romæ essent, civitate donavit. Quæ hæc liberalitas? inquies, nihil à se dedit. Dedit à publico ; nec major aut optabilior tunc honos
extero, quam civem dici.

XIX. AVGVSTVS autem mirifice in hos
propensus , quod tot scriptores aut vates di-
cent, ab eo producti & allevati. Ambitio autem ab iis vicissim attolli , vel ex epistolæ
ejus his verbis ad *Horatium* poëtam (quem
hodie legimus) satis elucet: *Irasci, inquit, tibi
me scito , quod non in plerisque ejusmodi scriptis
mecum potissimum loquaris. An vereris, ne apud
posteros infame tibi sit , quod videaris familiaris
nobis esse?* Atque hoc relut convicio expressit
Eclogam, cujus initium :

Cum tot sustineas, & tanta negotia, solus :
Sed quod operæ talis pretium ? servi, supel-
lex, fundi toti.

XX. Sed & VESPASIANVS , etsi cætera
parcus, ingenia artesque fovit vel maxime. &
primus è fisco (ait Suetonius) *Latinis Græcis-
que Rhetoribus annua centena* [bis mille & quingentos Philippicos] *constituit*. Idem *Salajo
Basso*, eximio poëtæ, una donatione *quingenta*
[duodecim millia Philippicorum & quingentos] donavit : id est, censum tunc eque-
strem.

XXI. ANTONINVS *Pius* diffudit etiam liberalitatem *Vespasiani*, nec Romæ tantum, sed
per omnes provincias , Rhetoribus & Philosophis,
honores ac salaria detulit.

XXII. Quibus ALEXANDER *Severus*
addi-

addidit. *Grammaticos, Medicos, Mathematicos.*

XXIII. Magna in omnes liberalitas, & sic perpetua: sed illa in unum stupenda. ANTO-NINVS *Caracalla,* cætera haud laudabilis, delectatus elegantia carminum *Oppiani,* quæ illi inscripta legimus , in singulos versus *singulos aureos* jussit rependi : id est , *nostrates duos* , & versus numera, stupebis.

XXIV. DIOCLETIANVM addam ? is *Eumemio* Rhetori *sexcenta annua* [quindecim millia Philippicorum] assignavit, in schola Augustodunensi doctori. Credimusne ? refragantur, & rescribunt: ignosco pro judicis & animis, addam etiam, opibus hodiernis.

XXV. Sed convenio vos , PRINCIPES, voce Anaxagoræ , qui senex & æger decumbebat ; nuntiatumque Pericli , ex ejus disciplina. Is accurrit, & solatus est, & precatus ne sic desereret : sed ibi opportune Anaxagoras : *At enim, ô Pericle , quibus opus est lucerna, oleum infundunt.*

XXVI. Infundite bonis meritisque. & cum LEONE Græcanico Imperatore Eunuchum non audite dicentem , *Hæc in militibus debere absumi.* Cui ille reposuit: *Vtinam meis temporibus eveniat , stipendia militum in doctores artium absumi !* Vtinam, urinam ! sed meis non fiet: & inscitiæ caligo aut tenebræ (falsus sim !) imminent Europæ.

FINIS.

MONITORVM,
QVÆSTIONVM,
LIBRI PRIMI.

X

F I N I S.